山川入梦

韩少功 著

中国青年出版社

目　录

第三辑　家　园

第四辑　思　想

第一辑　农　活

车 水

卓别林的电影里有人的机器化。其实,不光是蓝领可能机器化,当下很多白领也面临厄运。一般标准下的白领,通常是在电子眼的监控之下,在大车间似的办公区里,就位于矮隔板的格子岗位,像装配板上的一个个固定插件,一插上去就紧急启动,为公司的利润奔腾不息。眼睛,颈椎,腰椎,心脏,植物神经等等,是他们最容易磨损的器官。我的一个外甥女就是这样的白领。她一进公司还被告知:手机必须二十四小时打开,随时听候老板的调遣。

乡下农民倒多了一些自由,劳动方式的单调和呆板,在很大程度上也得以避免。乡间空气新鲜自不待言,环境优美也自不待言。劳动的对象和内容还往往多变,今天种地,明天打鱼,后天赶马或者采茶,决不会限于单一的工序。即使是种地,播种,锄草,杀虫,打枝,授粉,灌溉,收割等等,干起来决不拘于一种姿势,一种动作,一个关注点。从生理保健学来看,这当然有利于四肢五官的协调运动和综合锻炼。我当知青的时候还参加过抗旱车水。当时的手摇水车类似于拉力器,脚踏水车类似于跑步器,现代的健身房就盖在田头。一旦人们在水车上踏得兴起,转踏为跑,转跑为飞,便有令人眼花缭乱的踏锤飞旋和水花高溅。一声撒野的呼啸抛出去,远处可能就有车水人的呼啸甩回来。一曲挑逗的山歌抛出去,远处可能也有车水人的山歌砸回来——劳动与娱乐在这里混为一团,不但使田头变成了健身房,还变成了夜总会。

哗哗槽片抽浅了泥坑里的水,大鱼小鳖就可能露出头来。我们在田头找点柴,烧把火,偷几棵葱,挖两块姜,找来油与盐,现场煮食的乐趣和美味断不会少。要是在夜晚,朦胧月色下,后生们把衣服脱个精光,一丝不挂地纳凉,其胯下奇异无比的舒畅和开敞,还有几块白肉若隐若现,使不乐的人也乐,不浪的人也浪,天体艺术令人陶醉。

女人们一听到这种笑声就会躲得远远的,有时把送来的饭菜放在路口,喊一声,咒两句,要你们自己去取。

我对乡下的过度贫困心有余悸,但对那里的劳动方式念兹在兹。我还相信那种劳动的欢乐,完全可以从贫苦中剥离出来——在将来的某一天,在人们觉得出力流汗是幸福和体面的某个时候。我重新来到乡村以后,看见柴油机抽水,电动机抽水,倒是龙骨水车不大见了。这有什么不好吗?也许很好。我得庆幸农民多了一份轻松,多了一份效率。我甚至得祝贺一种残酷的古典美终于消失。

但我还是没法不留下一丝遗憾:哪一天农业也变成了工业,哪一天农民也都西装革履地进了沉闷的写字楼,我还能去哪里听到呼啸和山歌,还有月色里的撒野狂欢?

犁　田

志煌喝牛的声音确实与众不同。一般人赶牛都是发出"嗤——嗤——嗤"的声音,独有志煌赶三毛是"溜——溜溜"。"溜"是岩匠常用语,比如"溜天子"就是打铁锤。

志煌的牛功夫确实好,鞭子从不着牛身,一天犁田下来,身上也可以干干净净,泥巴点子都没有一个,不像是从田里上来的,倒像是衣冠楚楚走亲戚回来。他犁过的田里,翻卷的黑泥就如一页页的书,光滑发亮,细腻柔润,均匀整齐,温气蒸腾,给人一气呵成行云流水收放自如神形兼备的感觉,不忍触动不忍破坏的感觉。如果细看,可发现他的犁路几乎没有任何败笔,无论水田的形状如何不规则,让犁者有布局犁路的为难,他仍然走得既不跳埂,也极少犁路的交叉或重复,简直是一位丹青高手惜墨如金,绝不留下赘墨。有一次我看见他犁到最后一圈了,前面仍有一个小小的死角,眼看只能遗憾地舍弃。我没料到他突然柳鞭爆甩,大喝一声,手抄犁把偏斜着一抖,死角眨眼之间居然乖乖地也翻了过来。

让人难以置信。

我可以作证,那个死角不是犁翻的。我只能相信,他已经具备了一种神力,一种无形的气势通过他的手掌贯注整个铁犁,从雪亮的犁尖向前进发,在深深的泥土里跃跃勃动和扩散。在某些特殊的时刻,他可以犁不到力到,力不到气到,气不到意到,任何遥远的死角要它翻它就翻。

在我的印象里,他不大信赖贪玩的看牛崽,总是要亲自放牛,到远远的地方,寻找干净水和合口味的草,安顿了牛以后再来打发自己。因此他常常收工最晚,成为山坡上一个孤独的黑点,在熊熊燃烧着绛紫色的天幕上有时移动,有时静止,在满天飞腾着的火云里播下似有似无的牛铃铛声。这时候,一颗颗疏星开始醒过来了。

没有牛铃铛的声音,马桥是不可想象的,黄昏是不可想象的。缺少了这种喑哑铃声的黄昏,就像没有水流的河,没有花草的春天,只是一种辉煌的荒漠。

他身边的那头牛,就是三毛。

问题是,志煌有时候要去石场,尤其是秋后,石场里的活比较忙。他走了,就没有人敢用三毛了。有一次我不大信邪,想学着志煌"溜"它一把。那天下着零星雨点,闪电在低暗的云层里抽打,两条充当广播线的赤裸铁丝在风中摇摆,受到雷电的感应,一阵阵地泻下大把大把的火星。裸线刚好横跨我正在犁着的一块田,凌驾在我必须来回经过的地方,使我提心吊胆。一旦接近它,走到它的下面,忍不住腿软,一次次屏住呼吸扭着颈根朝上方警戒,看空中摇来荡去的命运之线泼下一把把火花,担心它引来劈头盖脑的震天一击。

看到其他人还在别的田里顶着雨挖沟,我不好意思擅自进屋,不想显得自己太怕死。

三毛抓住机会捉弄我。越是远离电线的时候,它越跑得欢,让我拉也拉不住。越是走到电线下面,它倒越走得慢,又是屙尿,又是吃田边的草,一副幸灾乐祸的样子。最后,它干脆不走了,无论你如何"溜",如何鞭抽,甚至上前推它的屁股,它身体后倾地顶着,四蹄在地上生了根。

它刚好停在电线下面。火花还在倾泻,噼噼啪啪地炸裂,一连串沿着电线向远处响过去。我的柳鞭抽毛了,断得越来越短。我没有料到它突然大吼一声,拉得犁头一道银光飞出泥土,朝岸上狂奔。在远处人们一片惊呼声里,它拉得我一个趔趄,差点扑倒在泥水里。犁把从我手里飞出,锋利的犁头向前荡过去,直插三毛的一条后腿,无异在那里狠狠劈了一刀。它可能还没有感觉到痛,跃上一个一米多高的土埂,晃了一下,踩得大块的泥土哗啦啦塌落,总算没有跌下来,但身后的犁头插入了岩石缝里,发出剧烈的嘎嘎声。

不知是谁在远处大叫,但我根本不知道叫的是什么。直到事后很久,才回忆起那人是叫我赶快拔出犁头。

　　已经晚了。插在石缝里的犁头咣的一声别断，整个犁架扭得散了架。鼻绳也拉断了。三毛有一种获得解放的激动，以势不可挡的万钧之力向岭上呼啸而去，不时出现步法混乱的扭摆和跳跃，折腾着从来未有过的快活。

　　这一天，它鼻子拉破，差点砍断了自己的腿。除了折了一张犁，它还撞倒了一根小电线杆，撞翻一堵矮墙，踩烂了一个箩筐，顶翻了村里正在修建的一个粪棚——两个搭棚的人不是躲闪得快，能否留下小命还是一个问题。

　　我后来再也不敢用这条牛。

挖 土

　　兆青每天夜里不知怀着对谁的深仇大恨,嘎巴嘎巴地咬牙切齿,彻夜不息,像不屈不挠嚼下了成吨的玻璃或者钢铁,整个工棚都随之震动。即使隔了好几个棚子,不眠人的神经想必也被他的牙齿咬紧和咬碎。我注意到,很多人早上起来都红丝入眼,眼皮松泡,头发散乱,手脚软软的,像经历一场大难一样疲惫不堪痛苦难言。如果没有兆矮子的磨牙声,大家恐不会吓成这样子的。

　　兆青却若无其事,走路轻巧无声,有时还咧开一嘴黄牙笑一笑,把夜晚的仇恨掩盖得不露痕迹。

　　我提到这件事。他好像有点得意:"你没睡好?我何事没听见?我睡得连身都没有翻。"

　　"你肯定是风重了,再不就有一肚子虫。"

　　"是要看看郎中。你借我点钱,三块五块都行。"

　　又是借钱。经过几次有借无还的惨痛教训,我现在一听就冒火:"你还好意思开口?我开了银行?"

　　"就借两三天嘛,两三天,猪一出栏我就还。"

　　我不会相信他。我知道,不仅是我,几乎所有的知青都在他面前失过手,钱一出手就很难回头。借钱似乎已成了他的一种爱好,一种趣味,一种事业,一种与实际目的没有多少关系的娱乐——常常在他并不需要钱的时候。有一次他情愿被黑相公骂得狗血淋头,上午借了他一块钱,下午在他的拳头之下原物退还,什么事也没有干。当然,借钱本身就是事,一张票子在自己的衣袋里暖了几个时辰,心里可以十分踏实和愉快。"钱和钱一样吗?"有一次他认真地说，"用钱没什么了不起，是人都会用。用什么样的钱，如何用得快活，那才是讲究。"

他又说："人生一世，草木一秋，钱算什么东西呢？人就是要图个日子快活。"

倒说得很有哲理了。

他磨牙依旧，最后只能被我忍无可忍地驱逐，搬到另一个棚子里去。其实他没什么东西可搬，没有被子，没有箱子，没有碗也没有筷子，甚至没有自己的扁担和锄头。对他不怀好意的一身清白，没有任何一个工棚的人愿意收留，连他的一位同锅堂兄，也嫌他一床草席都没有，不愿与他同床合伙。好长一段日子过去了，他还没有找到自己可以归宿的窝。

这不要紧，他还是每天都活着，尖尖细细地活着。一到落黑，黑夜沉沉挤压出他的卑微。他尽量洗干净脑袋和手脚，尽量堆出可爱的嬉皮笑脸，一个个工棚串过去，暗暗寻找目标，半求半赖地见空床就上。你一不提防，他就钻到床角去了。你再一迟疑，他就佯作鼾声呼呼了。你怎么骂他打他，怎么揪他的头发和耳朵，他就是不睁眼，就是不动。

你打死他吧。

他个头小，精瘦如干蛤蟆，睡在床角似乎只有小小的一撮，加上曲背缩脚，倒也占不了多少地方。

如果哪一天众人提防得紧，他实在找不到容身之隙，就会在某个避风处架两条扁担，扁担上和衣度过一宵。这是他的一门绝技。他甚至曾经表演过在一条扁担上睡觉的本领，呼呼睡上半天，纹丝不动，不会掉下来，一条背脊骨，足以让踩钢丝的杂技演员瞠目。

他情愿每天晚上施展他的扁担功，决不愿意回家去搬来一床草席。有点奇怪的是，他寝霜宿露，从没有发过什么病，反而永远精神抖擞如一只小公鸡。我每次醒来的时候，他早就忙开了，坐在朦胧的晨光里搓什么草绳或磨锄头片子。我睡眼惺忪到工地上的时候，他肯定早已干出了一身汗。太阳出来了。太阳燃烧着大地上弥漫无边的雾气,给兆矮子全身镀上橘色的光辉。我特别记得,他挖土的动作很好看,沉重的耙头不像是他扬起来的,而是自动弹跃起来的,随着他的步子,一步一道轻松的辐线,抑扬有致,刚柔相济。耙头落下来的瞬间,手腕一摆,耙头顺势转过来,将土疙瘩准确而及时地击碎。他的双脚虚实交替,均匀地踩在节拍上,绝无拖泥带水的动作,绝无时间和气力的丝毫浪费。他的动作不可以个而论,所有的动作其实就是一个,不可分解,一气呵成,形随意至,舒展流畅,简直是一出无懈可击的舞蹈。他低着头,是橘色光雾中优雅而灿烂的舞星。

这台出工机器的工分当然最多,如果是计件工的话,他常常一天做下人家两三天的工,让大家眼红而且不可思议。尽管如此,他仍然在扁担上过夜。我后来才知道,他平时在家里也是这样过的——他娃崽七八个要吃,两张床上的破被子要盖着娃崽,实在轮不上他。

建　房

伙房被风刮倒了，武妹子带着两个后生和一个老汉来帮我们重建。他们腰间插一把砌刀，除此之外两手空空，像是来玩耍而不是来施工的，但一旦动手就变起了魔术。木板顺手取来就顶成了支架，砖块顺手取来就当成了锤子，橡皮管注入水就成了水平仪，几根茅草结上再拴上个石头就成了垂直仪……如同任何物件在武林高手那里都可成为杀人利器，眼下的任何废物也都不废，都能一物多用，都精神抖擞生龙活虎大闹乾坤，成为了施工最需要和最合适的工具。他们就地取材，点石成金，左右逢源，原本是可以空手而来的。

他们并没有分工的合计，一声不响地各行其是，这里敲敲，那里戳戳，这里咣当巨响，那里灰雾突起，让外人觉得简直混乱如麻。但砖块刚摆入位置，灰浆就送到了；灰浆刚抹完，木梁就架上了；木梁刚架完，檐条不知何时已经无中生有；檐条刚钉好，茅草不知何时已经蓄势待发。一点时间都没有浪费。任何工序都不曾耽搁。他们好像是在用脚步声和砖木的声音相互联络，一直是用双肩、背脊、屁股来相互关切然后及时呼应，顶多笑出两声，就算偷偷议决了一个个难题。一切都表现出内在的丝丝入扣，珠联璧合，水到渠成，势如破竹，完全是一篇一气呵成和有声有色的精彩美文。待工程哗啦啦地完成，他们全身甚至干干净净，一个泥点都没有。地上也基本上干干净净，砖没剩一块，灰浆没剩一捧，全都恰如其分用到新房子那里，就像美文家那里没有任何浪费的素材或词语。

只有两根竹子丢在沟里，看来弃之无用，是唯一的败笔。老汉也不放过，顺手将其破成篾条，给我们编了一个竹篮。编竹篮的时候，他还顺便给我们讲了个故事：他家的狗怎样咬死了一头野猪。

他们不觉得做这样的事有什么了不起，不觉得他们就是盖房子的武林高手，就是玩泥弄木的美文家，更不觉得他们顺手编出的竹篮，完成了一个尽善尽美的艺术至境。他们以为艺术只属于文人骚客，只属于大牌的演员和画师，而那些社会中、上流人士也从来自居艺术的主人，觉得农民粗鄙可怜。但是如果让他们来盖一间房子，事情会怎么样呢？如果让农民来评点一下他们的盖房过程，事情会怎么样呢？农民会不会觉得他们的每一个动作都是病句，每一声吆喝都是错别字，每一道工序都充满着可笑的生硬和杂糅，而最后那个勉强叫做房子的东西一定粗俗无比不堪入目？

农民不会这样说的。社会不承认他们的艺术品，没收了他们确认和解说更多生活美感的语言能力。他们喝完茶，拍拍手就回家去了。

修 路

我不愿落入文学的排污管，同一些同行比着在稿纸上排泄。我眼下更愿意转过背去，投身生活中的敞亮和欢乐。这种欢乐就在身边，就在前面，就在山上，只要你迈开脚步，走过前面那棵老树，走过女人们捣衣的溪口，走上蕉冲和梅峒之间的大岭，你马上就可以感触到波动的笑浪。

那里三军竞发。"炮兵"用雷管和炸药开路，"装甲兵"用挖土机和推土机清出路坯。最后还有"步兵"集团的龙腾虎跃，挖水沟，埋涵管，平路面，垒坡墙。大家齐心合力手挖肩挑之时，不光比强斗狠能带来乐趣，就是吵架骂娘也透着清爽。一个后生不知为何得罪了几位婆娘。婆娘们捡起泥块石头齐射，还威胁要扒掉对方的裤子，吓得小后生爬到树上，于是笑声又一次引爆。

工地如同集市和庙会。雷管炸药不过是礼炮，挖土机和推土机的轰鸣不过是锣鼓，一条翻滚着新鲜泥浪的路坯不过是节日长街，串起了全村人的阳光心情。在长时间独行单干以后，工地意味着交际，意味着聚集，意味着团圆。后续作业已一段段分配到户，由村民们各自抓阄，兴冲冲地入场。杀猪的，放蜂的，贩竹的，开店的，教书的，打鱼的，锯木的……个个像火烧屁股，全都上山去了。腿瘸的，耳聋的，斜眉吊眼的，肥头大耳的，呆傻如雨秋家笑花子的，也一个没拉下。其中老人大多各自带上水罐和饭钵，慢慢地向山上攀爬，大概准备中午不回家，决不浪费时间。平时游手好闲几个小毛贼，眼下也有了几分英模风采，虽然歪戴帽子，口嚼零食，但背上了锄头或者耙头，骑着摩托一溜烟往山上蹿。一旦超过了前面的摩托，车上人便放出得意的呼啸。

沿途都有人忙碌着。钢耙挖下去，碰到硬石时，挖出火星四溅，让人很恼火，但此时的抱怨里滤掉了恶毒，脾气里蒸发了仇怨，没有太大的杀伤性。见到有干部路过，村民们还是纷纷报名捐款，虽然一般捐得不多，虽然不时带出各种少捐有理的诉苦，但已大大出人意料。

乡干部小毛这些天特别兴奋，骑着摩托上下到处蹿，排气管一直是烫的。他到处参与规划和验收，还登记捐款。据他说，村里男女老少无人不捐，其中贤爹没有钱，就搞家庭摊派，把四个女儿都召了回来，找每人要一百。还有三明爹病得快死了，说什么也要捐出一千。

小毛直咋舌："我当了这么多年干部，今天头一回当得有感觉！你看看，过节一样，社会主义又回来了！"

我也有点纳闷。就在几个月前，山那边突发山火。干部在广播里大呼救火，但喊了好半天，只有一些拿国家工资的干部或者教师，外加几个老实农民，提着柴刀往山上去了。很多农民无动于衷，抄着手在路边看热闹。小毛当时上门去动员群众，求爷爷告奶奶，喉咙都喊哑了，也没叫动几个。有人还在他背后阴阳怪气："烧光了也好，不然早晚也要被当官的吃光去。"

一眨眼，前后两件事，群众的反应为何天差地别？一个群体为何可以随时分崩离析又可以随时众志成城？小毛不大明白，我更是不大明白。后来的一天，山那边长坡乡的两个后生来偷牛，被村里人抓个正着。新仇引出旧恨，大家纷纷指责长坡人的薄情寡义：以前多次来偷牛就不说了，屡屡来偷树竹也不说了，他们不就是修了一条公路上山吗？有什么了不起？村里的有些树竹要从那边下山，车子过一下他们的路，总要被他们拦住罚款。山上的佛庙本来归两家共有，但他们仗着有一条路，就把菩萨据为己有。尼姑要由他们请，香火钱要归他们收，庙里的大事小事都要由他们说了算，好像菩萨沾了他们的光就只管他们长坡的事！——八溪人早已听得耳朵里灌了脓。

呸！呸呸！

我算听明白了。他们与长坡乡隔山为邻，多年来就是因为没有一条路上山，山南山北景象各异，荣辱昭昭，使他们一直受着窝囊气。人们到山那边去做客，买卖，帮工，过路，碰到亲戚朋友，说起这事都脸上无光。正因为如此，前不久的开路不光让大家受益，对于他们来说还无异于同仇敌忾报仇雪恨的一战。一条争气路，扬威路，较劲路，看谁更牛皮的路，不光有益于大家育林致富,还关系到每个人的脸面,尤其是在几个长坡人面前的脸面,岂能不拼死一搏?……三明爹的两个亲家就住在长坡乡。虽说他就要死了,但在阴间也要同亲家见面的吧?不开出一条社会主义的康庄大道,他往后还能见这个面?还能在亲家面前说硬话?

这就是他无论如何要捐出一千块钱的理由。

挑 担

当时走得大张着嘴喘气,发现前面的路面模糊而且飘忽,在地平线的热气蒸腾里时隐时现。这个时候最好不要问路程。刚才一个农民说还有五里,前面的一个农民可能说还有七里,这些答案没有个准,常常让人沮丧。

呼哧呼哧把五里路走成了七里路,这太平墟的路倒是越走越远?或者是橡皮路一拉就长?知青曾经因此而嘲笑农民,说地球反正是圆的,农民是绕着地球反方向来测量距离的吧。

其实农民并没有错,以为农民错了的知青是自己错了。想一想吧,设想你参加乡下的紧张夏收,整整一个多月,每天顶着星星出去,踩着月光回来,有时累得还没洗完脚就睡着了,拖着两条泥腿倒在床上,把蚊帐压垮了也不知觉,于是被蚊子尽兴地叮咬。设想你正午时分仍在收割稻谷,好容易要吃饭了,你两眼发黑地爬到田埂边,还得担上两箩水淋淋的新谷送去晒谷场。太阳亮晃晃地泼洒在路面的泥土和石板上,这对于一般行人来说是灼热,对于负重的行人却是刺心的滚烫,因为沉沉重担把你的脚掌紧紧挤压在路面,脚上的高温就成倍剧增。你感到脚下根本不是路面,是专门对付脚掌的大熨斗,正在熨压出吱吱吱一股焦煳味。你忍不住两脚抽跳,其实只有抽跳的想象而没有实际动作,因为重担之下你走路都偏偏欲倒,腿上没有任何一丝肌肉还听从指挥。

想一想吧,只有行走在这个大熨斗上的时候,你才突然感觉到空间在无限地延展,通向晒谷场的路不再是一里半,而是十个、百个、千个一里半,是你一辈子也走不完的无限,是地平线上灼热气浪中飘飘摇摇的白炽一片。

那些肩上没有担子的人,穿着鞋子上路的人,坐着汽车上路的人,不可能体会这一刻你脑袋里白炽一片的空间爆炸。

　　你回城后很少有赤脚上路的机会,距离感也因此渐渐恢复正常,接近了国际权威计量标准,比如氦氖激光在真空中的测定。但这对于往日的我有什么意义呢?那些坐在整洁恒温实验室里的博士们用激光和真空精确测定了距离,对于一个烈日下赤脚负重的少年有什么意义呢?从 A 地到 B 地是十公里。我知道,从不怀疑。然而这并不妨碍它时刻不断地变形:在一个老人那里是十二公里,在一个年轻人那里却是八公里;在一个初来者那里是十五公里,在一个本地人那里却是五公里;在一个负重者那里是十八公里,在一个乘车人那里却是三公里;在一个赴约情郎那里是望断之遥,在一个惜别慈母那里却是过驹之隙。任何距离都是人们感受中的距离,而人的感受永远不是激光,甚至不是多种感受的统计平均,而是受制于特定的身体、处境、情绪以及其他因素,总是透出足迹、汗渍或者呻吟。

　　那么乡下人面对问路时各不相同的答案,岂不是再自然不过的事?

　　距离中有触觉,痛之则长,逸之则短。距离中有视觉,陌生则长,熟悉则短。距离中有听觉,丰富则长,空白则短。如此等等已接近德国哲学家海德格尔的说法:"相去之远近不在于明确的计算距离……而在于定位的联络。"(见《存在与时间》)这个"联络"就是农民送粮的距离,矿工掘进的距离,士兵行军的距离,还有各种人生中实际上存在过的距离。

掘 坟

　　冬天,公社要建粮食仓库和中学校舍,便往下摊派任务:每人交烟砖五口。马桥人没有钱买砖,只好到岭上去挖坟砖——当然是一些没有主的野坟。

　　山里人多住茅棚或木屋,建坟墓却绝不马虎,总是耗费不少烟砖,似隐着一种千年万载永垂不朽的企图。这些坟历时太久,坟堆大多已经坍塌,茂密的荆棘茅草覆盖其上,与平地的草木连成一片,随便看上一眼的话,不大容易辨出坟的所在。我们用弯刀把坟上的草木砍除,用耙头将表土渐次掀开,让墓拱的青色烟砖一块块浮露出来。到这时候,胆子小的女知青便害怕地跑开了,躲得远远的。男人则一个比一个更勇敢,争着把耙齿插入砖缝,慢慢摇,摇得砖块松动,再猛地撬掉第一块砖。

　　如果是保存得比较好的坟,就像保温性能很好的一口锅,破坟之时,必有蒸腾的白色气雾,一浪一浪从缺口翻涌而出,染开一片腥涩的尸骨之味,使我的胃不由自主地要呕。待白汽慢慢散尽了,我们怯怯地凑上前,从破开的砖孔里,窥见坟内黑暗的世界。借着一缕颤颤抖抖探入的阳光,可以看到曾历经人生的骷髅,空大的眼窝或宽阔的盆骨。也可以看到乱糟糟的积土和朽木。一般来说,我们这些掘坟者不会期待能在坟里找到金银财宝,有时候能找到一两件铜器或陶器,就算运气不错。何况我们所见的骷髅好几个都朝下俯伏,照当地人的说法,这样的人都是恶死,比如遭雷劈的,吊颈的,枪杀的,后人不愿他们重返阳世延续厄运,断断乎不能让他们转生。让他们脸面朝下,就是让他们无法重见天日的重要措施。

人活着不一样，死后也有不同的待遇。

有一次，我们挖出一具女尸，发现她虽然已腐烂，但白骨还在，头发还乌黑发亮宛然有活气，其长度足可齐腰。两颗门牙居然也未腐败，独秀于嘴而且向外延伸，似有三寸多长。我们吓得四散逃跑。最后，还是队委会研究，以两斤肉一斤酒为代价，请出最不怕祸的黑相公，给那具尸骨浇了些柴油，一把火烧了，防止这女鬼闹出什么事来。多少年后，我从一位学者那里得知，这其实不算什么稀奇。人的死其实是一个慢慢的过程，头发和牙齿这两种器官比较特殊，在某种合适的环境里，相当时间内还可继续生长。外国医学界已有这方面的研究。

从岭上担回来的坟砖越来越多了。尸骨当然抛散在岭上。据说那一段岭上多老鹰，在天上飘来滑去，大概是嗅到了什么腥味，发动了食欲。还有人说，晚上听到岭上男号女叫，一定是鬼都跑出来了，冻得受不了，在那里咒骂挖坟的人。

尽管如此，我们还是天天上岭干缺德的事。

兆青的胆子本来很小，挖祖坟却从不落后。我后来才知道，他每每抢在前面，是想找到坟穴里的一种稀贵之物：形如一颗颗大小不等的包菜，色彩鲜红，耀眼夺目，长在死者口舌处，似乎是呼吸的一种凝结，在墓穴悠悠岁月里绽开一朵惊人的美丽。农民把这种包菜模样的东西叫做"莴玮"，说是一种最好的补药，聚人体之精气，可理气补血，可滋阴壮阳，可祛风，可保胎，可延寿。《增广贤文》里有"黄金无假，莴玮无真"一语，就是指的这种东西，可见它的稀罕。他们还说，不是任何人死了之后都能从嘴里吹出莴玮的，只有那些富贵人，尝精品细，着绵枕皮，阳世里保养出金玉之体，才会有百年以后嘴上的成果。

挖　洞

●

　　当时各个村寨都要挖防空洞,也叫挖战备洞。据说苏联要从北边打过来了,美国要从南边打过来了,台湾要从东边打过来了,所有的战备洞要在腊月以前挖好。还有人说一个很大很大的炸弹已经在苏联发射了,再过一两天就要落到我们这里——要是中国飞机不能把它打下来的话。队上只好安排三班倒,日夜不停地干,一定要抢在世界大战之前完成任务。

　　一般来说,每一班搭配两男一女,男的管挖土和挑土,女的力气小一些,专管上土。房英就是在这个时候,提着锯短了木柄的锄头,跟着我和复查进了洞。

　　战备洞很小,宽度仅仅可以容两人交错过身。越往里挖,光线就越暗,很快就需要点油灯了。为了省油,油灯也只能点上小小的一盏,照亮下镐处昏黄的一小团,其余就是无边的黑暗。你必须凭声音和气味判断周围的一切,比如挑土的搭档是否转回来了,是否放下箢箕等着了,是否带来了茶水或者吃的东西。当然,在这样一个极小的空间里,除了灯烟的气味以外,人们也很容易吸入人体的气味,比如一个女子身上汗的味道,头发的味道,口液的味道,还有一些男人不大明白的味道。

　　挖上几个时辰,人就有些摇摇晃晃。我好几次感觉到自己的脸,无意间撞到另一张汗津津的脸上,或者被几丝长长的曲发撩拂。我轻轻挪动麻木的两腿,退出挖掘位置的时候,一不小心,也可能在黑暗中撞到身后一条腿,或者一个胸怀——我能感觉到它的柔软和饱满,也能感觉到它慌慌的闪避。

　　幸好人们很难互相看清对方的脸。飘忽的昏灯,只照亮堵在鼻子前的泥壁,照亮前面永远无处可逃的绝境,照亮密密交集扑面而来的镐痕——其中有几道反射出黄光。

我想起了前人关于地狱的描写。

这里没有白天和黑夜的区别，没有夏天与冬天的区别，甚至没有关于遥远外部世界的回忆。如果不是无意间撞到另一张汗津津的脸，也不会有某种惊醒：发现自己还存在，还是一个具体的人，比如说有姓名有性别的人。刚开始的几天，我和房英还有些话说说。几次惊心的碰撞之后，她就不说话了，最多只是嗯一声。我后来发现，她的"嗯"有各种声调和强度，可以表达疑问，也可以表达应允，还可以表达焦急或者拒绝。"嗯"是她全部语言的浓缩，是她变幻无穷的修辞，是一个无法穷尽的意义之海。

我也注意到，她开始小心地避开碰撞，喘息声常常在我身后远远的地方。但每次下工，她会悄悄带上我忘记在洞里的衣，到适当的时候塞给我。吃饭的时候，她会往我的盆里多加两三个红薯，而她的盆子里总是浅浅的。最后，我跪在地上大汗淋漓筋肌扭动挥镐不已的时候，背上一阵清爽——一条毛巾会在我光光的背脊上擦拭。

"算了……"汗水吸入我的鼻孔，我没法流畅地说下去。

毛巾轻轻擦到了我的脸上。

"我不需要……"

我的脸闪开，而且想用手阻挡毛巾。但昏暗中我的手已经不大听话，没有抓到毛巾，在空中打捞了两下黑暗，最后才抓到一只手。直到事后很久，我才回味出那是一只小巧软和的手。不，我得更正一下，这种记忆只是事后的想象。事实上，一旦到了体力完全耗竭甚至到了向未来透支着喘息的时候，性别已不存在。不仅碰触不再惊心，任何触感也是空无的，抓一只女人的手同抓一把泥土不会有什么差别。我跌跌撞撞之际，也许还攀过她的肩，也许还搂过她的腰，也许还有其他的也许，但这一切都留不下任何记忆，无法确证。

我相信在那一刻，她也丧失了触感，羞涩和矜持全部抽象为气喘吁吁。我有生以来第一次体验到这种无性别的时刻。

后来，我缓过劲来，她也回到了性别之中，于是退得远远的。

再后来,她就出嫁了。她父母亲重男轻女,只让她读了一个小学毕业,就让她在村里挣工分,一旦找到还能吃上白米饭的人家,就把她早早打发出去。送亲的那天,她穿一件粉红色的新袄子,踏一双较为入时的白色网球鞋,被一群姑娘们唧唧喳喳地围绕着。不知为什么,她一直没有朝我看一眼。她肯定听到了我的声音,肯定知道我就在这里,但不知为什么,她可以同任何人说话,同任何人目光相遇,就是始终没有朝我看一眼。我和她之间并没有什么,没有什么秘密。除了挖洞的那一段,我们之间甚至谈不上什么接触。如果说有什么特殊一点的地方,那不过是我在事后想象过她的一只手,不过是她曾经有机会目睹过我最遭罪的时刻。世界上没有任何一个女人,像她一样,在那么近的距离,看我如同一条狗,只着一条短裤,时而跪着,时而卧着,任浑身泥土混合着汗水,在暗无天日之处气喘吁吁地挣扎——脸上除了一双眼睛尚可辨认,全是尘粉和吸附在鼻孔周围的烟尘。她看见过我死鱼眼睛里的目光,听见过我垂死般的呻吟和喘息,嗅到过我身上最不可忍受的恶臭。如此而已。

当然,她还听到过我没出息的哭泣。在本义的怒骂之下,我们要抢在帝修反的炸弹丢来之前,把洞子挖出来。我那一段至少挖熔了五六把镐头。有一次没留神,一失手镐头挖在自己脚上,疼得我哭了起来。

她也哭了。她手忙脚乱帮着我包扎伤口的时候,一颗凉凉水珠落在我的脚背。我猜想那不是她的汗珠,而是泪水。

那是一段最硬的朱牙土。她没有帮上我多少忙,这不是她的过错。她没法不看见我最丢人的可怜样,这也不是她的过错。如果说这可以算作一个秘密的话,她没法将秘密交还给我,而是带着它到远远的地方去,这同样不是她的过错。

治 虫

治虫须注意以下几点：

早知。虫情一般来说，主要看作物的状态，尤其是要注意虫卵和虫粪。地面上如果出现了黑色的小粪粒，那么这里的虫情已经严重。绿色的大肉虫，橙色的小甲虫，麻色的小飞虫，黑色的小毛虫，虽然还没有开始蛀碎枝叶，但可能已经潜入花心或者瓜果，在那里暗暗下着功夫。如果是树木那里出现了蚁害，树干上一道道黄泥迅速扩展，就是白蚁或黄蚁留下的明显痕迹。主人都得尽早查找和打击。

准确下药。农药分高毒类和低毒类，触杀类和嗅杀类，如此等等有许多区别。对虫下药才可事半功倍，因时准确下药切不可疏忽。我本来有志于绿色农业，决心戒除化学药剂，但实际上无法完全做到。在所有替代方法都不足以除害的时候，能做到不用高毒农药，能做到小剂量用药，就已经不易。不过，见虫便杀也不可取。有时候一阵狂风大雨之后，虫子就少了许多，可谓"天杀"，不知是何原因。有些虫子也并不贪心，吃了点枝叶，并不造成大害，然后就会自动消失，可谓"自绝"，同样不知是何原因。在这些情况下，农人不如无为而治，避免过度反应之下的药害大过虫害。

防止误杀。虫子就是虫子，对人类而言分为益害两类。这是人类自利目标之下的一种强词，我虽然存疑但权且袭用。有些飞虫像蜜蜂一样有传粉的功能，对作物有益无害，或害少益多。蜘蛛惹人讨厌，在林木间暗暗拉线织网,让人一不小心撞上去满脸痒兮兮,真抓挠起来又似有似无——它们在你刚走过的路上迅速恢复封锁,结网之快和拉网之长简直令人瞠目。但它们正好是很多害虫的杀手,误扰人类之举,理应获得谅解。还有一种黑色的多足爬虫,一些彩色的硬壳瓢虫,形象丑陋,繁殖极快,经常三三两两爬上台阶,在人的鞋底下牺牲得咔哧咔哧脆响。但这些虫吃泥,并不伤害作物。它们壳多肉少,也从不引起鸡鸭的兴趣。

绿色治虫也须权衡利弊。戴着老花眼镜到菜园里捉虫是个不错的方法,可取代喷药。但这种绣花般的手工作业效率嫌低,放在小小菜园里尚可,难以解决大面积生产的难题。放出鸡兵鸭将可算作生物治虫,但鸡鸭荤素俱取,确实啄去了一些害虫,也会把瓜菜吃得七零八落。其得失相比,不一定合算。还有一种电网拍,是灭蚊的一种新产品,拿来电击飞虫同样有效,不会造成化学污染。它的缺点是能空战但不便陆战,对地蚕子、钻心虫一类爬虫无可奈何。我当知青的时候,农民还广泛地使用过一种诱蛾灯,每当稻飞虱等害虫成蛾的时节,我们入夜就去田里放置一些木盆,盆里注水,加一点柴油,再点上一盏油灯,利用蛾子的趋光性,引诱蛾子撞入水中被柴油毒杀。我记得当时长空星汉灿烂,大地万灯闪烁,天地间浑然一片童话,恍惚之际不知此身何在今夕何夕。

为何农民眼下不使用这种美丽的方法治虫?是不是柴油太贵反而不如农药来得便宜?还是嫌放盆点灯的过程过于烦琐?

乡下的虫子千差万别,是种类最为丰富但又最为隐蔽的活物,如同山林的绒毛,野地的氤氲,自然界里有嘴有牙的尘埃。这些家伙一旦对人表示出兴趣,也可能送上一份热烈的问候,一份稍觉粗野的亲近,比如在人身上叮咬出一些汹涌而来的红斑,奇痒无比,折磨于心,甚至毒痕久久不褪。

城里人对这种亲近最为恐惧,尤其是很多女士,可能不怕苦不怕死,只是一听说虫子就会抱臂尖叫。

但细想一下,如果没有这种叮咬,那还是乡村吗?还是大自然吗?那种不痛不痒的乡村,充其量只是度假村,一种局部都市的异地移植。换句话说,一个人只有在虫子暗算之下变得皮肤粗糙,不再需要药膏和药水,甚至麻木不仁浑然不觉,大概才算得上真正的乡下人。

《马桥词典》的英译者 J·拉芙尔女士来自英国,一个长时间里靠大量化学药剂灭杀蚊虫的地方,一个力图确保人们不痛不痒的地方。她在八溪峒住了几日,挠着腿上一串红斑:"你们这里的生态环境不错,居然还有蚊子!"

她口气里几乎有一种喜出望外。她似乎觉得,奇痒的红斑不但是乡下生活的入门密码,还是生态安全的必要标识。

守 秋

稻谷在收割前的二十来天里,穗粒饱满,米香四溢,成了野猪最馋最活跃的时候。很多地方都有它们的脚印。有一次,一只小野猪跑昏了头,窜到大路上,窜到学校里,被大家追着喊打,在操场里跑了一个圈,如同在一片拉拉队的助威声中完成体育运动项目,发现没奖牌可领,一气之下夺门而去。师生们只顾着叫喊,没来得及操家伙。

贤爹把房子建到公路边了,但责任田还远在山里,对一垄金灿灿的熟稻鞭长莫及,总是被野猪欺侮。到手的粮食今天被吃掉了半丘,明天又被啃掉了一溜。猪嘴巴拱过的地方泥沟纵横,像犁过一遍那样,让人欲哭无泪。更无聊的是,那些臭猪头不但要吃,还吃得刁,吃谷可以吐渣,吃红薯可以吐皮,吐出来的渣皮一堆堆的,你说气人不气人!

贤爹去砍了一些刺柴,封堵野猪来往的小路,但野猪还是可以绕道走。贤爹去扎了两个稻草人,给它们穿上西装,戴上旅行帽,让它们口里生出尺多长的獠牙(其实是木棍),手上还操着两面板斧(其实是挂两把烂蒲扇,一旦随风飘动,看上去就像李逵上阵杀气腾腾)。但这只管得了白天,甚至只管得了三两个白天。

野猪越来越有知识和学问了, 稍加观察和琢磨,就看出稻草人不是李逵,连李鬼也算不上。它们猖狂暴动,把可恶的草包拱翻在地,踩了个稀巴烂。看那劲头,它们就算是碰上变形金刚和美国 F-16 也要大开杀戒。

贤爹只好像其他很多农民一样,去稻田里搭一个草棚,日夜守卫,好歹也要撑到收禾打谷之后。他晚上睡在草棚里,有时出来敲一下破脸盆,有时出来放一个爆竹,有时出来叫喊两声——免不了又装男声又装女声,又放方言又放官腔,制造出草棚里人多势众的假象。总之,他得不断变着法子,才能吓跑来犯之敌。

我借来一支猎枪,听说那里野猪多,想去撞撞运气。贤爹说:"使不得,使不得。你一个人休得蛮干。莫看它是猪,发起威来就是只虎。"据他说,他年轻的时候就被野猪咬过一次,而且那臭猪头不咬东,不咬西,偏偏一口咬住他的胯。如果他当时不是垫进去一只手,他的鸡巴肯定就没有了。如果当时不是茂才来得快,把一杆铁铳插进猪嘴巴,拼命地撬着,他那伙计也救不出来了。

贤爹与野猪结下了永远的血海深仇。

夜色沉沉地笼罩着峡谷,下弦月升起来的时候,对面山脊的剪影才朦胧浮现,小桥那边依稀有了一点动静。

"猪八戒,老子操你八辈子祖宗呵——"贤爹猛烈地敲脸盆。

峡谷里余音袅袅,然后一切归于死寂。

不知是野猪跑了,还是它们一声不吭潜伏不动,要待险情过去以后再来捣乱。

上垄田里也有人守秋,不时放一个爆竹,或敲几声锣,吓跑可恶的野猪。有时候,守秋人的歌声断断续续也顺着峡谷飘流而下。

情妹河里洗围裙呵,
水淘围裙起波纹。
谁人喝了围裙水呵,
都要生场相思病。

妹割牛草郎砍柴呵,
边割边砍边拢来。
拢来不好把话讲呵,
唱首山歌表心怀。

要吃好烟去赶场呵，
　　要恋情姐去远方。
　　好烟出在场头上呵，
　　好姐出在大地方。
　　……

　　我在歌声中迷迷糊糊地睡着了。醒来的时候，贤爹说："你的鼾声好威武，比得上八百面战鼓，不用我打锣了！"
　　我笑了："那不正好？你放心睡吧。"
　　"还没瞌睡，再听贵老倌唱几段。"他又点燃一支烟，"你晓得吗？唱歌也是养禾。尤其是唱情歌，跟下粪一样。你不唱，田里的谷米就不甜。"

采 药

　　山里的竹器质优价廉。乡亲们先后给我家送来了四张竹床和三个竹板，皆柔顺润滑，幽凉沁肌，是较为亲切的度夏用品。

　　有一天中午，我睡着睡着忽觉竹床上有硬物，摸了好几次，没发现有什么，倒是摸到自己背上一个赫然硬块，看来是来者不善的毒疮或恶疽，俗名"背花"。

　　妻子认定这是我上地时不戴草帽的结果，也是我好吃辣椒的可耻下场，最后的结论是：赶快进城求医！我当然可以进城。但我有点害怕城里大医院里的拥挤和排队，也不大习惯空调机遍地之际的忽冷忽热。抱着试试看的态度，我翻了翻医书，试着用土法祛火解毒。妻子以前在药房工作过，也懂得一些中草药知识，很快从院子里采来马齿苋，洗净，捣碎，敷于硬块。但这种草叶较硬，无黏性，不贴身，不要多久就脱落，从纱布边缝里漏出来，散落得满床都是。妻子又去问了一下附近的农民，换上一种犁头草，同样洗净，捣碎，做成黏黏的饼块，敷在背花上"拔毒"和"背毒"。

　　奇迹就这样发生了。只敷了两三天，背花就有些退烧和软化。再敷了两三天，硬块就开始缩小。加上我每天喝下几碗金银花泡的水，不到十天的时间，来势汹汹的背花竟消失无痕。整个治疗过程既不花钱，也没有任何劳顿和痛苦。

　　我记得自己少年时期也遭遇过这种恶疾。从发作聚脓直至破口泄脓，一个背花消耗抗生素和镇痛剂无数，足足闹腾了二十多天。最严重的时候，硬块竟有碗口大，集小脓头数十个，如鲜艳夺目的一枚石榴，令人疼痛难忍，高烧不退，昏天黑地。医生当时还说，这种毒物因靠近心脏，有时候还可能夺人性命。

如今土法轻易却病,使我对院子里的各种野草刮目相看。车前草,金钱草,白茅根,凌霄,鸡冠花,麦冬,路边筋,田边菊,黄芪,牵牛花子,紫苏子,鱼腥草(观音草)……这些还只是已经入典的。未入典的尚不计其数。龙老师的岳父是三江人,来看女儿和外孙,顺便来我家走走,又给我家来了一次地头讲座,其丰富内容足可以录为一本皇皇大著:原来金钱花与铜钱花是不同的。原来清代纪晓岚用一味苋菜汤,清代慈禧太后用一味白菜汤,也都治愈过大病的。原来每一个农家小院都是个百草园,还是个免费的百药箱,每草皆药,每步见药,虽然不能说包治百病,但对付大多数常见病已绰绰有余。我家有几株七叶莲,据说还是医治蛇伤的神草。

我在路上碰到吴胖子,一位家住附近的医生,问他为何不给病人多用草药。胖子倒是个老实人,说西药嘛,价高,利润大。再说西药的药性快,也符合当下人们一切求快的胃口。"不瞒你说,现在的医生都是水医生,我也是个水医生,碰到什么病,先吊两瓶水再说!"

"照你这么说,这样的医生我也当得。"

"没错,你是可以当得。"

"滥用抗生素,报上不是说有很多副作用吗?"

"大家都这样吊,你怎么办?你不这么吊,病人还觉得你没水平。没水没瓶(平)呵!"

他没有说出的理由是:草药无价,无行市,接受者充其量认一份人情,绝不可能掏腰包——这种非商业传统肯定要饿死他这样的胖子。

这是我后来知道的。

事情真是奇怪:中国乡下穷人多,却舍贱求贵地大用西药甚至滥用西药。倒是在美国的朋友曾告诉我,那里的一些保险公司看上了中药,这些年鼓励中医开业,以求省钱和增效。事情的阴差阳错,使中国人最应该享受的自家医药传统,倒可能花落他家。一个几乎全民皆医的好传统,在一两代人的时间之内,倒可能文明来文明去地失传。

我们是更文明了,还是更野蛮无知了?

种　菜

什么时候下的种，什么时候发的芽，什么时候开的花……往事历历在目。虫子差点吃掉了新芽，曾让你着急。一场大雨及时解除了旱情，曾让你欣喜。转眼间，几个瓜突然膨胀好几圈，胖娃娃一般藏在绿叶深处，不知天高地厚地大乱家规，大哭大笑又大喊大叫，必定让你惊诧莫名。

有时候，瓜藤长袖飞扬，羽化登仙，一眨眼就沿着一根电线杆攀向高高蓝天，在太阳或月亮那里开花结果，让你搬来椅子再加上梯子，仍然望天兴叹。你看见一条弯弯的丝瓜挂在电线上，像电信局悬下来一个野外的话筒，好像刚才有什么人在这里通话。这么多电话筒从瓜藤上悬下来，从土地里抛撒出来，是不是一心想告知我们远古的秘密，却从来无人接听？

你想象根系在黑暗的土地下嗞嗞嗞地伸长，真正侧耳去听，它们就屏住呼吸一声不响了。你想象枝叶在悄悄地伸腰踢腿挤眉弄眼，猛回头看，它们便各就各位一本正经若无其事了。你从不敢手指瓜果，怕它们真像邻居农妇说的那样一指就谢，怕它们害羞和胆怯。总之，它们是有表情的，有语言的，是你生活的一部分，最后来到餐桌上，进入你的口腔，成为你身体的一部分。这几乎不是吃饭，而是游子归家，是你与你自己久别后的团聚，也是你与土地一次交流的结束。

你会突然想起以前在都市菜市场里买来的那些瓜菜，干净、整齐、呆板而且陌生，就像兑换它们的钞票一样陌生。它们也是瓜菜，但它们对于享用者来说是一些没有过程的结果，就像没有爱情的婚姻，没有学习的毕业，于是能塞饱你的肚子却不能进入你的大脑，无法填注你心中的空空荡荡。

难怪都市里的很多孩子都不识瓜菜了，鸡蛋似乎是冰箱生出来的，白菜似乎是超级市场里长出来的。看见松树他们就说是"圣诞树"。看见鸭子他们就说是"唐老鸭"。在一个工业化和商品化的时代,人们正越来越远离土地。这真是让人遗憾。

什么是生命呢?什么是人呢?人不能吃钢铁和水泥,更不能吃钞票,而只能通过植物和动物构成的食品,只能通过土地上的种植与养殖,与大自然进行能量的交流和置换。这就是最基本的生存,就是农业的意义,是人们在任何时候都只能以土地为母的原因。英文中 culture 指文化与文明,也指种植和养殖,显示出农业在往日的至尊身份和核心地位。那时候的人其实比我们洞明。

总有一天,在工业化和商品化的大潮激荡之处,人们终究会猛醒过来,终究会明白绿遍天涯的大地仍是我们的生命之源,比任何东西都重要得多。

那才是人类 culture 又一次伟大的复活。

爬 山

去山上的路越走越窄,越走越荒,越走越静。前十几里路还勉强可以见到人迹。有人挑着竹子,或者是背着雨伞,在曲折小路上下山来,与我们擦肩而过。虽然不相识,但不会没有必要的客套。

"上去呵?"

"下去呵?"

或者由我们先搭腔:

"下去呵?"

"上去呵?"

或者多说几个字:

"挑这么多下去呵?"

"这么早就上去呵?"

不相识的人之间,一路上都是问"上去"或者"下去",算是没话找话,不交自熟,还有点暗号接头的味道。

过了千石峒,前面就是无人区了,就没有接头暗号了。路边还偶尔冒出一处房舍,但人去室空,留下了房前一片荒草,隐约显现出田埂和小径的轮廓。土坯墙有的坍塌了,有的开裂了,墙根往往布满了青苔。一张主人遗弃的木犁插在地头,眼下已爬满了野藤,如同木犁突然发芽长叶,活过来了一般。

不难想象,前面那条溪边的青石板,以前也有过捣衣的声音,有过黄昏时分耳环或手镯的一闪。前面那座小石桥,以前也有过老牛带着小牛归来,牛背上可能停栖着静静的蝴蝶。这山静林幽之处,以前一定有过灯光温暖的窗口。在明晃晃的月夜或者雪夜,一定还有过纺车或摇篮吱呀吱呀的声音滚过水碾和水堰。但现在这里只剩下露珠依旧滴落，云雾依旧流散，还有腐叶如酱如酒的浓烈气味。连我们的脚步声也过于粗鲁和陌生，吓得一群大鸟扑拉拉惊逃四散，从废墟的断墙飞向山头。

这些鸟还是当年的鸟吗？

独木桥断了的地方，我们得找到浅水处蹚水。遇到杂草封路的地段，我们得抽出随身带来的柴刀，一路砍杀过去，才能接上下一段路。我们幸好没有碰到山蚂蟥。同行的向导告诉我们，以前有人用马驮树木，在这里不幸撞入了蚂蟥阵，结果一匹白马变成了红马，全身被蚂蟥咬得鲜血淋淋。

这里名叫"蚂蟥沟"。

一条云瀑倾泻过来了，很快就注满深谷，使我们淹没在云湖里，前后茫茫，什么也看不见。明知同行者近在咫尺，也只闻其声不见其形。

在离蚂蟥沟不远的地方，我们才得以走出云海，看见了云上的一大片梯田。看来是受制于山的坡度，这些田块都很小，远远看去如密密排列的贝壳或鳞片。一个斗笠或一件蓑衣，就能盖住一丘田。同是受制于坡度，这些梯田的坡墙大多很高，全用墨灰色石块垒成，形如巍巍城墙。行人需要屏息仰视，才能探望到虚虚的城头，看到城头那想象中的旌旗和兵甲，甚至听到那想象中的鸣镝和战鼓。说实话，我当时暗暗吃惊：天下这么大，一些莫知姓名的人们为何要把家园建在这深山一隅？他们是在什么时候筑起了这深山里的巨石阵、金字塔以及万里长城？只为了争得几把谷米，他们在这层层叠叠的石墙里耗费了多少代人的心血和生命？……

每一块石头都相约守密，眼下一声不吭。

很多梯田已经废弃了，听任满田升起疯狂的茅草，还有白茫茫一片如雪盖地的茅絮。我知道秋茅无情，吞没过很多小径，很多足迹，很多风化了的王国与故事。

偷 运

当时政府禁山育林，设了很多卡子拦截竹木。买客们只能偷运，白天空着手进山去，寻到某个寨子，与卖主私下交易，等日头落水，贼一样把竹木挑出山来。这一路昏天黑地，一是必须夜行，二是必须急行。碰到卡子，怕人家放狗敲锣甚至开枪，还得绕小道，有时候也少不了打架动武落下伤来，回家吃草药。

他们一共五人，带了一袋糙米，每人三角钱菜金，还有一小瓶酱油拌干椒，算是路上两天两夜的伙食。那还是酱油很稀罕的时候，乡下人只看见城里人吃过这种东西，觉得有些神秘。庆子吃得额头冒汗时就幸福地抹嘴巴："毛主席一个月三斤酱油怕是要吃的？"

吃完了饭，太阳落到山后去了，峡谷里突然变暗，雾气弥漫，溪流的嗬嗬声寒气侵骨。有一只乌鸦开始慌慌叫唤。这是该下山的时候了。庄子不想被人小看，挑竹子时怎么也不听劝告，偏偏选了两根大竹，扎成 A 字形，一挂秤，八十多斤。他满不在乎的样子，一甩长腿冲在最前面。为了表示体力还有富余，他没事找事似的，把挑子当举重杠铃往上推举，一二一，复习着以前学校里的体育课。他的嘴也闲得慌，需要发出点声音：

亚——非拉——人民要解放——

孔子听见庄子在前面唱，说："这洋戏不好听，没有调的。"

庆子说:"现在做马叫,等下就要做牛叫。"

果然,下了一个岭,就再也听不到福庄唱歌了,也很难看见他了。他总是落在后面很远,需要别人一次次来等待。在淡淡月色里,大家等啊等,好容易等到他跌跌撞撞跟上来,只见他弓着腰,五官乱成一团,汗津津的背上映出月光,扁担被肩头与脑袋吃力地夹住,就忍不住笑。

"我崽,你还唱啊。"庆子冷笑。

庄子哼哼哟哟,没工夫回嘴。

"你裹了脚么? 照你这样走,就要在这里过年了。"

"这么远啊? 我……我都走得脱肛了。"

"嘿嘿,来月经了吧?"

福庄眼下没有办法嘴硬。他对脱肛有些羞愧,粗腿被紧紧的裤边磨出了血,火燎燎地痛,只好横下一条心干脆脱了裤子。好在山里人稀,即便碰到女人,黑暗里谁也看不清谁。

他的大腿间凉爽多了,但还是觉得竹挑子越来越沉,怎么也跟不上队伍,走着走着就听不见前面的脚步声。他仔细听了听,嚓嚓声还是无影无踪。他走错了路吧? 前面是个菜园,还有一口井,路已经消失。他两眼一黑,绝望地想起刚才的一个岔路口——肯定是当时自己选错路了。可恨庆子他们既不等他,也不在那里留个什么标记。

"喂——"

一片陌生群山里,他的声音孤零零的。

"你们在哪里——"

远处有狗吠。不一会,路上有了庆子那种左脚略有些轻的脚步声。"你喊什么喊? 怕卡子上的人睡着了是不是?"

"你们也不等我。"

"要你跟紧点。"

"这到什么地方了？"

"才走了二十几里地，到了汉沙坪。"

福庄全身都软了，差点哭出来。

"起来，快起来！"庆子见庄子平躺在地上，就对他的屁股猛踢，"你这个没用的货，老子剜了你的卵子！"

"我就喘口气，只喘口气，求你了。"

"哪个耐烦等你？"

福庄只得挣扎，只得捶腿和揉腿，只得咬紧牙关站起来。他全身汗如水洗，往脸上抹了一把，竟抹出一手的蚂蚁。

幸好下雨了，他们不得不停下来歇脚。庆子路熟，带着他们躲进了一个窑棚。这里没有人，但留有一口锅。算一算，快过小年了，窑棚主人可能已经回家。他们搬来两捆烧窑的柴，燃了一堆火，烘烤刚才雨中淋湿的衣。他们互相看到男人的裸体，看到阳物在火光中晃来荡去，觉得很开心。孔子对庆子笑嘻嘻地说，听说你的家伙可以挂得两颗窑砖，是不是真的？庆子哼了一声，似乎不以为然，说当后生那时候岂止挂两颗！现在是老了，还挨了一刀——他是指在政府的动员之下，做了计划生育的结扎手术。

孔子看看自己，又看看庄子，觉得庄子也不可思议，你的怎么那么小？大蒜子一样！我看你一天到晚勒着三角裤，也就是藏了个这样的宝物啊？

福庄自我解嘲：天冷嘛。

收了汗，确实有些冷，正好湿衣已经烤干，大家就穿上衣，还找些柴草来围堵自己遮挡风寒。庆子说睡就睡，一点也不耽误时间。先放出几声鼾，接着又哇哇哇地跳，原来是他一不小心把脚伸进了火堆，一只草鞋烧得冒烟。他把睡着了的一一踢醒，说睡不得，睡不得，这样睡会冻坏人的。

他又说，这雨看样子一时半刻停不了，我们得先搞点吃的再说。他四下察看，找到一个破筐，里面只有几只陶钵，有半碗盐，此外什么也没有。他吩咐庄子烧一锅水，自己出去了，不一会拿着几棵沾泥带土的白菜回来，大概是从附近农户那里偷来的。

　　雨还在下。可以清楚地听见满山的雨声,随着风一层层地由远而近。甚至可以听清楚每一滴雨,落在对面山上的某一片叶子上,某一块石头上,或者某一个稻草人的斗笠上。静夜使人的耳膜变得极其敏锐,可以捕捉到这个世界任何一丝微弱的动静。即便有千万种声音,它们也都被静夜一一过滤出来,洗刷得干干净净,面目各别,纤毫毕现,绝不会互相混淆。

　　庆子说,他听到了麂子,一大一小,就在岭上跑。

　　庄子听了听,好像确实听到山那边轻微的蹄声,甚至听到了鼻息的声音,树叶在嘴中咀嚼的声音,还有后腿滑了一下的声音。他还听到了别的什么,听到了山里的所有重大奥秘,只是没法说。一说,那些声音就没有了。

　　庆子断定,那只大的足有二十斤,一身好膘。

　　孔子说,打到它就好。

　　庆子说,再养肥点,下次来吃。

　　你下次还碰得到? 福庄有些惊讶。

　　庆子笑了笑,舔舔嘴巴,只是吸烟。他的笑里透出一种自信,似乎山里的野物都是他养的,都是他碗中的食,吃不吃,什么时候吃,一切由他从容安排。

　　锅里冒出了白汽。一锅没油没荤的白菜汤也香味扑鼻。他们没找到筷子,各自找一根树枝,一折为二,凑合着去锅里搅捞。可惜锅里没有米,庆子不容许庄子下米,一定要把几斤米留到曹家洞再吃。

第二辑 乡 亲

剃 匠

　　何爹剃头几十年,是个远近有名的剃匠师傅。无奈村里的脑袋越来越少,包括好多脑袋打工去了,好多脑袋移居山外了,好多脑袋入土了,算一下,生计越来越难以维持——他说起码要九百个脑袋,才够保证他基本的收入。

　　这还没有算那些一头红发或一头绿发的脑袋。何爹不愿趋时,说年轻人要染头发,五颜六色地染下来,狗不像狗,猫不像猫,还算是个人? 他不是不会染,是不愿意染。师傅没教给他的,他绝对不做。结果,好些年轻人来店里看一眼,发现这里不能焗油和染发,更不能做负离子和爆炸式,就打道去了镇上。

　　何爹的生意一天天更见冷清。我去找他剪头的时候,在几间房里寻了个遍,才发现他在竹床上睡觉。

　　"今天是初八,估算着你是该来了。"他高兴地打开炉门,乐滋滋地倒一盆热水,大张旗鼓进入第一道程序:洗脸清头。

　　"我这个头是要带到国外去的,你留心一点剃。"我提醒他。

　　"放心,放心! 建伢子要到阿联酋去煮饭,不也是要出国? 他也是我剃的。"

　　洗完脸,发现停了电。不过不要紧,他的老式推剪和剃刀都不用电——这又勾起了他对新式美发的不满和不屑:你说,他们到底是人剃头呢,还是电剃头呢? 只晓得操一把电剪,一个吹筒,两个月就出了师,就开得店,那也算剃头? 更好笑的是,眼下婆娘们也当剃匠,把男人的脑壳盘来拨去,要球不是要球,和面不是和面,成何体统? 男人的头,女子的腰,只能看,不能挠。这句老话都不记得了吗?

我笑他太老腔老板,劝他不必过于固守男女之防。

好吧好吧,就算男人的脑壳不金贵了,可以由婆娘们随便来挠,但理发不用剃刀,像什么话呢?他振振有词地说,剃匠剃匠,关键是剃,是一把刀。剃匠们以前为什么都敬奉关帝爷?就因为关大将军的功夫也是在一把刀上,过五关,斩六将,杀颜良,诛文丑,于万军之阵取上将军头颅如探囊取物。要是剃匠手里没有这把刀,起码一条,光头就是刨不出来的,三十六种刀法也派不上用场。

我领教过他的微型青龙偃月。其一是"关公拖刀":刀背在顾客后颈处长长地一刮,刮出顾客麻酥酥的一阵惊悚,让人十分享受。其二是"张飞打鼓":刀口在顾客后颈上弹出一串花,同样让顾客特别舒服。"双龙出水"也是刀法之一,意味着刀片在顾客鼻梁两边轻捷地铲削。"月中偷桃"当然是另一刀法,意味着刀片在顾客眼皮上轻巧地刨刮。至于"哪吒探海"更是不可错过的一绝:刀尖在顾客耳朵窝子里细剔,似有似无,若即若离,不仅净毛除垢,而且让人痒中透爽,整个耳朵顿时清新和开阔,整个面部和身体为之牵动,招来嗖嗖嗖八面来风。气脉贯通和精血踊跃之际,待剃匠从容收刀,受用者一个喷嚏天昏地暗,尽吐五脏六腑之浊气。

何师傅操一杆青龙偃月,阅人间头颅无数,开刀,合刀,清刀,弹刀,均由手腕与两三指头相配合,玩出了一朵令人眼花缭乱的花。一把刀可以旋出任何一个角度,可以对付任何复杂的部位,上下左右无敌不克,横竖内外无坚不摧,有时甚至可以闭着眼睛上阵,无须眼角余光的照看。

一套古典绝活玩下来,他只收三块钱。

尽管廉价,尽管古典,他的顾客还是越来越少。有时候,他成天只能睡觉,一天下来也等不到一个脑袋,只好招手把笑花子那流浪崽叫进门,同他说说话,或者在他头上活活手,提供免费服务。但他还是绝不焗油和染发,宁可败走麦城也决不背汉降魏。

大概是白天睡多了,他晚上反而睡不着,常常带着笑花子去邻居家看看电视,或者去老朋友那里串门坐人家。从李白的"床前明月光",到白居易的"此恨绵绵无绝期",他诗兴大发时,能背出很多古人诗作。

三明爹一辈子只有一个发型，就是刨光头，每次都被何师傅刨得灰里透白，白里透青，滑溜溜地毫光四射，因此多年来是何爹刀下最熟悉、最亲切、最忠实的脑袋。虽然不识几个字，三明爹也是他背诗的最好听众。有一段，三明爹好久没送脑袋来了，让何爹算着算着日子，不免起了疑心。他翻过两个岭去看望老朋友，发现对方久病在床，已经脱了形，奄奄一息。

　　他含着泪回家，取来了行头，再给对方的脑袋上刨一次，包括使完了他全部的绝活。三明爹半躺着，舒服得长长吁出一口气："贼娘养的好过呀。兄弟，我这一辈子抓泥捧土，脚吃了亏，手吃了亏，肚子也吃了亏呵。搭伴你，就是脑壳没有吃亏。我这个脑壳，来世……还是你的。"

　　何爹含着泪说："你放心，放心。"

　　光头脸上带着笑，慢慢合上了眼皮，像睡过去了。

　　何爹再一次张飞打鼓：刀口在光亮亮的头皮上一弹，弹出了一串花，由强渐弱，余音袅袅，算是最后一道工序完成。他看见三明爹眼皮轻轻跳了一下。

　　那一定是人生最后的极乐。

郎　中

山那边有一郎中,塌鼻子,读书不多,每天上午不做事,只是咕嘟咕嘟吸水烟,直到铜烟筒烧红了才熄火。午饭后睡觉,睡到一个大哈欠起床才开始门诊,但限定人数,只看三四十个号子——他晚上要去坐人家喝茶,从来不可耽误。

没有人看见他采药,但他总能拿出一种黑药丸,据说那是他半夜里采集和炮制的,几乎包治百病,神效十分了得。这种药丸有大有小,有粗有细,有深有浅,其中区别只有他自己知道,连贴身的帮手也不大明白。

不光是药,他还有很多旁门左道。比如有个病人高烧不退,见郎中来了就大喊大叫,跳起来朝门外跑。塌鼻子追上去一拳就把病人打倒在地,再把对方拖入水塘,不论对方如何惨叫,不论病人的亲属如何哀求,他死死揪住病人的头发,一次次把脑袋按入水中。直到没有什么动静了,才把几乎半死的病人拖上岸。人们遵他的指示,用好几重茧棉包裹病人,抬到床上去发汗。不到一个时辰,病人果然发出汗来,高烧渐退,神志恢复,亲属们无不欢天喜地。

一个小孩不小心吞铁钉入腹,急得父母团团转。塌鼻子去问了问,要孩子父母煮一锅粥,自己不慌不忙去了炭窑,剥来新炭皮几块,研成粉末,调入热粥,要小孩连吃三碗。过了半个时辰,小孩如厕大便,果然把炭屑裹着的铁钉屙出体外。

更奇特的是,某家的一匹马右腿折断,村里人都等着吃马肉。塌鼻子走到屠夫前一举手说不可。他仔细看看腿伤,要马主人找来铜钱一枚,放在火里烧红,再下醋淬火,如是三番,用刀背将铜钱研为粉末,和着谷酒,灌入马口。五六天之后,马腿竟然奇迹般地复原如初。更奇怪的是,几年后这匹马死了,屠马者割开皮肉,还发现有一铜圈箍在当年的骨折之处。

这些说法不知是否属实。

塌鼻子医术高,脾气就大了起来,说话没轻重。有一天,他摸到一个病人的脉,生气地说:"一个死人,你们还背来做什么?"当时病人还能吃能拉,病情不算特别严重,家人一听这话大为生气,愤而去了县城医院。不料七天之后,那病人果然一命呜呼。还有一天,有两个妇女上门求医,带的鸡蛋不一般多,为了避免送礼有厚薄,多带鸡蛋的一位便从篮子里取出了几个,藏在路边的草丛里,打算回头时再取。她们没料到塌鼻子开了药方以后说:"你们快点回去,草里的鸡蛋要被犁田人拿走了呵。"这当然让两位妇人大惊失色:这塌鼻子莫非有个望远镜,还看见了她们刚才在路边的手脚?

塌鼻子的故事后来越传越多,最神的事莫过有些人曾偷偷地看他采药——他们后来大惊失色地说,他们看见了,看见了塌鼻子晚上出门,驾船过湖的时候根本不用桨,只拿一根草在水里搅两下,船就走得飞快!

他的门前常常求医者如云。我大姐的晕眩症发作时,我曾经开车拉她去过那里,但发现路边停了好几台汽车,屋里人头攒动围了个水泄不通。我们踮起脚来,也只看见一排背影那边的一顶破呢帽,也算是一瞥他的尊容。当天的号子已经发放完了,没给我们留下机会。

人们说他门诊的一大规矩,就是任何人都得排号,谁也没有优先权。那一次是来了一辆小轿车,是县里某大人物的太太求诊,陪同前来的乡干部笑脸求情,连塌鼻子自己的侄儿也来拉衣袖,想让官太太破例优先。塌鼻子不答应,说官有大小,病无贵贱,他这里是铁规矩。

官太太好生不快,见他颈根里黑黑的一圈,见他耳朵里生出几根长毛,更是不以为然,暗地里咒了几声"塌鼻子"——有什么了不起呢?

轮到她就诊了,塌鼻子一见她就摇手:"我一个塌鼻子晓得什么!你还是找个高鼻子去看。"

对方听出了话中有话,吓得面如土灰,忙不迭地道歉,一定要请他消消气,说她刚才腹诽的不是郎中,是另外一个什么人。

但他还是得罪了不少人。打击非法游医的时候,县卫生局说他既无执

043

照,更无文凭,有时还搞迷信,江湖游医的黑诊所必须马上关闭。这一禁令是不是出于仇人暗算,不得而知。他从那以后就放鸭子,把一大群鸭子放得肥大无比。人们说,他在湖边睡足了,只消拍三下巴掌,鸭子就会乖乖地跟着他回家。他又想睡觉了,只消把鸭铲立在稻田边上,鸭子就不敢越过鸭铲去吃别人田里的谷。

他站在门槛前,两只脚简直就是两棵树,在地上生了根,四个男子也休想把他推动。但他这一身武功不传子,其理由是他儿子性子邪,有了神功可能挑惹是非,祸国殃民。有人说:"政府把你的诊所都关了,你还想着国家社稷,难得。"他笑着说:"医道就是仁道,仁者以德报怨,不同卫生局计较。"

他后来又获准行医,大概是一些忠实的客户帮忙,或者是卫生局没法管死,虽然没给他执照,但也睁一只眼闭一只眼。他对邻居们说,他猫肉吃得太多,食德太差,活不长了。六月乃淫厉之时,他将来一定病在六月,死在八月,这个日子是越来越近了。他说他死的那天还吃得酒肉,还唱得戏,只是傍晚会洗一个澡,然后一觉而逝,不声不响,不会麻烦任何人,大家大可放心。他甚至还预言,在他死后三个月之内,不是上海就是北京,必有一个状如老猫的高人要来聘他出山,只是那高人与他有缘无分,相见时分隔在阴阳两界呵。

他预言过很多事情,有过误,也有过验,只是不知这一次会不会说对。

炮　手

华子是个小后生，半边脸是疤，是不是放炮炸伤的，不得而知。

人们一碰到顽石碍事，就会想起这位知名炮手。每次打炮眼，他事先围着目标走一走，抠块石头捏一捏，撒泡尿，挠挠脑袋，就能定出最刁的打眼角度，打出恰到好处的深度。能打两米的决不打两米五，能一炮解决问题的决不用两炮。这就像大牌外科大夫下刀极准，或是超级政治家一言安邦。因此他用药少，炸掉的石方反而多，溅出去的石片还不怎么伤田和伤树。

他点爆的都是闷炮，行家一听，就知道炸着了痒处。用他的话来说，响屁不臭，臭屁不响。那些炸得暴暴烈烈的响屁，反而只是炸了个热闹，炸不动根基。

仗着这点本事，他经常表扬这个那个的智商，还兴冲冲地对我刮目相看："不错呵，你的脑心还有几个窍。"——当时我猜出了一个谜语（其实是连小孩都难不住的低级谜语），就有幸得到这个半文盲的垂青，差点被他大拍肩膀。

有一次我们同去县城，遇到公路收费卡。华子钱掏到手里又不甘心，冲着收费站的女子直叫唤："修这条路的时候，老子也集了资的，怎么还要收我的钱？"

对方敲敲公告牌："集了资的也要交费，政府规定！没长眼睛啊？"

"那你先告诉我，我出钱修的那一截路在哪里？"

"什么意思？"

"老子今天不进城了，先去找到那截路，拦根草绳子也要收钱！"

对方觉得好笑："你集了好多资？两百？三百？算个屁啊？"

"哎，当时你们要收钱的时候，没有说收屁啊。我当时要是交个屁，你们收不收？我今天要是交个屁……”

“你嘴巴放干净点！”对方脸一红。

“是你嘴巴不干净，还是我嘴巴不干净？”

“跟你说，修这条路费了一个多亿。你那一点钱，塞牙缝还不够。”

“就算钱不多，总要修一块地方吧？就算只修脸盆大一块，你也指给我看看。在哪里？你说，在哪里？”

对方这一下为难了，不知如何回答。

疤脸得意扬扬：“就算只有巴掌大一块，老子未必不能钉个桩？自己的地方，要钉桩就钉桩，要打洞就打洞，你管得着吗？”

关于他捐建的那一点是脸盆大还是巴掌大的问题，关于他的路上可以钉桩还是可以打洞的问题，纠缠了好一阵。反正华子今天是铁下心来讲道理，掏不掏钱的事倒是好说。眼看着后面的汽车排成队了，喇叭鸣个不停，收费站的那婆娘急得冒汗，有理讲不清，又被屁呀屁的计较弄得面红耳赤，只好朝我们的农用车狠踢了一脚，不再理睬我们，让我们不明不白地过去了。

机　手

　　挖土机师傅不是本地人。人称"老应"，大概是取其名未取其姓。他手艺好，一坐进驾驶室，长长的挖瓢便招展而出，咣当咣当蛇走龙行，还真灵活如一只巨大铁手，想怎么抠就怎么抠，想怎么拨就怎么拨。如果给它一双筷子，这只手似乎也能夹菜。如果给它一条手绢，这只手似乎还能揪鼻涕、擦眼泪，招手送风情，然后打出一个响指——那一刻我觉得大挖瓢完全可以做出这些动作。

　　碰上大岩崖，只要那里有几许泥缝，老应根本不用放炮，靠一只铁手的几个指甲勾进泥缝，一眨眼就哗啦啦抠下大块石头，给主人省下雷管炸药。就因为这一条，人们争着请他上门做工，拿好烟好酒款待他。

　　他有了面子，干活更加卖力。别人要两天才能挖完的任务，他有时候一天就完成，然后一只挖瓢盛着空油桶，早早地下山去。挖土机碾得尘土飞扬，地动山摇，如同一只得意扬扬的独臂螳螂撒腿狂跑。有人说，这只独臂螳螂急着下山，是要去找花姑娘或者花大嫂。他听了只是一笑，不怎么辩白。

　　他翻过车，但越翻胆子越大，不管多么危险的地段，都是一个铁脑壳向前，开着挖土机去拱，去钻，去挤。有一次，路坏塌了一大块，塌出了几米长的半边路。坡下是悬崖陡壁，石头滚到谷底要好一阵。挖土机看来是不可能通过了。但他急着要赶工时，左看看，右看看，最后只靠一边履带着地，任另一边履带悬空，硬是把挖土机开了过去。他的办法是用挖瓢抓住坡上的树蔸，减轻车体重力，巧妙地保持平衡，相当于一个瘸子借手臂之援闯过独木桥。

　　这一套高空杂技玩得旁人大喊大叫，出一身冷汗。但他事后不以为然地说："挖土机比推土机多了一只手，怕什么怕？"

他还说，他这一套玩惯了。有一次过小桥，发现桥面太窄，他用那只挖瓢撑住桥下一块大石头，等于加一铁桩，也是一边履带悬空地过了桥。

　　但他并不是傻大胆。那天我们几个人坐在路坯上休息，发现他的挖土机突然退下来。他还伸出脑袋，一个劲挥手，要我们赶快跟着退。我们不知道是何原因，退出几十步以后，回头看看刚才那一段路坯，平静如常，风轻草静，什么事也没有。我们正要怪他多事，突然间轰然一声闷响，山崖上尘灰四喷，有的灰柱喷出丈多高。我们的视野里出现大块面移动，半座山连土带树地垮塌下来，把路坯埋了个严严实实。大大小小的碎石还在朝山下翻滚和跳跃，嘎地一下斩断一棵老树，叭地一下截断一根新竹，快刀切豆腐一般干净利落。

　　我们惊呆了。

　　显然，要是再晚退片刻，我们也就成了那豆腐。

　　这放炮震动引起的山体垮塌，时有时无，谁也说不准。我后来问老应，他是如何预感到险情的。他说他也不知道，只是听到了两声鸟的怪叫，加上自己眼皮跳，胃也痛，就觉得大事不好。

　　为感救命之恩，我们凑点钱，买来两瓶酒，请老应吃饭。席间，我问他的胃痛与这事有什么关系。他说，他从不吃麂肉、兔肉、野猪肉、野鸡肉，反正山里（动物的）的肉一律不吃，所以这个胃与别人的不一样。你说它是个报警器，它还真能知凶吉。规律一般是这样：如果一天放上几个屁，就是平安无事；如果成天没有动静，就得多加注意；如果胃里一阵抽搐，抽得肚皮跳，那就不管三七二十一，得赶快夺路逃命了。

蛇 贩

山峒里多蛇,贩蛇便成了一种不错的行业,其中最有名的蛇贩子是端妹子。照当地俗称习惯,"端妹子"其实是男性。他额角有一大块黑皮,所以又有人叫他"黑皮"。

黑皮原来是吃铜锣饭的,唱乔仔戏,打电视普及以后,铜锣饭不如从前好吃,他就拜了个师傅,改从贩蛇之业,成天骑着一辆破脚踏车,挂着两只化纤口袋,在山峒里走村串户。他的口袋里有乌丝蛇和菜花蛇,价贱,仅蛇胆可以入药。还有蝮蛇,俗称土皮蛇,价也贱,十来块钱就可以收得一条。比较贵的要数扇头风,即读书人说的眼镜蛇,商贩一般得出价六十至八十,才可能说动卖主。

黑皮把收来的蛇存入家里的竹笼子,积上百条左右以后,再集中运到山外,转卖给广东来的蛇老板。其中比较稀奇特异的蛇,他就拿去卖到省城里的什么大学,给人家师生做实验。实在无蛇可收的时候,他也顺手收点黄鳝或者团鱼,卖给镇上的饭店。反正一辆破脚踏车成天地骑着,一个装了些小石子的铝皮水壶成天摇响,在山道上摇出一下没一下的哗啦声。

毒蛇并不乱开口,一开口则必定伤人。黑皮不怕蛇,有成百上千条蛇过手,从未被蛇咬伤,全靠他从师傅那里学来的技术,还有一套防身的秘传咒语。他说过,贩蛇人有行内的规矩,比如一生不得吃狗肉,这是第一戒;也不得医治任何蛇伤,这是第二戒——即便看见至爱亲朋在蛇咬之下危在旦夕,也须硬着心肠袖手旁观,否则就彻底断了自己的财路。他师傅说:贩蛇的不能治蛇,治蛇的不能贩蛇,天下人各有生路,你不能赚夹份钱,这是一大基本原则。

据说贩蛇的其实也很难抓到蛇，甚至平时根本看不见蛇，因为这种人身上杀气太重，还隔上两三里路，就把蛇吓跑了。

黑皮就这样以蛇为生过了七八年，小日子过得不错，不但把自己的脚踏车换成了摩托车，还给哥哥嫂嫂买了一台彩电。嫂嫂见他一直单身，平时多有关心，帮他洗洗衣，扫扫房子，做个鞋垫什么的。有时候心生好奇，嫂嫂就要小叔子玩玩蛇术，比如看黑皮是如何念一通定身咒，使蛇原地不动寸步难行。有一次，黑皮玩得高兴，把一黄一黑两条小蛇拦腰斩断，念一些咒语，两条蛇居然交换连接，黑头连了黄尾，黄头连了黑尾，都成了两色花蛇，还能游窜如故，令嫂嫂大开眼界，连声惊叫。

这天嫂子去他家送碗汤，顺便说了一句："你的床怎么这样窄？准备一辈子光棍啊？"黑皮这天正高兴，调笑话脱口而出："嫂嫂要不来试一下？这张床看起来不宽，睡嫂嫂这样的小个子，还是睡得下的。"妇人倒也不恼，咒了一声"臭嘴"，笑着站起来说："你等着吧，我下次来试。"然后哈哈大笑而去。

这一声大笑，似有心，似无意，笑得黑皮有点晕。就在这一天，嫂嫂在菜园里被一条竹叶青咬了。黑皮一急，竟忘了守戒，跑到村头拔了两枝七叶莲，赶到嫂嫂身边又是吮毒，又是敷草药，救了一条命。

嫂嫂慌乱大叫的时候，紧紧抓住他的一只手，竟把这只手掐破了皮，掐出了血。

黑皮就是这样坏了自己的功法。后来他去茶峒收蛇，才走到坡上，就被群蛇围攻。他的定身咒不管用了，两脚也软弱如泥，怎么也跑不动，结果一命呜呼。人们后来发现他身上留有几十种不同齿痕的蛇伤，发现他全身黑紫，脸肿如盆，七孔流血，手里掐着断蛇，脚底踩着死蛇，口里咬着两个蛇头，耳朵眼和鼻孔里还分别悬出半截小蛇尾……一场人蛇大战，可见何等惨烈。他的摩托也未能幸免，车上电线、坐垫等软质部件，全被蛇咬了个千疮百孔，连排气管里都钻进了一条土皮蛇，大概是想毒杀发动机。

据对面山上的放牛人说，他临死前大叫了一声，是叫一个什么人的名字。

他双亲已故，除哥哥以外没有其他特别重要的亲友。以后每逢清明节，他的坟头只会出现一个默默烧纸的妇人。

猎　户

猎户杨某,罗圈腿,麻色浅发,常暴几许错杂黄牙于嘴中,似黄牙已将嘴穴胀破,唇圈永难围合。此人年过六旬,却身骨强健,入冬不着棉袄,薄裤参差悬吊,赤足踏套鞋,叭叭行于村路。

杨某有绝技。上山见虎粪,即可辨出虎之大小,虎之雌雄,虎之肥瘦,言过山虎必依特定路线往返,人只消算定虎归时日,于虎行路线安装套夹即可。众人皆称,杨某上山从不空手归,在家亦可神算山中动静。有时陪客闲坐喝茶,忽然眼生光辉,一跃而起,挥挥手,差小儿速去某坡收取套夹,取回野兔或黄麂,以免被闲人窃得。小儿半信半疑,无奈应差前往,片刻后果有毛茸茸野物在手,一路兴冲冲回家。

众人又言,杨某的铁铣亦有灵。若山上不远处有野物出没,墙上铁铣必扑扑自跳,躁动不宁。

杨某通医道,无论遇何种蛇伤,赶至伤者前连呼三声对方姓名,倘对方尚能应答,则必定救活无虑。农业大跃进年间,公路进山,汽车咆哮,阳气浩荡,致山上野物渐稀,杨某遂转事农业,扶犁掌耙之余靠蛇药秘方换钱米贴补家用。

杨某寡言,然常有奇论。邻人有小儿,三岁能算,五岁善书画,村人誉之为神童,百般喜爱。杨某目其果能背诵花鼓词如流,不觉惊惧失色,目瞪口呆,倒退两步,称盖世聪明如何了得?将来必坐班房。然小儿父母闻其言不怒,一笑了之。

工作组进队清查财务,查出会计贪污款十四笔,又召集隆重大会,民主改选会计。选票为草梗,逐一分发。村民捏之在手,面面相觑,计欲投票一青皮后生名下。正纷纷起身,杨某于墙角举掌高声:不可! 须臾又言:原会计新屋落成,两房儿媳已娶,三儿亦戴手表穿洋服往县城为官,算下来,全家衣食无忧,已吃得八成饱,若换一个饿的从头吃起,我等百姓如何负担得了?

众大悟,纷纷投梗以邀原会计留任,令工作组大惑而去。

野 人

大脑壳是一个后生，娘死得早，只有个爹，成天跟着爹在山上打岩头——也就是石匠打石头。他脑壳长得大，形如倒立葫芦，人家就经常叫他大脑壳，反而不大记得他的尊姓大名。他不怎么讲话，也热心给人帮忙，哪家要砌屋，哪家要杀猪，都喜欢叫他当下手。他忙完了来吃饭，不要鱼不要肉，只是喜欢吃辣椒，常常半碗辣椒半碗饭，吃得嘴巴红红的，全身冒大汗。日子一久，人们又叫他辣椒娃。

他爹是个很要面子的人。有一次做上门工夫，给一个富人打磨子，已经差不多打好了，忽听得主人说丢了一个手电筒，还怀疑是大脑壳拿走的。他爹大怒，说他家上下十二代人，在这里做人从来都是当当响，从不乱拿人家一根草，今天怎么碰上一条疯狗子咬人？他把主人大骂一通，一锤子砸碎石磨，扬长而去。

这家院门前的石狮子，还有石门框，都出自他爹的手。因此临走之前，他爹还觉得不顺眼，咣咣咣咣，把这些石头统统砸碎，情愿退还多年前的工钱和料钱。

回到家里，他爹也不问大脑壳，只是到第二天早晨，发现竹篓子里关着十几只蛤蟆，才脸上渐生疑色。他叫来儿子，问大脑壳夜里如何叉得蛤蟆，问对方是否拿了别人的手电筒。

大脑壳脸色转白，没吭气，居然点了点头。

爹爹气得差点当场晕倒，被儿子扶起来，睁开眼，一巴掌，打得大脑壳猫样地叫了一声，轻飘飘飞出了门槛。

你去死！岩匠这样骂道。

你不要再让我看见！这话也说得恩断义绝。

大脑壳没吭声，摸着脸，走了。

寨子里的人好几天不见大脑壳，便四处找他。以为他去了舅舅家，以为他跳了河，以为他上了吊，但找来找去还是活不见人死不见尸。大概半年之后，有人在山上看见他了。开始以为是看见了熊罴，后来发现他身上虽然多毛，但还挂一块破布，脑壳有倒立葫芦的形状，这才觉得有点不对劲：那不是大脑壳吧？

人们向他喊话，他有点吃惊，拔腿就跑，一溜烟就不见了。这以后，打猎的，砍柴的，寻草药的，看见他的人就更多。有时候还发现他的脚印和粪便，与山猪和熊罴留下的不大一样。他们回来说，大脑壳在山上搭了个窝棚，有时也在岩洞里睡，浑身披着长毛，而且毛色渐渐转红，活脱脱一个传说中的红毛野人。他头发长得齐胸，已经不会讲话了，只会哇哇哇乱叫，见人靠近他的窝棚或岩洞就射石块，做出龇牙咧嘴的凶恶样子。很奇怪的是，他与树根树枝很是过不去，走路时看见暴出地面的树根，一定要拔出来，再继续走。爬到树上去摘杨梅板栗什么的，也总要把手边的树枝都折光，落在地上厚厚的一层。你只要看见路上有杂乱的树枝树根，就知道他到过这里了。

他有时下到靠山田来抓泥鳅或捉鱼虾。薅禾的妇女们远远看见他，笑他赤身裸体。他似乎也懂，会扯两片芭蕉叶在腰间一缠，遮住自己的下体。

大家去劝他爹，要他上山去把大脑壳劝回来。他爹闷声闷气，任人家说天说地，只有一句话："我没有这个儿！"

说得他烦了，他还会操起竹扫把，把说客们统统赶出门去。"我给狗当爹，给猪当爹，给老鼠臭虫当爹，也不给他当爹！"

大家再也不敢上他的门。

冬天来了，大概山上野食少了，大脑壳也偶尔出现在墟场上，一身红毛吓得人们大喊大叫，撂下担子忘命逃跑，以为来了熊罴或者山鬼。知道他不是熊罴，更不是鬼，是远近有名大岩匠的儿子，一些好事之徒去捉他，拿绳索去套他。但一个个哪里是他的敌手？他不知在山上吃了些什么，手臂粗若树筒，皮肤粗过牛皮，一声号叫之下，后生被他左一个右一个统统放倒在地上，有的还哎哎哟哟回去熬草药治伤。从那以后，没有人敢惹他，一见他就如见阎王爷，远远地四散躲开。只有些小娃崽不怕，围着他像看猴戏，跟在后面偷偷摸他的毛，摸他的光屁股。

他一般来说不理睬娃崽，任他们摸来摸去，只是埋头找他的盐巴、辣椒和肉。他走到哪里，哪里的人就跑光了。因此挑子上的猪肉他想取哪一挂就是哪一挂，摊子上的干辣椒他想抓多少就是多少，一边走就一边吃起来，哪怕生肉也嚼得吱吱响。不过他并不白要，更不是打劫，在哪里取了货，就把事先挑来的柴捆放在哪里，那意思很明白，算是给钱。

看到大脑壳这样子，远近四乡的人都常常叹息，说锤子生钉子，有什么样的爹就有什么样的儿，一家人都这样硬，真是吃铜饭屙铁屎呵。

地　主

吴县长这个人也值得记录一二。见过他的人都说,他一个阉鸡脑壳又长又尖,相貌要说多丑有多丑,为人却不失厚道。以前当地主的时候,他见了乞丐就施粥,见了死人就请人来埋,见到路上卖咸鱼的挑子,就一把拦下,要对方挑到粥厂去,说几担咸鱼值几个钱呢?你们只管吃,吃不穷我的。

有一年,山里发生宗族械斗,双方都咬死理,他就卖田来平息纠纷。

他当过几天国民党的县长,但贫下中农对他印象不错,土改的时候纷纷说,先不能斗他,要斗就斗世癞子。世癞子的田其实没有他的多,但那人太厉害一点,年三十到别人家催账,见对方没有谷,也没有茶油,就把人家准备过年的一个猪头提走了,好不尖钻!好不歹毒!正人君子不齿。

农民总是通过细节来论人的,总是记忆着细节和传说着细节,重细节甚于任何政策和理论——这与很多新派人士不一样。正因为如此,吴县长虽然成了革命的敌人,但靠一大堆细节挡着,很长一段时间内没挨过打,还颇受乡亲们尊重。有的人家生了娃崽,请他来取名字。有的人家办酒席,请他来坐头一桌。有一次某家嫁女,请他写对联,听说他做客去了,硬是追出五六里地,一定要讨他贵人吉言。他没有办法,只好站在路上口授一联:"易挑养育千斤担,难显关怀一片心",算是马虎应付了下来。

"文化大革命"是他没有逃脱的一劫。他还是被挂了牌子,戴了高帽子,接受群众的斗争,只差没把他当只猴子吊起来。他前面挂了一块牌,上写"牛鬼"二字。后面挂了一块牌,上写"蛇神"二字。他游行的时候就恨恨地喊:"我前面是牛鬼,我后面是蛇神!"民兵们开始还不觉,越听越觉得不是味,问他怎么能这样喊。他说你们如何写,我就如何喊,都是照你们写的喊,要不得吗？民兵们觉得他也没有说错，只好马虎带过。

工作队总算找到他一个岔子，指控他搞封建迷信，一直给人看相。

他不服："你们说看相是搞迷信，那你们买条牛不也是要看犍？"

我用这个"犍"是取其音 Jiān，指牛身上的旋毛眼。农民们常常查看犍的多少和位置，以此判断牛的质量和性格。在老地主看来，这不也是给牛看相？不也是革命的唯物主义？为何牛相可以看而人相不可以看？

工作队说不过他，只好再次带过。

同其他反动分子一起跪着挨斗的时候，他跪功最好，跪上两三个钟头，挺胸昂首，腰身笔直，纹丝不动，让台下所有的人都啧啧称奇。大家不听台上的发言，目光都集中到他的膝下和腰上，让会议组织者颇为恼火。到后来，他还可以跪着睡觉，一睁眼，打一个哈欠，吞一丝涎水，发现大会还没结束，合上眼睛再睡回笼觉，身板还是稳如磐石高高挺立。会场里油灯的光线暗淡，没有人发现他去南柯国走了好几个来回。

大概是这样跪着睡习惯了，睡舒服了，他后来不跪还不行。人家坐着铡猪草，他就要跪着铡。人家蹲着栽菜秧，他就要跪着栽。动不动就给人一个罪大恶极的姿态，让人惶惶不安。他来参加一般的会议，没有人要他跪，但他坐着坐着就双膝滑落在地，要过一过下跪的瘾。"我瞌睡来了，不得了，不得了。"他不好意思地解释，"不跪一下硬是不行了。"

你回去吧，快些回去！工作队后来也这样打发他，怕他留下来继续搅乱会场秩序。

他后来过得比较清闲。据说老婆病故的时候，他想过自杀，拿蜂蜜拌葱吃。俗话说，蜜拌葱，快如风，一吃肯定要死人的。但他吃了两回，居然就是不死，八字铁硬的。

总算等到了政治运动的结束，他重新当上了县政协委员。两个儿子也都上了大学，后来还去了美国。其中一个当了公司经理，另一个学问大得很，据说专门研究机器人的后脑壳——这是他对儿子专业成就的描述。听他这样说，好像机器人是有后脑壳的，可能还有额头和下巴之分，有五官科和泌尿科之分。

歌 手

　　来了两个县文化馆的人，建议我们改进演出节目，还要加一个山歌，以体现马桥的民间文化特点。本义想了想，说这有何难，万玉的喉咙尖，发丧歌发喜歌都是好角色，要他来发！

　　这"发"就是唱的意思。

　　村里的人都笑，尤其妇女们笑得前翻后仰，让我有点奇怪。我打听这个人是谁，她们略加描述，我才隐约想到一个似乎见过的人，没有胡子，弯弯眉毛也极淡，加上他总是刨出一个光头，看上去颇似一颗光溜溜的油萝卜。我记得他总是挑着一个担子出村，不知是去干什么。也记得他曾旁观别人唱歌，当时有人劝他出场，他就拖着一种尖细的娘娘腔讲官话："莫唱的，莫唱的，同志们莫要拿小弟调笑。"说着还红了脸。

　　他住下村两间茅屋，离了婚，带着一个小伢。据说他有点下流，尖尖嗓门总是出现在女人多的地方，总是激发出女人的大笑，或者被女人们用石头追打。他原是一个推匠，就是上门推砻碾谷的人，多与主妇们打交道。日子久了，"推"字由于他又有下流的意味。常有人问他，到底推过多少女人？他不好意思地笑："莫耍我，新社会要讲文明你晓不晓？"

　　复查说过这样一件事。有一次，万玉到龙家湾推米，一个小孩问他叫什么号，他说他叫野老倌。小孩问，你来做什么？他说打你妈妈的粑粑呵。小孩兴冲冲跑回屋，如实传达。这家聚着一伙女人在喝姜茶，一听皆笑骂。娃崽的姐姐气不过，放出狗来咬，骇得他抱头鼠窜，最后失足掉在粪凼里。

　　他一身粪水爬上田埂，留下凼里一个大坑，像一头牛睡过的。路上有人惊问："万推匠,你如何今天往粪凼里跳?"

"我看……看这粪凼到底有好深么。"

"你也来检查生产么?"

他支支吾吾急步走了。

一些娃崽在他身后拍手大笑,他捡一块石头威胁,腰子扭了好几下,憋出吃奶的劲也不过投了一竹竿远。娃崽便笑得更加放心。

从此,"检查生产"就成了马桥的一个典故,指万玉式的狼狈,以及对狼狈的掩饰。比方有人摔了一跤,马桥人就会笑问:你又检查生产么?

万玉是本义书记的同锅堂弟。有一段,本义家来了一个模样子漂亮的女客,他就三天两头笼着袖子到本义家闲坐,娘娘腔尖锐到深夜。一天晚上,火塘边已经围了一圈人,他大咧咧抽一张椅子挤入。本义没好气地问他:"你来做么事?"

"嫂子的姜茶好香,好香。"他理直气壮。

"这里在开会。"

"开会? 好呵,我也来开一个。"

"这是开党员会,你晓不晓?"

"党员会就党员会,我个把月没有开会了,今天硬是有瘾,不开它一家伙还不行。"

罗伯问:"哎哎哎,你什么时候入了党?"

万玉看看旁人,又看看罗伯:"我没有入党吗?"

"你入了裤裆吧?"

罗伯这一说,众人大笑。

万玉这才有羞愧之色。"罢罢罢,奴妾误入金銮殿,去也去也。"

他刚跨出房门就怒火冲天,对一个正要进门的党员威胁:"好吧,老子想开会的时候,偏不让我开。老子不想开的时候,你们又偏要开! 好吧,以后你们开会再莫喊老子来!"

他后来果然不再参加任何会，每次都拒绝得振振有词："我想开会的时候如何不让我开？好，你们把好会都开完了，剩几个烂会就想起我来了，就挂牵起我来了，告诉你，休想！"

万玉初到宣传队来的时候，显得十分破落潦倒，一根草绳捆着破棉袄，歪戴一顶呢子帽，悬吊得过高的裤脚下没有袜子，露出一截冻得红红的脚杆，还提着一杆牛鞭，是刚从地上回来。他很不耐烦的样子，说搞什么鬼呢，一下子不准他发歌，一下子又要他发歌，还要发到县里去，好像他是床脚下的夜壶，要用就拖出来，不用就塞进去。何部长从不做好事！

其实这根本与公社的何部长无关。

他神秘地问："如今可以发觉觉歌了么？共产党……"他做了个表示翻边的手势。

"你胡说些什么？"我塞给他一张纸，是关于大抓春耕生产的歌词，"今天记熟，明天就连排，后天公社里要检查。"

他看了好半天，一把抓住我的手："就发这个？锄头？耙头？扁担？积凼粪？浸禾种？"

我不明白他的意思。

"同志，下了田天天都是做这号鬼事，还拿上台来当歌发？不瞒你说，我一想起锄头扁担就出汗，心里翻。还发什么发？"

"你以为请你来唱什么？要你唱，你就唱，你不唱就出工去！"

"呵哟哟同志，如何这么大的脾气！"

他没将歌词还给我。

他的歌声未必像村里人说的那样好听，虽然还算脆亮，但显得过于爆，过于干，也过于直，一板唱上去，完全是女人的尖啸，是刀刃刮在瓷片上的那种刺激。我觉得听者的鼻窦都在哆哆嗦嗦地紧缩，大家不是用耳朵听歌，是用鼻窦、用额头、用后脑勺接受一次次刀割。

马桥不能没有这种刀割。除了知青，本地人对他的歌声一致好评。

知青更不同意他自我得意的化装，不让他穿他的那双旧皮鞋。他还要穿出他的灯芯绒裤子，甚至还要戴上一副眼镜。县文化馆来的辅导老师也说，大闹春耕怎么可以是个相公样？不行不行。他们想了想，要他打赤脚，卷裤腿，头上戴一顶斗笠，肩上还要扛一把锄头。

他大为不解："肩锄头？那不像个看水老倌？丑绝了，丑绝了！"

文化馆的说："你懂什么？这是艺术。"

"那我挑担粪桶来，就更加艺术么？"

如果不是本义在场督练，争论不可能结束。其实本义也觉得锄头不大悦目，但既然县里来的同志说锄头好，他只能拥护。"要你肩你就肩着，"他对万玉大骂，"你这个家伙怎么醒得猪一样？总要肩个东西吧？不然在台上呆呆的像个什么？发起歌来如何有个势？"

万玉眨眨眼，还是呆着。

本义急起来，上去给万玉做了几个示范动作，撑着锄头，或者是扛着锄头，一会儿扛在左边，一会儿扛在右边，让他看清楚。

以后几天的排练中，万玉打不起精神，支着他那把锄头站在一旁，形单影只。他比其他演员都年长一截，似乎也搭不上话。有些过路的妇女来看热闹，万玉到这个时候总有羞惭万分的表情，五官纠聚出一团苦笑："大妹子莫看，丑绝了。"

他最终没有跟我们到县里去。在公社上拖拉机的那天，左等右等，就是没看见他的影子。好容易看见他来了，又发现他没有带锄头。问他的锄头到哪里去了，他支支吾吾，说不碍事的，不碍事的，到县里再借。领队的说，街上不像乡下，家家都有锄头，万一没有借到合适的如何办？快回去拿！万玉还是笼着袖子支支吾吾没有动。我们看出来了，他硬是同那把锄头过不去，不想把它扛上台。

领队的只好自己就近去借。等他借来时，发现万玉不见了，溜了。

其实他从来没有去过县里，一直是很想去的。他早就在洗鞋子洗衣服，作进城的准备。他还偷偷地请求我，到时候一定要领着他过城里的马路——他最怕汽车。要是街痞子打他，他是肯定打不赢的。城里的女子好看，他东看西看也可能走失。他希望我随时挽救他。但他终于没有跟着我们去县城，决心与那把锄头对抗到底。他后来还解释，他对那些积凼、铲草皮、撒牛粪、浸禾种的歌词无论如何记不住，心里慌慌的，恼恼的，唱着唱着就想骂人，真到县城去唱肯定要出大事。他不是没有努力，甚至吃了猪脑子、狗脑子、牛脑子，还是记不上几句，一走神就滑到男女事上去了。他只得狠狠心临阵开溜。

因为他的不辞而别，本义后来罚了他五十斤谷。

这样看来，万玉在很多事情上不认真，在唱歌的问题上却相当认真。他简直有艺术殉道者的劲头，情愿放弃逛县城的美差，情愿放弃工分并遭受干部的臭骂和处罚，也不愿接受关于锄头的艺术，没有女人的艺什么术。

技　师

当年的一位插友姓刘,眼下在电视台当差,来我家玩过一次,执意要帮我装上电视卫星天线,决不让我成为文明的弃儿。

一辆工程车就这样灰头土脸地开来了。车上跳下两位技师,手操对讲机,吩咐手下人搬出监测器、钻孔机、定向仪、解码器、手提电脑等等,还忙着检查基础工程,即一个直径一点五米的水泥座——我家已经遵照吩咐提前打造好。

他们架上铝皮锅,靠定向仪确定方位,靠监测器查验信号,靠电脑上网搜寻参数资料。一拨人在野外操作天线,另一拨人在室内调试电视,双方在对讲机里哇啦哇啦呼叫,忙得一个个满头大汗。碰到什么疑难,他们还打手机咨询更高级的专家,甚至直接打到出产设备的厂家。在这个令人眼花缭乱的高科技过程中,我只能端茶倒水,完全帮不上忙。

朋友送来的这口锅,本身就价值两千。这笔厚礼实在让我过意不去。买一车西瓜送去电视台还礼,是后话不提。

几个月以后,雷击打坏了天线。我不好意思要工程车再跑一趟,正在为难之际,一位邻居对我说:"何不喊毛伢子来一趟?"

毛伢子是谁?

毛伢子就是桥头村路边那个杀猪佬啊。邻居说,他近来也兼营卫星天线安装,别人也叫他"卫星佬"。我不大相信杀猪的能玩好卫星,没有接受邻居的建议,含糊了一下。没料到邻居很热心,竟自作主张拜托一位运竹木的司机,捎了个口信下山去。卫星佬就这样进山了,站在院门外高声大叫。

我不认识他,见两个汉子的裤腿上满是泥点,以为是打鱼人来卖鱼,连连表示我们不要鱼。"不是你叫我来的么？"毛师傅很纳闷，给我出示一只用草绳拴着的铝皮锅，让我明白他们的来历和来意。

他们当然没有汽车，只骑来了一辆浑身哗啦啦乱响的旧摩托。一个人抱着大锅反坐在车尾，另一个挂着两个工具袋向前开车，一正一反珠联璧合，就像一棵歪着头的大蘑菇上了路，更像一只支着锅形天线的预警飞机嗡嗡嗡进了山，哪怕在田间小道也能七弯八折，一往无前。进了大门以后，大脚板踩得到处是泥印，他们既不细察，更不多言，三下五除二就打上前去，动作如果不说是粗鲁但至少是猛烈，简直是在杀猪。他们不由分说把肥胖的电视机抬到室外，扔在草地上任它哼哼，接上电线，就当成监测器用上了。他们既不需要定向仪，也不需要用量角器，只是抬抬头，看看太阳的位置，甚至是太阳在云中可能的位置，把一口铝皮锅左挪一下，右旋两下，再踹它三两脚，差点踹出了我想象中的尖叫，很快就校准了卫星方向。他们对锅座安装更无教条主义，如果你同意，他们更愿意省掉钢架，找来一些断砖废石，不一会就砌出三个砖墩，让锅座由一条钢腿变成三条砖腿，不像是架天线，倒像是砌猪圈。

卫星锅成了潲水锅。这样虽不大好看，不符合技术规程，但实际上更结实更稳固，有抗风和防锈的诸多实惠。在锅中央的高频头上，他们随手罩上个底朝天的可口可乐半截瓶子，算是乡下人的即兴创造，一个防雨的小把戏。

猪杀完了，肥胖的电视机也被捉回室内重上屠案。杀猪佬揪去一把鼻涕，在裤子上擦了一把，对各种解码参数烂熟于心信手拈来，对"亚太一号""泛美二号""雅玛尔"一类卫星名称如数家珍脱口而出，随手调试出屏幕上内地的、港台的、南亚的、中东的、欧美的各种音画，就像从竹笼里掏出一只只猪，看你要哪一只，看你要剁哪一块，他都可以熟练地剁好，足斤足两，老幼无欺。价格也便宜：装一口锅，连人工和线材费用总共三百左右，不到一头猪的钱。我这才知道卫星天线已经大大降价。

我要他们吃了饭再走，他们连连摇头，说天已不早，还要顺路去茶盘砚收猪，准备明天卖肉，说完一溜烟骑着摩托走了。

我目送他们远去，怀疑他们的小小摩托无所不能，不但能把肥的瘦的卫星节目统统带上山来，也能把电子化数码化的大肥猪运下山去。

闲 人

　　这一天我妻子去胖姑娘家买豆腐,回来大笑不已。我问她笑什么,她几次刚要开口又忍不住捧腹弯腰,眼泪都出了眼眶。原来,她刚才在大路边听一堆人聚议国事,绪非爹正在那里发表口头社论,议题是海南岛上空的中美撞机。

　　"……美国飞机来了,你有狠,就一炮打他娘的尸,跟什么踪?闻屁臭么?你的飞机又不硬,做得蛋壳子一样,假冒伪劣,撞不过人家的美国货,怪谁?"这是他对中国飞行员和飞机质量的不满。

　　"美国也他娘的太毒了,就是欺侮你不敢打。上次还炸我们的南斯拉夫(正确说法应该是我国驻南斯拉夫使馆),说是误炸。屁!你相信么?你以为他们飞机上的炸弹真是没捆好,一不留神滚下来一个?飞机上捆炸弹,总不会是用草绳捆吧?起码要拿六码丝(一种农民所熟悉的铁丝)来捆吧?他娘的,一炸就是三弹齐发,明明不是滚下来的,硬是起了毒心。最后说是赔钱。谁知道真的赔了没有?再说,他美国反正是有钱,扯几张票子不碍事。就当是摸了你老婆的屁股,赔五块钱,输钱没有输气呵。你拿他如何办?"这是发泄对美国当局的嫉愤。

　　绪非爹端着一个保温杯朝乡政府走去,见到这个爹那个婆的,还是一路上心潮难平:"不得了哇,不得了,飞行员还没有找回来!飞机犁一路去,轮船又犁一路回,到现在,一块降落伞的布也没找到。你们说那个飞行员是不是也有点蠢?未必手机也没带?打个电话回来呵!说我在哪个弯角,省得这么多人耽误瞌睡啊!"

　　这位绪非爹已在供销社退休,成天捧着个保温杯到处游荡,这里站一下，那里站一下，经常说得唇干舌燥，也确实需要茶水及时补充。实在没有话题和听众的时候，他有些无聊，就搓一手麻将，打一轮桌球，骑着摩托去镇上飙车，当一回玩酷的时尚老年。直到有一次翻车受伤，他好几天撅着屁股哎哎哟哟，扶着墙壁走路，才不再沾摩托。

方方、蒋韵、李锐、蒋子丹等朋友来乡下时，听我一番介绍，对这位意见领袖大为好奇，要我领头前去拜访。但那天运气不好，我们没找到他，只看到他家墙根刷有石灰标语"力戒空谈多干实事"。绪非爹后来得知此事，听说来访的都是作家，也觉得十分可惜，失去了一个与作家深入讨论台湾问题的机会。"中国就是一个人，一个男人呵。"他愤愤地痛陈国是，"台湾就是中国胯里的一粒蛋子。这粒蛋子如今捏在美国手里呵。他不时捏你一下，不时又捏你一下，痛得你没办法。你看恼不恼火？原来还有一粒蛋子捏在英国手里，两边夹着你捏。英国那个婆娘居然还想得出，上一回还要出钱来买蛋子。"

"真是要感谢邓小平，说我们卖点茶叶给你可以，卖点猪肉给你可以，但我们的蛋子怎么能卖给你呢？就一举把香港收回来了。现在我们胯里要痛，也只痛一粒了。"他补上重要的结论。

这些话女士不宜，但纯属说话的常识化和形象化，其实并无下流之意。看他的脸色，也是一本正经的。

我夏天里下水游泳，有幸在水中被他偶尔接见过三两回。他把汽车轮胎当成皮筏子，一块木板当做船桨，慢慢地朝我划过来，一个黑点由远而近。待看清他了，我发现轮胎上还横绑两块木条，就像船上的左右舷板，塑料袋里还藏有肥皂、毛巾、保温杯一类，看得出主人不是来游泳，是装备齐全地来洗澡。大概是对退休生活不大满意，绪非爹火气更大，越来越像个愤青，开口就骂乡政府："一年吃了一二十万，哪来那么多死尸要招待？说是招商引资！钱呢，引来的钱呢？钱毛也没有一根！还不如拿去喂猪，一二十万买饲料，总要喂出几百斤肉吧？"

骂完官员又骂日本右翼政客参拜靖国神社："参拜，参拜，参他娘的尸！真要搞得中国人火了，好，什么事也不做了，一人出十块钱，做两个原子弹。

老子把火柴一划，嘭嗵！"

　　"你是放原子弹还是放鞭炮？"我没听明白。

　　"当然是原子弹！"

　　他的原子弹还处在划火柴的水平，大概不会让日本人民过于紧张。

乡 长

乡政府召开村组干部大会,宣布禁止"买码"———一种类似六合彩的私彩。这种私彩通过电话投注,由各级联系人点钞,近来已闹得农不思农,商不思商,教不思教,不禁是不行了。人们一到下午就围在电视机旁,争看中央台七套频道一个叫"天线宝宝"的动画节目。据说那里有四个跳舞的卡通宝宝,举手抬足都可能暗示中彩号码:点两下头,就是数字二;转三个圈,就是数字三;下七级台阶,就是数字七,如此等等。这种对中央电视台的信赖和期待,在我看来荒谬绝伦。

一位最激烈反对买码的大嫂后来也倒戈。我问她为何不能坚持到底。她沮丧地说:"有什么办法呢?人家说得热火朝天,你不买,站在那里一根木头,哦哦的。"

"哦哦的"就是无话可说尴尬发呆的意思。

由此可见,潮流的感染力和威慑力不可小视,足以让抗拒者孤立和心慌,最终也只能随波逐流。

贺乡长此次禁码当然是吃了豹子胆,冒天下之大不韪,几成人民公敌。他话还没说完,台下便有抗议纷起。有人站起来大叫:"禁码?笑话,我已经亏了两千,你们赔给我啊?我不去赢回来,拿什么买化肥?"

另一个跟着站起来:"你们早不禁,迟不禁,等我亏了三四千就禁,安的是什么心?这就是你们执政为民啊?你们给群众造成了损害,就要负责到底!"

还有更多的人在拍桌子:贺麻子,你不能做缺德的事!我们又没有拿你的钱买码,你狗咬烂布巾啊?你蛮得屙牛屎啊?贺麻子,我们从没亏待过你啊,要茶有茶,要饭有饭,你今天要下这样的毒手?贺麻子,贺麻子……

会场已经无法控制,台上的人也束手无策。但贺乡长耳尖,突然怒气冲冲地一拍桌子:"哪个骂娘?"

下面安静了,大家面面相觑。好像刚才是有人骂娘,好像也没有人骂,但没有人说得清楚。

"嗯?哪个骂娘?"乡长迅速掌握了话题优势,脸色一沉,"禁码是为了你们好。你们禁不禁,看着办,关我卵事!但骂娘做什么?我娘碍了你们的事么?我娘什么时候得罪过你们?她今年六十五岁了,脚痛了十几年,在家里从不出门,喂一头猪,养几只鸡,一餐吃不下二两米,连皮鞋子都没穿过,连火车也没坐过,连城里的动物园也没有看过。哪一样得罪了你们?"

众人都觉得无话可说,站着的人都坐了下去。

乡长说到愤怒处,又猛拍一下桌子:"我娘离这里一百多里,清清白白一世人,上对得起天,下对得起地,凭什么被你们骂?她到长沙去补瓣心,欠了几万块钱的账不说,瓣心还没补好。医院里说,顶多也就是两三年的寿。你们还嫌她命不苦?她是吃过你们八溪峒一碗饭?还是烧过你们八溪峒一根柴?还是喝过你们八溪峒一口水?你们自己就没有娘?你们的娘也是茅厕板子,可以屎一脚尿一脚随便踩么?好笑,我贺麻子前后在五个乡镇当干部,没碰到这种事。动不动就骂娘,好啊,骂!骂啊!跳起来骂!……"

这一番话,证据充分,逻辑严密,高风亮节凛然,震得全场鸦雀无声,引来无数同情的目光。接下来的事情当然就好办了。大概人们觉得乡长他娘确实无辜,确实委屈,确实可怜,不该无缘无故地挨骂,那么天地良心,将心比心,禁码当然也就……不要再说了吧?

贺麻子不满足于禁码,继续保持着孝子的雄壮声威,斜横着眼,钩缩着鼻,怒冲冲,气呼呼,把笔记本重重地拍来甩去,一鼓作气乘胜追击,从禁码说到封山育林,再说到计划生育和宅基地收费,把所有可能引起争议的话题统统扫荡。他现在不用担心台下的反对了。他的娘已经使大家心服口服,不给他鼓掌是不可能的。看到他最后横来一眼,大家鼓掌更为热烈。

散会的时候,大家纷纷把"贺麻子"改称为"贺乡长":"唉,贺乡长也没讲错,这个码是不禁不行的呵。""贺乡长说得对,再不禁,过年钱都没有了!"
"今天中午好歹吃了顿肉饭,总不能白吃吧?"有的人还拍着胸口,好像自己
早就是贺乡长的铁哥们,早就同乡政府心连心了:"你以为买码是买脑白金
啊?我早说过,到头来都是钾铵磷(剧毒农药)!不闹出几条人命,不会收场
的,哼!"……人们一路上七嘴八舌,对禁码令基本上表示拥护。

尽管有些人还有几分心事重重,但看到大势所趋,胳膊扭不过大腿,也
就不再发声。

我没想到会开成了这样,对贺麻子佩服得五体投地,没想到他有那样的
非凡手段,竟能在今天闹哄哄的会上乱中取胜。

巫　师

　　有根是个船老板,看见我游泳,远远地在船上招手,嘴巴一阵开合——喊声在柴油机噪声中其实完全听不清。他有时给我捎来东西,在院墙外停了机器,一声大喊抛过墙来:"拿兔子肉呵!"或者"拿野猪肉呵"!我闻声赶去水边,从他那里接过肉,还有坝上一个猎手朋友的问候。

　　与有根熟了以后,碰到城里朋友来访,我常常包租他的船去库湖中游玩。在这个时候,他对船钱总是推让。"给什么钱呢?几个朋友!"或者说:"下次再说,下次再说,我现在不缺钱!"

　　我后来知道,有根在开船之外兼看风水,还懂一点小方术。他走进我家院子,总要东张西望,细加观察,然后讲解"内白虎(指我家院内一个坡)"和"外青龙(指我家墙外一道山)"的深义。听说我家鸡埘里出现一种麻色小蛋,他一口咬定那不是鸟蛋,也不是蛇蛋,而是臭婆娘(不知他是说谁)拿来偷换鸡蛋的。我应该马上去鸡埘边贴一红纸条,方可以正压邪,清净门户,赶走那个臭婆娘!

　　他是一个业余萨满,常被乡亲邀去解决难题。乡亲们一碰到事情不顺,比如出门便摔跤,进门又打碗,埘里刚死鸡,圈里又猪瘟……这就值得注意了,就不能当做一般事务来处理了。取冷饭一碗,配鱼肉若干,倒在屋后僻静处,辅之以烧香和贴符,俗称为"倒冷饭",可把小鬼打发远去,算是打破险局的简易伎俩。如果事情比较严重,比如房屋起火还加上恶病缠身,那就不光要救火和治病,更要找出形而上的原因。在这种情况下,乡下人信赖科学但不满足于科学,一定会去求助有根这样的人,甚至去求助更高级的和尚或道师。

　　到底找什么人,依情况的严重程度而定,也取决于当事人的支付能力。

这些做法十分可疑,但从心理学的角度来看,是否算得上某种草根民间的心治之术? 祛邪驱鬼一类是否也不失为心理暗示和精神调节的偏招? 就像很多老师要孩子们临考前大喊三声"我是最棒的",这种十之八九的谎言常常也管用,近来也被列为科学的一部分——不过是传统科学所忽略的科学。

　　倒是另有一些科学的接连露馅:化肥破坏土质的大弊近来才被人们认识。瘦肉精、催长素、DDT、隆胸硅胶、不粘锅的特氟隆等等,也以其危害最终吓坏了公众。神经毒气和细菌武器更不用说,似乎比巫术更浑蛋,其制造者分明是一些穿着白大褂的邪教教主。

　　但我还是一个信奉科学的教徒,对有根的热情指导一笑了之,急得他瞪大眼睛:"你以为这是迷信? 明明是科学,条条都是有书对的! "

　　他也想抢戴一顶科学的桂冠。

　　他给我看过一些油印小册子,解释地理与命理的关系,包括地理如何改变命理,命理如何改变地理——一个人只要三年不做恶事,家中的树木一定长得郁郁葱葱,如此等等。他还说到毛泽东、周恩来、蒋介石、林彪的祖坟,一个劲解释那些坟墓与命运的关联。据说那都是他们堪舆界公认的经典案例,还经过他一次次亲自考察。他决不容我对此心不在焉,把目光移向报纸:"老韩你听听……""老韩你想想……""老韩你来说,事情是不是这样……"他一次次用点名和盯人的方式,用假装提问但并未提问的方式,把心猿意马的我拉回来,逼我继续聆听。

　　"如果不是何键挖了毛主席的祖坟,毛主席怎么会香火不旺? 他儿子怎么可能死在朝鲜? "

　　"你看了几十年风水,为何自己没选个好风水? "我想击其要害。

　　"你说我家? 我家的风水不错啊! 以前只是大门偏了一点,前年我已经把门改过来了。但地理还得有命理的配合,你懂不懂? 我的八字是缺水,缺水也就是缺财,你懂不懂? ……"他说不通左就说右,绕一绕,又能把话圆回来。

　　这一天,我与他在雁泊湾看朋友,在一农户家吃晚饭。天色渐晚,主妇把一只大母鸡追得满地飞,说那只鸡几天前不知受了什么惊,晚上总是不回窝了,怕是要变野鸡了。

有根笑了笑："你等我来。"

"你抓得住它？"

"鸡有脚，自己不会走么？你只给我找一张纸。"

"要纸做什么？"

有根讳莫如深，笑而不答，取一张废报纸去灶角里点火，嘴里念念有词。

"回来没有？"他接下来大声问。

"回来了！"主妇往地坪里一看，大觉意外。

"你再看看，它进埘没有？"

"进去了！已经进去了！"

"看清楚呵，没有再出来吧？"

"没有！真的没有！"

主妇和我都目瞪口呆。如果我不是在现场目睹，如果这件事只是传说，我撞破脑袋也不会相信。但这的确是事实，完全超出了我的理解能力。我立刻想到的下一点是：我是不是应该遵照他的嘱咐，去鸡埘边贴红纸条？

深夜，我们离开雁泊湾。他把我送回家。我上了岸，在朦胧夜色中摇摇手，看他一点篙，船就离了岸，船尾有缓缓鼓动的浪花，搅碎了满湖星光。我答应下次跟他去看看峒里最好的一块坟地，据说是块要出宰相出将军的宝地。我的巨大殊荣是最早得知此事，是获准参观的第一人——他对我千叮咛万嘱咐：看了以后不能说。

穷 人

　　笑花子的父亲叫雨秋,是村里最穷的人,号称垃圾户,孤零零住在大山深处,方圆数里之内没有邻居。那里原是块坟山,以前属于山那边的陈氏。两间破瓦房住着陈家的守坟人。后来陈家败了,守坟人走了,破房久久地空着,便成了雨秋的窝。

　　去雨秋家看看不容易,需要爬几座山,走到气喘吁吁头昏眼花,才有远远的一个屋角在树林里冒出。同行的村支部书记莫求说:"到了。"我以为是雨秋家到了。没想到他是说老卫家到了,雨秋家还在老卫家后面的山上哩——他指了指云雾中若隐若现的更高一座山,吓得我腿发软。

　　雨秋的房子算不上房子,一半已经坍塌,瓦砾间长出了青草。另一半也摇摇欲坠,靠几根木头斜顶着,如同一个病人前后左右支着五六根拐杖。一堵老墙布满烟灰,扭曲成一个球面,看上去只要客人一个喷嚏,气流就可能把它捅破,然后是整堵墙哗啦啦倒下来。小门里一团寂黑,外人需要很长一段时间,才能让瞳孔适应黑暗,看清黑暗中浮现出来的一切,比方说锅里的冷粥,比方说紧靠着床头的锅灶,还有潮湿墙角里的两个瓦罐。抬头看看,一条条瓦缝宽得可以见天。可以想象,这样的屋顶一逢下雨就是筛子装水,要是再碰上大风,房子完全可能一瞬间垮塌,把雨秋一家活埋,并且久久不为外人所知——这里太偏了,太远了,平时除了野猪和红毛狗的光临,除了唧唧喳喳的鸟音,几乎不会有陌生脚步声出现。

　　雨秋不算太懒,这从门前一些梯田里的禾蔸可以看出来,从微风中的稻熟气息可以嗅出来。但在馓口之外他还能有什么盼头呢?大儿子多年前失踪。小儿子又是个呆傻,流落在山下从不回家。雨秋自己也只有一只眼睛,几乎落了个半残,要想挣个发家致富,委实不易。

我们在这里合计了一下,决定凑上一千多块钱,先给他置两间房,至少能防止风雨之夜的活埋。房子已经物色到了,就是对门岭上一处农舍,其主人已迁居山下,儿子又参军外出,老房子长期锁着不用。莫求用手机同户主通了电话,带着我们去点了点檩子,数清了柱子和门窗,还估了估屋上的瓦,说只有这些材料还值钱,一千二,差不多。雨秋也跟着我们去看了房子,对乡亲们的关心千恩万谢。

我以为这事就这么完了。

第二年春天,我再到这里来的时候,听说雨秋并没有搬家,不免有些奇怪。打听的结果是:雨秋临到搬家变了主意,说你们好事做到底吧,索性给他在公路边做栋新房算了。这当然是出了个难题。第一,做一栋新房至少也得四五万,村里哪有这笔钱?要大家去抢银行吗?第二,他要是搬下山来,离他的田土和山林远了,他还怎么谋生?不种田,不育林,他一只独眼认不出几十个字,是想炒股票还是办公司?村头们被他缠烦了,说叫花子嫌饭馊,你有了一寸就要一尺,为何不想搬到北京中南海去住呢?好,你爱搬不搬,爱住不住。再来结丝绊经,老子背都不给你看!

雨秋的诉苦史就从此开始。他穿着一件破烂衣,走访了所有他能走访到的人,到哪里都揪出一把把鼻涕,抱怨村里克扣了他的盖房款。就算不给盖新房,总不能不让他修旧房吧?一千二既然定在他的名下,就应该是他的,就该由他做主。为何他现在要买材料了,一分钱都不给他?……

当然,他没有说修房是他的新主意,也没有说村里已答应派人把免费的砖瓦挑上山,更没有说他前不久打牌时输了好几百。

很多人对他深表同情。我算是个当事人,对此不免觉得头大,见雨秋上门来,忍不住塞他几句硬话:"喂,你要了钱就去打牌,是吧?"

"天地良心,我现在连牌都不认得了!"

"不去打牌,要现钱做什么?村里给你买了瓦,买了石灰水泥,不就是钱?"

"我不喜欢瓦,我要盖油毛毡!"

"油毛毡哪有瓦结实？"

"油毛毡容易铺呵！"

"那你怎么不去糊几张纸？"

妻子看见他衣上的破洞，忍不住清出几件旧衣，但被我偷偷拦住。我后来告诉妻子，我看到过雨秋家的衣，都是上面发来的扶贫物资。西装，夹克，牛仔裤，运动衫，都有八九成新，哪一件都比他现在穿的要好，只因一大堆长期放在地上，早已裹泥带沙生了霉。妇女主任当时看不下去了，帮他拉了一根绳子，把那些衣晾起来，但第二次再去的时候，发现绳子又没有了，扶贫爱心还是堆在地上发臭。

雨秋走了以后，我给莫求打了个电话，说他硬要盖油毛毡，就盖油毛毡吧。你看如何？莫求当晚来到我家，说这个雨夫子气人啊，气人！硬要给他灌牛药才好！你知道他为什么不要瓦房吗？别人的瓦房，他不要。给他盖瓦房，他也不要。他精着呢，肯定是嫌瓦房太结实了，太好看了，他一住进去就不像个贫困户，以后就不会有人记着他了！相反，油毛毡好啊，三晒两淋就成渣，三吹两鼓就开裂，总是在那里戳眼睛，谁看了都会心软，谁看了都得管——村上以后还不年年给他支钱修房子？他的油毛毡哪是什么油毛毡呢，明明是一本存折，年年赚利息，连打麻将的钱也稳靠了！

同来的村长也啧啧赞叹，说了不得，真是了不得！他只有一只眼睛，怎么就看得这么长远呢？

生气归生气，我们还是得钻他的套子，同意把现钱交给他，不可能眼睁睁地看着他睡在露天里。后来的一天，我碰到庆爹，听他说起打牌的事。他说雨夫子虽然穷，但还是穷得硬气，从不欠账，去年输的麻将钱，前不久硬是还清了。

"你是说老岭上的那个杜家的雨夫子？"我问他。

"还有哪个雨夫子？"

"这远近就没有别的雨夫子？"

他眨眨眼，觉得有些奇怪。

我这才明白雨夫子铁心要盖油毛毡的原因。

他就不能赖掉牌桌上的欠款吗？如果他赖，大概也不会有人太怪罪他。但他没有赖，宁可把自家的窑瓦换成油毛毡，宁可一次次下山来胡搅蛮缠，把村里的干部以及更多的人都得罪光，也得实现自己的精心盘算——真是既无耻奸滑又可歌可泣。

我想起他离开我家那一天。天快黑了，他还要挑着一担米糠回家。我想借给他一个手电筒。他说不要，说摸黑上山习惯了。就算碰上红毛狗，就让红毛狗吃了算了，就算碰到扇头风，就让扇头风毒死算了。他活到这份上了，罪还没有受够吗？他就这样嘟嘟囔囔，挑着担子撞入夜色，走向我需要仰望才能看见的黑糊糊山影。

我当时要是真正心好，应该把手电筒塞到他手里的。

我只是假意客套了那么一句。

不知他还会不会再来我家，还能不能给我一个借出手电筒或者雨伞的机会。

懒 汉

那是青砖大瓦屋，大门已经没有了，据说大门前的石头狮子也在革命的时候被人砸了，但差不多高至人们膝盖的石头门槛，还显示出当年的威风。屋里偶有一扇没有被人拆走的窗户，上面的龙飞凤舞，精雕细刻，还有一股富贵气隐隐逼人。本地人把这幢无主的楼房叫做"神仙府"，有一种戏谑的味道。我后来才知道，神仙是指几个从不老实做田的烂杆子，又名马桥的"四大金刚"——他们很长一段时间里就住在这里。

我到神仙府去过一次，是受干部的派遣用红黄两色油漆到处刷写毛主席语录牌，不能漏下这一个角落。我去的时候，知道神仙府的金刚们或是谢世或是出走，现在只留下一个马鸣。他不在家，我在大门口咳了几声未见回音，只好怯怯地被几级残破的石阶诱入这一洞尘封的黑暗，在一团漆黑中有灭顶者的恐惧。幸好，侧身探进右厢以后，屋角缺了几片瓦，漏下一柱光线，让我的双目绝处逢生，最终有所依附。我慢慢才看清，这里有一片砖墙不知为什么向外隆胀，形如佛肚。这里的木板壁全是虫眼，遍地是草须和喳喳作响的碎瓦碴。靠墙有一口大棺木，也用草须覆盖，还加上一块破塑料布。我看见了主人的床，是墙角草窝中一块破席，上面有一堆黑如烟尘的棉絮，大概是暖脚的那一头，用一根草绳紧紧地捆成一束，显示出主人御寒的机智。草窝的旁边，有两节旧电池，有一个酒瓶和几个彩色的纸烟盒，算是神仙府对门外世界的零星捕获。

我的鼻尖碰到了一团硬硬的酸臭，偏过去一点，又没有了。偏过来一点，又有了。我不能不觉得，臭味在这里已经不是气体，而是无形的固体，久久地堆积，已凝结定型，甚至有了沉沉的重量。这里的主人肯定蹑手蹑脚，是从来不去搅动这一堆堆酸臭的。

我也小心避开固体的酸臭,找到一个鼻子较为轻松的地方,做了一块语录牌,即"忙时吃干,闲时吃稀,平时半干半稀"一句,希望对这里的主人有所教育。

我听得身后有人感叹:"时乱,必乱时矣。"

我身后有一个人,走路没有脚步声,不知何时冒了出来。他瘦得太阳穴深陷,过早地戴起了棉帽,套上了棉袄,笼着袖子冲着我微笑,想必就是主人了。他的帽檐如这里的其他男人们一样,总是旋歪了一个很大的角度。

问起来,他点点头,说他正是马鸣。
我问他刚才说什么。
他再次微笑,说这简笔字好没道理。汉字六书,形声法最为通适。繁体的时字,意符为"日",音符为"寺",意日而音寺,好端端的,改什么改?改成一个"寸"旁,读之无所依循,视之不堪入目,完全乱了汉字的肌理,实为逆乱之举。时既已乱,乱时便不远了呵。
文绉绉的一番话让我吓了一跳,也在我的知识范围之外。我赶忙岔开话题,问他刚才到哪里去了。
他说钓鱼。
"鱼呢?"我见他两手空空。
"你也钓鱼吗?你不可不知,钓翁之意不在鱼,在乎道。大鱼小鱼,有鱼无鱼,钓之各有其道,各有其乐,是不计较结果的。只有悍夫刁妇才利欲熏心,下毒藤,放炸药,网打棒杀,实在是乌烟瘴气,恶俗不可容忍,不可容忍!"他说到这里,竟激动得红了脸,咳了起来。
"你吃了饭没有?"
他捂着嘴摇了摇头。

我很怕他下一句就找我借粮，没等他咳完就抢占话头："还是钓了鱼好。好煮鱼吃。"

"鱼有什么好吃？"他轻蔑地哼了一声，"食粪之类，浊！"

"那你……吃肉？"

"唉，猪最蠢，猪肉伤才思。牛最笨，牛肉折灵机。羊呢，最怯懦，羊肉易损胆魄。都不是什么好东西。"

这种说法我真是闻所未闻。

他看出我的疑惑，干干地笑了。"天地之大，还怕没什么可吃？你看看，蝴蝶有美色，蝉蛾有清声，螳螂有飞墙之功，蚂蟥有分身之法，凡此百虫，采天地精华，集古今灵气，是最为难得的佳肴。佳肴。喷喷喷……"他滋味无穷地咂嘴咂舌，突然想起什么，转身去他的窝边取来一个瓦钵，向我展示里面一条条黑色的东西，"你尝尝，这是我留着的酱腌金龙，可惜就这一点点了，味道实在是鲜。"

我一看，金龙原来就是蚯蚓，差点翻动了我的五脏六腑。

"你尝啊，尝啊。"他热情地咧开大嘴，里面亮出一颗金牙。一口黄酱色的馊气扑面而来。

我赶快夺路而逃。

以后我很长一段时间没有看见他，几乎没有机会碰到他。他是从不出门做工夫的，他们四大金刚几十年来是从不沾锄头扁担一类俗物的。据说不论哪一级的干部去劝说，去训骂，甚至去用绳索捆绑，统统无济于事。如果威胁要送他们去坐班房，他们就表示求之不得，到了班房里还省得自己做饭吃哩。其实他们已经很少做饭了，对班房的向往，不过是他们图谋把懒推到一种绝对、纯粹、极致的境界。

他们并不打伙，也从无饮食的定时，谁饿了，就不见了，回来时抹着嘴，可能已吃了什么野果野虫，或者已在人家的地上偷了一个萝卜或者包谷，生生地嚼下肚而已。若是烧上一把火煨熟来吃，已经算是辛苦万分劳累不堪的俗举，要被其他金刚耻笑一番。他们一无所有，对神仙府的产权当然也是糊糊涂涂。但他们又无所不有，用马鸣的话来说，"山水无常属，闲者是主人"，他们整日逍遥快活，下棋，哼戏，观风景，登高远望，胸纳山川，腹吞今古，有遗世而独立羽化而登仙的飘逸之姿。在地里做工夫的人当初看见他们"站山"，免不了笑。他们不以为然，反过来笑村里的人终日碌碌，吃是为了做，做是为了吃，老子为儿子做，儿子为孙子做，一辈子苦若牛马，岂不可怜？纵然积得万贯家财，但一个人也身穿不过五尺，口入不过三餐，怎比得上他们邀日月为友，居天地为宅，尽赏美景畅享良辰大福大贵！

到后来，人们再看见他们白日里这里站一站，那里瞅一瞅，也就见多不怪，不去管它。

四大金刚中的尹道师，有时候还去远乡做点道场。胡二则去过县城讨饭，一去就个多月不回村。县里发下话来，说马桥的人进城讨饭影响太坏，村里应该严加管束，实在有困难的就应该扶助救济，搞社会主义不能饿死人。老村长罗伯无法，只好叫会计马复查从仓里出了一箩谷，给神仙府送去。

马鸣是很硬气的人，瞪大眼睛说："非也，人民群众血汗，你们拿来送人情，岂有此理！"

他反倒有了道理。

复查只好把一箩谷又扛了回来。

马鸣不吃嗟来之食，甚至不用他人的水。他没有为村里的井打过石头，挑过泥巴，就决不去井边取水。他总是提着他的木桶，去两三里路以下的溪边去，常常累得额上青筋凸暴，大口喘气，一桶水压得全身几根骨头胡乱扭成一把，走两步就要歇三步，鼻子不是鼻子嘴不是嘴地哎哎哟哟。有人见此情形有点同情，说全村人的井，就少了你的一口水？他咬紧牙恨恨地说："多劳多得，少劳少得。"

或者标榜他的臭讲究："溪里的水甜。"

有人敬过他一碗姜盐芝麻茶，定局要他喝下去。他喝后还没走出十步，就哇哇哇地呕吐起来，吐得悬涎悠悠两眼翻白。他说不是他不领情，实在是他的肠胃沾不得这等俗食了，这井里的水一股鸭屎味，如何入得了口啊？当然，他也不是完全没有受过他人之惠，比方他身上那件无论冬夏都裹着的棉袄,就是村里给他的救济。他开始坚辞不受,直到老村长改了口,说这不是救济, 算是请他给村里帮个忙,不要再穿得破破烂烂到外面去坏了马桥的脸面,他这才成人之美,助人为乐,勉勉强强把新袄子收了下来。而且以后每提起这件事,就像吃了天大的亏,说不看他老村长上了年纪,他断断不会给这个面子——这袄子烧骨头,无病也会穿出病来。

他确实不怕冷,时常在外面露宿,走到什么地方不想走了,一个哈欠,和衣倒下,盘成一个饼,有时盘在檐下,有时盘在井边,也没见他盘出什么病来。用他的话来说,睡在屋外上可以通天气,下可以接地气,子时纳阴中之阳,午时采阳中之阴,是最补身子的。他又说人生就是一梦,人生最要紧的就是梦。睡在蚁穴边可做帝王梦,睡在花丛里可做风流梦,睡在流沙前可做黄金梦,睡在坟墓上可做鬼神梦。他一辈子什么都可以少,就是梦少不得。他一辈子什么都可以不讲究,就是睡的地方不可不讲究。他最可怜世人只活了个醒,没有活个觉,觉醒觉醒吗,觉还在前。不会做梦的人等于只活了一半,实在是冤天枉地。

他的这些话,都被人们当做疯话,当做笑话。这使他对村人的敌意日益加深,在公众面前更多地出现沉默和怒目。

确切地说,他是一个与公众没有关系的人,与马桥的法律、道德以及政治变化都没有任何关系的人。土改、清匪反霸、互助组、合作社、人民公社、社教四清、"文化大革命",这一切都对他无效,都不是他的历史,都只是他远远观赏的某种把戏,不能影响他丝毫。办食堂的那一年,有一个外来的干部居然不谙事,把他一绳子捆到工地去劳改,结果无论如何棒打鞭抽,他还是翻着白眼,宁死不劳,宁死不立——硬是赖在泥浆里打滚不站起来。而且既然来了就不那么容易回去,他口口声声要死在那个干部面前,干部不论走到哪里他就爬到哪里,最后还是被别人七手八脚抬回神仙府去。他不打算做人,就比任何权威更强大。他轻易挫败了社会对他的最后一次侵扰,从此更加成为了马桥的一个无,一块空白,一片飘飘忽忽的影子,以致后来的成分复查、口粮分配、计划生育乃至人口统计——我协助村里做过这样一些工作——谁也没有想起还有一个马鸣,不觉得应该考虑到他。

全国的人口统计里，肯定不包括他。

全世界的人口统计里，肯定不包括他。

显然，他已经不成其为人。

如果他不是人，那么他是什么呢？社会是人的大写。他拒绝了社会，也就被社会取消了人的资格——他终于做到了这一点，因为在我的猜想中，他从来就想成仙。

我略感惊讶的是，在马桥以及附近一带，像马鸣这样自愿退出了人境的活物还不少。在马桥就有过四大金刚，据说远近的大多数村寨依旧有这样的杆子，只是不大为外人所知。如果不是外人偶然地发现，好奇地打听，人们是不会谈到这些活物，也差不多忘了这么回事。他们是这个世界里已经坍缩和消失了的另外一个世界。

乞 丐

在我的印象里,乞丐只可能具有衣衫褴褛面容枯槁的形象。把乞丐与奢华的生活联系起来,是一种不可思议的荒谬。我到了马桥以后才知道自己错了,世界上其实有各种各样的乞丐。

本义的岳丈,就是一个吃香喝辣的乞丐,比好多地主的日子还过得好。但他没有一寸田土,不能划为地主。也没有铺子和工厂,算不上资本家。当初的土改工作组勉强把他定为"乞丐富农",是不得已的变通。历次复查阶级成分,工作组觉得这个名称不伦不类,但确实不能从政策条文中找到合适的帽子,不知如何结论,只得马虎带过。

这个人叫戴世清,原住长乐街。那里地处水陆要冲,历来是谷米、竹木、茶油、桐油、药材的集散地,当然也就人气旺盛,青楼烟馆当铺酒肆之类错综勾结,连阴沟里流出来的水都油气重,吃惯了包谷粥的乡下人,远远地只要吸一口过街的风,就要腻心。长乐街从此又有了"小南京"的别号,成为附近乡民们向外人的夸耀所在。人们提两皮烟叶,或者破几圈细篾,也跑上几十里上一趟街,说是做生意,其实完全没有什么商业意义,只是为了看个热闹,或者听人家发歌、说书。不知从何时起,街上有了日渐增多的乞丐,人瘦毛长,脸小眼大,穿着各色不合脚的鞋子,给街市上增添了一道道对锅灶有强大吞吸力的目光。

戴世清是从平江来的,成了这些叫花子的头。叫花子分等级,有一袋、三袋、五袋、七袋、九袋。他是九袋,属最高级别,就有了"九袋爷"的尊称,镇上无人不晓。他的讨米棍上总是挂着个鸟笼,里面一只八哥总是叫着"九袋爷到九袋爷到"。八哥叫到哪一家门前,他不用敲门,也不用说话,没有哪一家不笑脸相迎的。对付一般的叫花子,人们给一勺米就够了。对九袋爷,人们必须给足一筒,有时还贿以重礼,往他衣袋里塞钱,或者腊鸡爪——他最爱吃的东西。

有一次,一个新来的盐商不懂此地的规矩,只打发他一个铜钱。他气得把铜钱叮当一声甩在地上。

盐商没碰到过这种场面,差点跌了眼镜。

"岂有此理!"九袋爷怒目。

"你你你还嫌少?"

"我九袋爷也走过九州四十八县,没见过你这样无皮无血的主儿!"

"怪了,是你讨饭还是我讨饭?你要就要,不要就赶快走,莫耽误了我的生意。"

"你以为是我要讨饭吗?是我要讨饭吗?"九袋爷瞪大眼,觉得真应该好好地教育这个醒崽一番才对,"天有不测之风云,人有旦夕之祸福。流年不利,国难当前,北旱南涝,朝野同忧。我戴世清虽一介匹夫,也懂得忠孝为立身之本,仁义为治国之道。君子先国而后家,先家而后己。我戴某向政府伸手行不行?不行。向父母兄弟三亲六戚伸手行不行?也不行!我一双赤脚走四方,天行健君子自强不息,不抢不偷,不骗不诈,自重自尊,自救自助,岂容你这样的势利奸小来狗眼看人低!有了两个臭钱就为富不仁的家伙我见得多了……这个臭钱你拿走,快拿走!"

盐商没听过这么多道理,被他横飞唾沫刷得一退一退的,只好举手告饶:"好好好,说不过你,我还要做生意,你走吧走吧。走啊。"

"走?今天非同你理论个明白不可。你给我说清楚,是我要讨饭吗?我今天是来找你讨饭吗?我什么时候开口说过这句话?……"

盐商苦着一张脸,多掏出了几枚铜板,往他怀里塞,有一种败局已定的绝望。"是的是的,今天不是你要讨饭,你也没找我讨饭。"

九袋爷不接钱,气呼呼地一屁股在门槛上坐下来。"臭钱,臭钱,我今天只是要讨个公道！你要是说在理上，我的钱都给你！"

他掏出一大把铜板，比盐商的铜板还多得多，闪闪发亮，引得很多小把戏围上来观看。

后来，要不是他突然产生上茅房的需要，盐商完全没有办法让他离开门槛。他返回时，盐铺已经紧紧关门了。他操着棍子使劲打门，打不开，里面有男声女声骂出来，嘴臭得很。

几天之后，盐铺正式开张，做了几桌酒肉宴请镇上的要人和街坊。鞭炮刚响过，突然来了一群破破烂烂的叫花子，黑压压地发出莫名的酸臊味，围着盐铺喊喊叫叫。给了他们馒头，他们说是馊的，一个个甩回来。给他们一桶饭，他们又说饭里面有沙子，把饭吐得满地满街。路人都没法下脚，吃酒席的客人也连连招架溅上鼻子或额头的饭粒。最后，四个叫花子敲锣打鼓，蹿到席间要唱花鼓贺喜，但身上全抹着猪粪狗粪，吓得客人一个个捂住鼻子四散而逃。他们便乘机朝桌上的佳肴——吐口水。

客人跑了一大半，盐商这才知道九袋爷的厉害，才知道自己闯了大祸。他托街坊去向九袋爷求情。九袋爷在河码头边一棵大树下睡觉，根本不理睬。盐商无奈，只好备了两个腊猪头两坛老酒，亲自去谢罪，还通过街坊拿钱买通了一个七袋，也就是级别仅次于九袋爷的丐头，从旁撮合。戴世清这才微微睁开眼皮，恨恨地说天气好热。

盐商赶快上前给他打扇。

戴世清一个哈欠喷出来，挥挥手，说我晓得了。

他意思很含糊。但盐商讨得这句话已经不易，回到家，竟然发现叫花子们已经散去，只剩下四个自称是五袋的小丐头，围一桌酒肉海吃，也算是留有余地，不过分。

盐商笑着说吃吧吃吧，亲自为他们斟酒。

流丐进退有序令行禁止，戴世清做到这一点当然也不是一件容易的事。据说原来的九袋是一个江西跛子，勇武过人，一根铁拐棍在丐帮里无可匹敌。但此人心黑，收取的袋金太重，划定丐田的时候好田尽归他侄儿，也就是说,油水足的地段从不公平分派。当时位居七袋的戴世清忍无可忍,终于在一个黑夜,率领两个弟兄将其乱砖砸死。他当了九袋之后主事比前朝公道,重划丐田,肥瘦搭配,定期轮换,让每个人都不吃亏,都有机会到大户"涮碗"。他还规定帮内人凡有病痛,不能下田的时候,可以吃公田,到他那里支取一定袋金,这更使帮内人无不感激。

九袋爷不仅有丐德,还有丐才。河边有一个五莲禅寺,有一颗从普陀山请回的舍利,香火很旺,几个和尚眼看越长越肥了。但从来没有人去那里讨回过一碗米,怕得罪菩萨,也不敢去那里强取。戴九袋爷不信邪,偏要涮涮这只"碗"。他独身前往,求见住持法师,说是疑心寺内所藏舍利的真假,想亲眼看一看。和尚没有提防,小心翼翼从玻璃瓶里取出舍利,放到他手中。他二话不说,一口就把那颗舍利吞下肚去,气得对方浑身发抖,揪住他的胸襟就打。

"一到你们这里就特别饿,不吃不行的。"他说。

"打死你这个泼皮!"和尚们急着操棍棒。

"你们打,你们打,闹得满街的人都来看,看你们几个秃卵丢了舍利子是不是?"他及时威胁。

和尚们果然不敢真下手,只是团团围住他,欲哭无泪。

"这样吧,你们给我三十块光洋,我就还舍利子。"

"你怎么还?"

"那你们就不要管了。"

对方不大相信他的话,但也没有别的办法,急忙忙取来光洋给他。戴世清一一清点,笑纳于怀,然后取出随身带着的巴豆———一种大泻药。

他吃下巴豆,片刻之后鼓着眼睛在佛堂后面泻了一大摊,臭气冲天。法师和几个手下人总算从泻物里找到舍利,用清水洗干净,谢天谢地地重新置于玻璃瓶。

这以后,他乞无不胜讨无不克,名气越来越大,势力也扩展到罗水那边的平江县一带。连武汉大码头上九袋一类的同行也远道来拜访过他,口口声声尊他为师。他烧一块龟壳,就能卜出什么时候行乞最好,去什么方向行乞最有利,别的人照他说的去做,没有不发的。街上人办红白喜事,席上总要给他留出上宾的位子。不见他来,就担心一餐饭吃不安稳,担心叫花子们前来吵棚。一位当过道台的朱先生,还曾经赠给他楹联匾额,黑底金字,花梨木的质地,重得要好几个人来抬。

两联是:"万户各炎凉流云眼底,一钵齐贵贱浩宇胸中。"

横匾是:"明心清世"——暗嵌了九袋爷的名字在其中。

九袋爷有了道台送的匾,还在长乐街买了一处四厢三进的青砖豪宅,放贷收息,收了四房老婆。他当然不用天天去讨饭了,只是每个月的初一和十五才躬亲,在街上走一轮,算是身体力行与手下打成一片。他这样做似乎有点多余,但知情人知道,他不讨还不行,据说十天半月不讨一讨饭,就脚肿,而且只要有三五天不打赤脚,脚上就发出一种红斑,痒得他日夜抓搔,皮破血流。

他最重视大年三十讨饭。在每年的这一天,他拒绝一切宴请,也不准家里生火,强令四个老婆都脱下绫罗丝棉,一律穿上破破烂烂的衣衫,每人一个袋子或一个碗,分头出去讨。讨回来什么就只能吃什么。铁香还只有三岁的时候,也在他打骂之下,哭哭泣泣地随他出门,在刺骨的风雪里学讨饭,敲开一家一家的门,见了人先叩头。

他说,娃崽不懂得苦中苦,以后还想成人?

他又说,世人只知山珍海味,不晓得讨来的东西最有味,可惜,实在可惜。

他后来被共产党定为"乞丐富农",是因为他既有雇工剥削(剥削七袋以下的叫花子),又是货真价实的乞丐(哪怕在大年三十的晚上),只好这样不伦不类算了。他一方面拥有烟砖豪宅四个老婆,另一方面还是经常穿破衫打赤脚,人们得承认这个事实。

他对此很不服气。他说共产党过河拆桥,刚来时还把他当过依靠力量。那时候清匪反霸,一些散匪四处逃躲。戴世清配合工作队,派出叫花子当眼线,留意街上来往的可疑分子,还到一家家去"数碗",也就是借口讨饭其实暗中注意各家洗碗之多少，从而判断这一家是否增加了食客，是否暗藏着可疑人员。不过这当然只是一个短暂的时期。戴世清完全没有料到，革命最终也革叫花子的命，竟把他当做长乐街的一霸，一索子捆起来，押往四乡游斗。

他最终病死在牢中。据他的难友们回忆，他临死前说："大丈夫就是这样，行时的时候，千人推我也推不倒；背运的时候，万人抬我也抬不起来。"

说这话的时候，他早已站不起来了。

他的病从两脚开始——先是肿大，鞋子袜子都穿不进去了，剪开了边也还是套不住，脚踝的曲线都没有了，两脚粗圆得如两袋米。然后，红斑照例出现，个把月后红斑又变成紫斑。再过一个月，又成了黑斑。他抓挠得脚上已经见不到一块好皮，前前后后都是血痂。监房里彻夜都听到他的喊叫。他也被送到医院里去诊过。但医生打的盘尼西林对于他没有一点作用。他跪在牢门前把铁门摇得咣当响，哀求看守的人：

"你们杀了我，快点拿刀来杀了我！"

"我们不杀你，要改造你。"

"不杀就让我去讨饭。"

"到了街上好跑是不是？"

"我喊你做菩萨，喊你做爷老子，快点让我去讨饭。你看这双脚要烂完了哇……"

看守冷笑："你不要到我面前来耍诡计。"

"不是耍诡计。你们要是不放心我，拿枪在后面押着也行。"

"去去去，下午搬窑砖。"看守不想再啰唆了。

"不行不行，我搬不得砖。"

"不搬也要搬，这叫劳动改造。你还想讨饭？还想不劳而获好逸恶劳？新社会了，就是要整直你这号人的骨头。"

看守人员最终没有同意他去讨饭。几天之后的一天早上，犯人们吃早饭的时候，发现戴世清还缩在被子里。有人去拍醒他，发现他已经硬了。他一只眼睛睁着一只眼睛闭着。枕边的窝草里飞出四五只吸血的蚊子。

渔　家

　　一条小船近了,船上一点红也近了,原来是一件红色上衣,穿在一个女孩身上。女孩在船边小心翼翼地放网,对面的船头上,一个更小的男孩撅着屁股在划桨。他们各忙各的,一言不发。

　　我已经多次在黄昏时分看见这条小船,还有小小年纪的两个渔夫。他们在远处忙碌,总是不说话,也不看我一眼。我想起静夜里经常听到的一线桨声,带着萤虫的闪烁光点飘入睡梦,莫非就是这一条船?

　　我在这里已经居住两年多,已经熟悉了张家和李家的孩子,熟悉了他们的笑脸、袋装零食以及沉重的书包,还有放学以后在公路上满身灰尘地追逐打闹。但我不认识船上的两张面孔。他们的家也许不在这附近。

　　妻子说过,有城里的客人要来了,得买点鱼才好。于是我朝着小船吆喝了一声:有鱼吗?

　　他们望了我一眼。

　　我是说,你们有鱼卖吗? 大鱼小鱼都行。

　　他们仍未回话,隔了好半天,女孩朝这边摇了摇手。

　　我指了一下自己院子的方向:我就住在那里,有鱼就卖给我好吗?

　　他们没有反应,不知是没有听清楚,还是有什么为难之处。

　　也许他们年纪太小,还不会打鱼,没有什么可卖。要不,就是前一段人们已经把鱼打光了——他们是政府水管所雇来的民工,人多势众,拉开了大网,七八条船上都有木棒敲击着船舷,嘟嘟嘟,嘣嘣嘣,把鱼往设下拦网的水域赶,在水面上接连闹腾了好几个日夜。这叫做"赶湖"。有时半夜里我还能听到他们击鼓般地赶湖,敲出了三拍的欢乐,两拍的焦急,慢板的忧伤以及若有思索，还有切分音符的挑逗甚至浪荡……偶尔我还能听到水面上模模糊糊的吆喝和山歌。"第一先把父母孝，有老有少第二条，第三为人要周到……"如果我没有听错的话，这些久违的山歌，只有在夜里才偶尔鬼鬼祟祟地冒出来。

我后来去水管所买鱼。他们打来的鱼已用大卡车送到城里去了。但他们还有一点没收来的鱼，连同没收来的鱼网。据说附近有的农民偷偷违禁打鱼，有时还用密网，把小鱼也打了，严重破坏资源。

我的城里的客人来了，是大学里的一位系主任，带着妻小，驾着刚买的日本轿车，对这里的青山绿水大加赞美，一来就要划船和下水游泳，甚至还兴冲冲想光屁股裸泳。他说这里的水比黑龙江的镜泊湖要好，比广西北海的银滩要好，比泰国的帕的亚也要好，说出了一串旅游地的名字，显得见多识广。我知道，这些年很多学校属紧俏资源，高价招生，收入颇丰，连他这样的小头头也富得买车买房，还公费旅游了好多地方。

我们吃着鱼，说到有些农民用蓄电池打鱼，用密网打鱼。他痛心地说，农民就是觉悟低，一点环境保护意识也没有。

他还说来时汽车陷在一个坑里，请路边的农民帮着推一把，但农民抄着手，不给一百块钱就不动，如今的民风实在刁悍。

这种情况我以前也碰到过。

客人们走后的第二天，院子里一早就有持久的狗吠。大概是来了什么人。我来到院门口，发现正是那个红衣女孩站在门外，提着一只泥水糊糊的塑料袋，被狗吓得进退两难，赤裸着双脚在石板上留下水淋淋的脚印，脚踝还沾着一片草叶。

她是走错了地方还是有事相求？我愣了一下，好容易才记起了几天前我在水上的问购——我早把这件事忘记了。我接过她的塑料袋，发现里面有一二十条鱼，大的约莫半斤，小的只有指头那么粗，鲫鱼草鱼游鱼杂得有点不成样子。从她疲惫的神色来看，大概这就是他们忙了半个夜晚的收获。

我想起水管所干部说过的话，估计这女孩用的也是密网，没有放过小鱼，下手是有些嫌狠。但我没有说什么。我已经从邻居那里知道了他们的来历。他们是姐弟俩,住在十几里路以外的大山里面,只因为弟弟还欠了学校的学费,两人最近便借了条小船,每天晚上在这里打鱼。他们的父亲帮不上忙,因为穷得没有医药费,一年前已经中年病逝。母亲也帮不上忙,据说不久前已经走失了——人们只知道她有点神志不清,曾经到过镇上一个亲戚家,然后就不知去了哪里,再也没有回家。

我收下了鱼。在完成这一交易的过程中,她始终拒绝坐下,也没有喝我妻子端来的茶。她似乎还怕狗咬,说话时总是看着狗,听我说狗并不咬人,还是怯怯地不时朝桌下看一眼,一见狗有动静,赤裸的两脚就尽可能往椅子后面挪。

"你很怕狗吗?"我妻子问。

她不好意思地笑笑。

"你家没有养狗吗?"

她摇摇头。

"你喝茶。"

她点点头,仍然没有喝。

她提着塑料袋走了以后不久,不知什么时候,狗又叫了,窗外橘红色一晃,是她急急地返回来,跑得有点气喘吁吁。

"对不起,刚才错了……"她大声说。

"错了什么?"

"你们把钱算错了。"

"不会错吧?不是两斤四两吗?"

"真是算错了的。"

"刚才是你看的秤,是你报的价,你说多少就是多少,我并没有……"我觉得自己没有什么责任。

"不是,是你们多给了。"

我有点不明白。

她红着脸,说刚才回到船上,弟弟一听钱的数字,就一口咬定她算错了,肯定没有这么多钱。他们又算了一次,发现果然是多收了我们一块钱。为此弟弟很生气,要她赶快来退还。

我看着她沾着泥点的手，撩起橘红色衣襟，取出紧紧埋在腰间的一个布包，十分复杂地打开它，十分复杂地分拣布包中的大小纸票，心里有些过意不去。一块钱怎值得她这样急匆匆地赶来并且做出这么多复杂的动作？"也就是一块钱，你送鱼来，就算是你的脚力钱吧。"我说。

　　"不行不行……"她把头摇成了拨浪鼓。

　　"再说，我们以后还要找你买鱼的，一块钱就先存在你那里。"

　　"不行不行……"拨浪鼓还在摇。

　　"你们还会打鱼吧？"

　　"不一定。水管所不准我们下网了……"

　　"你弟弟的学费赚够了吗？"

　　"他不打算读了。"

　　"为什么？"

　　她没有回答，只是固执地要寻找一块钱。她的运气不好，小钞票凑不起一块钱。递来一张大钞票，我们又没有合适的散钱找补。就这样你三我四你七我八地凑了好一阵，还是无法做到两清。我们最后满足她的要求，好歹收下了七角，但压着她不要再说了，就这样算了，你再说我们就不高兴了。

　　她做了什么亏心事似的，浑身不自在，犹犹豫豫地低头而去。

　　傍晚，我们从外面回家，发现院门前有一把葱。一位正在路边锄草的妇人说，一个穿红衣的姑娘来过了，见我们不在，就把葱留在门前。

　　不用说，这一大把葱就是她对鱼款的补偿。

　　妻子叹了口气，说如今什么世道，难得还有这样的诚实。她清出一个旧挎包，一支水笔，说可以拿去给红衣女孩的弟弟上学，说不定能替他们省下两个钱。但我再没有遇上红衣女孩，还有那个站在船头为她摇桨的弟弟。有一条小船近了，上面是一个家住附近的汉子，看上去比较眼熟。从他的口里，我得知最近水管所加强禁渔，姐弟俩的网已经被巡逻队收缴，他们就回到山里种田去了。他们是否凑足了弟弟的学费，弟弟是否还能继续读书，汉子对这一切并不知道。

　　人世间有很多事情我们并不知道，何况萍水相逢之际，我们有时候连对方的名字也不知道。

　　我说不出话来。每天早上，我推开窗子，发现远处的水面上总有一叶或者两叶小船，像什么人无意中遗落了一两个发夹，轻轻地别在青山绿水之中。但那些船上没有一点红。每天晚上，我走在月光下的时候，偶尔听到竹林那边还有桨声，是一条小船均匀的足迹，在水面上播出了月光的碎片，还有一个个梦境。但我依稀听得出桨声过于粗重，不是来自一个孩子的腕力。

　　我走出院门，来到水边，发现近处根本没有船。原来是月夜太静了，就删除了声音传递的距离，远和近的动静根本无法区别，比如刚才不过是晚风一吹，远在天边的桨声就翻过院墙，滚落在我家的檐下阶前，七零八落的，引来小狗一次次寻找。它当然不会找到什么，鼻子抽缩着，叫了两声，回头看着我，眼里全是困惑。

　　我也不明白，是何处的桨声悠悠飘落到我家墙根？

瓜 农

有一个邻家的汉子很会种瓜,扛着锄头这里看一看,那里挖一挖,似乎没有做什么,但他所到之处不久就会冒出肥大的瓜叶,逢沟过沟,逢坡上坡,甚至翻越墙垣,尽情地蔓延和覆盖。不知什么时候,瓜藤已潜游我家门前的路上,过不了多久,两三个南瓜居然憨憨呆呆地拦路把守,要收缴买路钱的样子,使我出入的时候得东躲西闪三步两跳。

"把瓜摘去吃吧。"他撑着锄头,乐呵呵地冲着我笑。

"我家也有瓜。你种的,你留着。"

"我一个人吃饱,全家就不饿,哪吃得完?"

既然他是一个人居家,那他到处种瓜做什么?是有种瓜癖,是生性闲不住,还是对世界上一切荒土闲地有开发兴趣?

他家离我家不远。我走出院门,同张家的人点点头,同李家的人搭搭腔,然后就能看见他家斜斜的院门了。我去过他家,看见他家里的算盘和几个账本,知道他是村里的会计,有时还到小学代点课,无论数学还是音乐,都能教。我正巧看见五六个女孩子在他家排演歌舞,大概是准备学校里节日会演的节目。他一双赤脚,腿上带着泥点,头发眉毛皮肤都被阳光烧灼成了浑然统一的土色,却是一个努力投入艺术想象的导演。"我们的祖国似花园,花朵开放真鲜艳……"他边唱边舞,两手像扭着一条无形的毛巾,左耳边扭一下,右耳边扭一下,是一种挖土和挑粪般的舞蹈手势。

"下腰,下腰,你们看看我……"他还来了个上身后仰的示范,直到自己仰得两眼翻白,耳根都涨红了。

这位赤脚导演没顾得上陪客人。我与妻子在一旁观摩和喝茶,其实是喝着热水瓶里的凉水,已经化不开茶叶。两只杯子也破旧凌乱,一只搪瓷大杯,一只粗瓷酒盅,是他刚才找了半天才凑齐的。这确实是一个主妇缺席的家。

听邻居说,刘长子的老婆到南边打工去了。听邻居喝了酒以后说,他老婆实际上也是人家的老婆,帮一个老板管家,还生了个娃,只是把赚来的钱一个不少地寄回来,供这边的儿子读书。我不太理解这种事,尤其不太理解人们说起这事时的随意和淡漠,忍不住想多问几句。"有什么奇怪?闲着也是闲着,就等于出去寻副业嘛。"一个妇人这样回答我。另一个老人笑了笑:"刘长子能怎么样?丈夫丈夫,只管得一丈远的。"他们转而说起了眼下学校收费的昂贵。照他们的计算,供一个孩子读高中,非得有两个人打工进钱不可。因此刘长子福气好,不仅自己可以代课,还有一个既挣钱又顾家的老婆,要不他儿子恐怕早就搓泥巴了——这是务农的意思。

我见过一次他那个似有似无的妻子。大概是知道村里有些说法,她从来没让我看到过正面,即便是在水边的菜园里相遇,她也是去看天上的鸟,或者弯腰去扯除什么杂草,是一个躲避目光的影子。从背影和侧面来看,她身姿绰约,而且有了都市生活的风韵,比方衣摆剪裁得很合身,比方衣履有细心的颜色搭配,比方腰身和脚步有一种用心的收敛,没有乡间重担压出的那种粗放散乱,不会脚步乱刮或者胯骨乱甩什么的。但她没有市井虚荣,回家来探亲,不打牌,不入酒席,日子都浸泡在汗水中,挑着粪桶一闪就没入瓜棚豆架。那一片繁茂绿叶的深处偶尔飘出嘤嘤低语,大概是她与什么邻居说话,但听不清楚。

她们隔着绿叶的帷帐说说家常,互相也不见人影。

她丈夫没有来帮忙。其实,她丈夫无法上地了,因为一场大病,撑着拐杖也偏偏欲倒,她才赶回乡下来料理。我不知道刘长子患了什么病,问起来,他只是笑笑,说得含糊。直到我看到他转眼间面容枯槁,头发眉毛渐次脱落,有明显的放疗和化疗迹象,才猜出他的病凶多吉少。

他扶着拐杖,再一次冲着我笑笑:"把瓜摘去吃吧。"

"你自己留着吃。"

"我怕是吃不上了。"

"你不要灰心。听我说，得这种病的成千上万，其中不少活过了十年，甚至二十年，天天扭秧歌或者踢足球的，也大有人在。你一定要心情开朗，积极地与医院配合。"

"什么医院？明明是拦路抢劫的土匪。"他目光发直，两个眼珠挤成了一个斗鸡眼，"一个疗程就要我八千，要在我身上开金矿吗？"

"有什么办法呢？病在你身上，还是要治的。"

"我绝不给他们吃冤枉！"

他看了看天边的风景，回家做饭去了，转过身，喘了几下，拾起了身边的几根豆角，又喘了几下，缓缓挪动了步子。我忙上前去扶住他，问他妻子为何这么快就走了，为何不留下来照料他。

"家里也没有多少事，不用她天天守着。"

"多个人手总是好一些。"

"守着我，能守得出钱来？"

他说明它就要考大学了，然后缓缓地朝夕阳走去。鸟雀正在归巢，水边的老牛正在回家，家家户户的炊烟都升起来的时候，他孤独的剪影定格在一片火烧云中。

明它是他的儿子，一直在县城寄宿读书。我只见过他的考号和上了线的考分，受他父亲之托，与某大学的一位朋友通过电话，确保这所大学录下了他。直到我就要离开这个村子了，有一天从外面回来，才发现他们父子俩坐在我家。他儿子长得像个女孩，眉清目秀，有些腼腆，埋头翻着一本杂志。父亲满心欢喜地看着这个有出息的儿子，有一种怎么也看不够的劲头，目光软软地和糙糙地抚摸着儿子侧面的每一个部位，摸得大学生更腼腆了，扭过头去看着墙角，躲开父亲的目光——他是知道这种目光为时不多从而不忍相接，还是年幼无知从而不觉得这种目光点滴都不可遗漏？

邻家汉子戴着帽子，盖住了头发脱落的头，是带着儿子来面谢的，顺便也讨教些大学读书的方法，问一点都市生活须知。墙边的几只大南瓜，当然是他的谢礼。在整个说话的过程中，他的兴致一直很高，听到儿子说起大学里一些趣事，甚至满面红光地哈哈大笑，只是通常比别人笑得慢半拍，目光有些发直,似乎卡在略有所思的那一刻。我突然想到,我将离开这里,春暖花开时节才会再来。这就是说,如果事情不出现奇迹,他此次戴着帽子的来访,对于我来说也许是最后一次。我知道拒绝就医意味着什么。我看见他最后一次摸着我家的桌沿,最后一次放下我家的茶杯,最后一次艰难地站起来,最后一次扶着拐杖走向大门,最后一次给我视野里留下笑脸和弯曲的背影……事实上,我没有看到这个背影,而是让妻子去送客。我没有勇气在一片谈笑声中,在一个秋高气爽风和日暖蝉鸣雀噪的好日子,与一个活生生的人永别。这分明是一个欢欣的场景,容不下永别的情节。

我乘车离开此地的时候,甚至不敢朝他家的院门望一眼。此时,他也许站在那里,也许没有。这种种也许一晃就甩到了车后,离我越来越远。

现在,我又来到了这里。没有人向我提起他,我也没有问起他,一个人的名字就这样在大家心照不宣的约定之下删除了。院墙外的瓜藤又开始蔓延,向路上延伸着妖娆的触须,大概是想拦住路人的脚步,想说点什么。花朵也开始绽放了,像举起一支支金色的喇叭,正在向这个世界大声地传诵和宣告什么。我不知道是谁又在这里种下了瓜,或者它们不过是野物,来自去年无人采摘的瓜,来自瓜腐成泥后重新入土的种子。如果没有人来采摘,它们也许会年复一年地这样繁殖下去。

清明节,远近的鞭炮声不时传来,当然是各家各户在上坟。我不知道是否有人给刘长子上坟,也不知道他的坟在哪里。我只接到了他儿子的一个电话。他吞吞吐吐,想向我借一点钱。他说网上有人推销一种彩票透视眼镜,据说是发财致富的高新技术产品,他很想得到一副。

我不记得是如何回答他的,也不愿意把这个电话告诉村里的人,当然更不会告诉他父亲。晚上路过他家院门时,我让村长等我一下,然后推开半掩的竹门,习惯性地跨过院门的石槛。已近深夜了,西沉的残月隐在林子里,给曾经排演过歌舞的清冷地坪,筛下一片模模糊糊的光斑。正房门挂着一把锁。墙根已布满青苔。靠近厨房的一根竹管还流着水,但支架已经垮塌,泉水流到了地上。接水用的瓦缸还有半缸积水,有孑孓蚊蝇浮在水面,大概是房主去年所留。这个院子里也有很多瓜藤,从院墙那边蔓延过来,已经把一条通向屋后的小路封掩,然后爬上了石阶,攀上了檐柱,甚至缠住了檐下一张废弃的犁,在木柄上开出了小小花朵。我知道,待到秋天来临,这里将会有遍地金灿灿的南瓜,在绿叶下得意扬扬地纷纷探出头来,一心要给主人冷不防的惊喜。

我踏着月光,完成了一次为时已晚的告别。

农　痴

　　去学校公厕挑粪的时候,时常会与一个人不约而同地会师在粪坑前。他黑长脸,破草帽,裤脚上一定沾泥带土。一双黄胶鞋前面破了洞,鞋后跟挂着几条散纱,像是从垃圾堆里捡来的荒货。

　　看他两个特大型号的粪桶,谁都不可能知道他是个城里人。他姓余,人称"余老板",因为多年前来此办鱼场,雇了一些帮工,就有了老板的身份。但他养鱼颇为不顺,不是碰上鱼瘟,就是碰上山洪,几年下来把几十万投资都赔光了。但他决不撤兵,依然在这里喂猪,打米,种田,育瓜菜,把鱼塘之外的经营范围越做越大,光是猪就呼噜呼噜喂了二十多头,简直是个劳动疯子。他没再雇工了,亲自来学校担粪,而且恨不得一肩挑上三担,选择的粪桶大得像粪缸。

　　他看上去也是五十岁左右的人了,还想当个农业李嘉诚? 还想拿个农业奥林匹克奖?

　　我遇到他,免不了要向他讨教很多农事,关于母鸡不下蛋时该怎么办,关于西红柿枯叶是怎么回事。我在《齐民要术》一类农书里没法找到问题的答案。在这时候,他一五一十指教得非常详细,有时还叮嘱一句:你到我家里来,我给你一点好秧子。

　　他也确实让人捎来过一些好秧子,还有防病治虫的剪报资料什么的。我去过他家。一路走去,发现他担粪的路途很远。他既然喂了那么多禽畜,家肥应该不成问题的,但还是一次次长途奔袭学校厕所,只差没把免费的大粪当做大锅饭,其种植野心想必无比辽阔。我看到了他满坡的菜,满垄的禾,满栏的猪,果然被他的产业规模所震撼。他的家倒像个叫花子窝,比一般农家还

100

脏乱许多。几间借来的旧瓦房里,大锅里是半锅冷涮,母鸡飞上了灶台,留下鸡屎和草须。卧房里居然没有一两张像样的椅子,倒是有几块土砖可坐。一袋袋谷糠或化肥,堆码在大木柜旁,成了客人必须小心提防的路障。一张显然是借来的破床上,被子也没叠,堆成一团,压住了两本破杂志,不知主妇是没时间打理,还是没心情打理。

我在这里没说上多少话,因为他实在太忙,没工夫陪我多说。刚从地上大汗淋漓地回来,就有农民来求他打米,有农民来买他的鸭蛋。这里还没做完,又来一妇人请他去给鸡诊病,简直一刻也不让他消停。

主妇回来了,忙着切猪菜和熬猪食,也顾不上与我多说。看得出她累得都直不起腰了,一绺汗津津的头发耷拉在前额。

"你们太能干了,承包了这么多地。"

她冷笑一声:"这不是发疯吗?我一直没搞明白,这里是有一团金子呢,还是有一团银子?放着好日子不过,跑到这里来打鬼。"

"倒也是,不年轻了,心不能太大,能做多少算多少,悠着点。"

"他恨不得一天有三十六个钟头,恨不得我一个人长出八只手!"

我看见她坐的一张椅子偏偏欲倒:"你们至少应该打几件家具,再把房子修整一下。安居乐业嘛,先安居,后乐业。"

"谁说不是呢?说是今年冬天要搞一下的吧?不过,搞不搞,怎么搞,我都随他。"她懒得往下说,看着门外的斜阳,一脸嫁狗随狗的愁怨。

后来我知道,余老板与我还是中学同学,只是不同年级。当年他是"井冈山"的,我是"红造会"的,两派操着五四手枪、手榴弹以及砖块铁棍互相恶斗的时候,说不定我们还交过手,只是没有互相记住面容。后来大家统统滚下农村,他去了另一公社,与我所在公社不算太远。我们说不定在长途汽车上或集镇上也见过面,只是没有特别的交道。不久前,几位老校友来乡下看我,其中一位女士是他的同班同学。他闻讯后立即提一条大鱼来款待客人,但自己决不留下来吃——其实是忙得没工夫入席。

看着他吧嗒吧嗒远去的两只泥脚,我的客人都好奇他的忙碌。照理说,他在城里有房子,有退休金,自己做生意还赚过两笔,有什么必要一定要来此搞得一身泥脏水臭？搞得老婆满腔怨气以至每次见客都要开一场控诉会？他是想发财吗？好像不是。凭他一位叔叔的局长身份，他在城里随便开个什么店，帮个什么工，也少不了这一份收入。相反，他在这里给东家诊鸡病，给西家送菜秧，到处指导杀虫和果树接枝，完全是个义务的农技推广机构——能发个什么财？他还养了条大洋狗。那畜生大如一头小牛，立起来有人高，一天要吃一两副猪肺，害得他老婆三天两头就去集镇找猪肺，光是车票钱和猪肺钱都不知赔了多少——有这样发财的吗？

连农民也觉得他不可思议。

在这个时代，人们可以理解财迷、酒迷、舞迷、棋迷、钓迷、牌迷乃至白粉迷，就是很难理解一个农迷。人们看见健身的大汗淋漓，会说那是酷；看见探险的九死一生，会说那是爽；但看见一个人高高兴兴地务农，肯定一口咬定那是蠢。同样，人们看见粉丝们为台上偶像一掷千金，看见股民们在交易所血本无归，都会觉得正常。看见余老板玩农活哪怕小赚不赔，也会觉得疯人院没上门锁。

余老板忙得连电视都不看，从不知道哪个明星怀孕了，哪个明星离婚了，哪个明星打官司了，哪个明星的性取向有变……这在很多人看来，当然是问题更为严重。他简直是信息时代的白痴一个。他敢不承认？

这个时代的好些道理，没法与余老板说。

哑 子

当时,我探头一看,见地坪里有个中年汉子,腰间插一支唢呐,手里搂着两小捆湿甸甸的生树丫,正在同两个拿柴刀的小孩争吵。他那声音,那手势,那急得跺脚的样子,说明他显然是个哑巴。

小孩不怕他,指他的鼻子:"假积极!假积极!又没砍你家的!"

他笑了一下,想摆脱对方,发现被孩子拖住了他的衣摆,便沉下脸做出要打人的样子。小孩被吓跑了,一边仍嚷着"假积极,死聋子"!"聋子聋,我是你的老外公。聋子聋,我是你的老祖宗……"他没反应,得意扬扬把树丫拖到猪场去了。这是干什么呢?也许,他是看山员?怕队上失去那几枝树丫?

但聋子能够看山吗?而且刚才是他吹唢呐吗?

他看见我,走上前来,咧开嘴嘿嘿地笑了。从他头上黑白夹杂的麻色头发来看,老年与少年交织,三十来岁的模样。他肩头开花裤打结,蒜球形的鼻子有点翘,口腔向前面严重突出,笑起来脸上浮现出一派天真。像有些农民一样,劳累使他的肢体有点变形。如果没有衣服和那双浅口套鞋,你完全可以把他想象成一只大猩猩。

他冲我嗷嗷叫了两声,做了一串令人眼花的动作:指指他自己又指指我,双手转动方向盘,指指手腕,手画一圆圈,竖起大拇指,又笑了笑。

见我不懂,他急了,又把动作做了一遍,瞪大眼睛,像是问:还不懂吗?

正为难,幸好队长抱着一捆铺草来了。"袁同志,不晓得他的洋文吧?他是说,他晓得你是坐汽车来的,是县里的干部,姓袁,是个好角色。"

原来如此——手腕上表示手表,手表又表示干部,画圆圈则表示袁(圆)姓……这种特殊语言引我笑了。

哑巴也笑了，显出一种宽慰和高兴。

队长又介绍："他叫德琪，小时候害病成了个哑巴，娘老子又死得早。不过，你莫看他样子蠢，还蛮有灵气，晓得的天文地理多着哩。"说完，对着哑巴伸出小指头，问，"喂，哪个是奸臣？"

哑巴的五官缩到一堆，极端鄙视地伸出四个指头——嗬，"四人帮"！

我更觉得有意思，哈哈大笑。

德琪大概觉得展示了自己的成绩，心里特别舒畅，像喝醉了酒，脸上泛起一阵红润。他背着手大摇大摆走进我的房里，视察了一阵，指指窗子，要队长帮我把窗纸糊严实，又指指油灯罩，要队长把破灯罩换成一个好的。最后做了一些切肉和搓丸子的动作，意思是要我过节的时候到他家去吃肉和糯米团。

"谈"兴未尽，他接下来指指上屋场方向，竖起三个指头——指上屋场的三老倌；捏了捏自己的鼻子，做打牛状——意思是三老倌把牛打得太狠；晃晃小指头——表示不好。

队长作了翻译，我自然表示重视他反映的情况。他这才心满意足，拍拍我的肩膀，背着手高高兴兴而去。

我们就这样相识了。我后来听村里人们说，他听不见广播盒子响，但每天起得最早，实在等得无聊了，就去敲队长的窗户，催队长给他派工。他身有残疾，是唯一有权不参加任何会议的人，但不管开社员会还是干部会，不管有好多人溜会，他却是积极的到会者，看看这个，看看那个，不知是想凑凑热闹，还是羡慕那一张张嘴和一只只耳。吊壶水开了，他吹掉壶盖上稀稀一层柴火灰，自觉地来给大家筛茶。看见有人抽出纸烟，他急忙用火钳夹一块燃炭，给人家点火。

有些人觉得他头脑简单，好支派，常把一些重活推给他，犁滂田啦，进榨房啦，烧马蜂窝啦，总是把他使在前面。东家要盖屋，西家要出丧了，代销点要进货了，还有大队学堂要洗井了，人们都会记起他。他似乎不知道什么吃亏不吃亏，只要手脚闲，随喊随到，一做就满身汗。做完了，有饭就扒几碗，没饭就拍拍手回家。下一次你叫他，他还会来。知道他有个喜欢奖状的嗜好，有些人请他时还会比画出奖状的样子："聋子，有奖状，你去吧？"

他一见这种比画就笑，就眼睛发亮，马上跟你走。即使你给他的奖状没有盖公章，或者那不过是你儿子的"三好学生"奖状，上面仅仅改了个名字。

他收藏了很多奖状，从县政府发的一直到上屋场三老倌发的，甚至有一张根本不是他的——得奖者是办高级社那年来的一位干部，是哑巴经常为之得意的一个老朋友。他与哑巴同睡一床，出钱治好过哑巴母亲的病，请人给哑巴做过一双棉鞋。那一年丰收了，哑巴有了吃不完的糯米粑粑，还有钱买票第一次坐上了汽车，随那位干部到县城做客。在县城里，他什么也不想要，什么也不想看，独独爱上了主人家里一张大奖状，目光一落上去就拔不出来。主人没办法，只好割爱，把奖状转赠给他。

现在，他奖状成了堆，珍贵的褒奖和廉价的欺骗混在一起。一碰到新交结的朋友，尤其是碰到新来的办点干部，他就会笑嘻嘻地把那一大捆拿出来，一张张铺给你看，想让你每张都看到。旁人发出笑声时，他也只是笑笑，并不知道旁人在笑什么。

盲　女

　　谷爹的两个女儿都外出了,家里只留下"满姨"——这是当地人对最小女儿的称呼。可怜满姨几年前在一场大病中瞎了双眼,留下两个空洞的眼窝子,至今没法上学读书。但家住学校附近,她常常摸到学校里去,隔着窗子听老师们上课。她现在居然已经能一字不差地背出九九表,背出两位数的平方表。《喀秋莎》《阿里郎》《外婆的澎湖湾》一类歌曲,她也都会唱。客人们去她家闲坐,最常见的节目就是叫她来一段背诵,从九九表到平方表,背得客人们大为惊诧。

　　我只到她家去过一次,但后来有一天经过那里,发现她站在门口,远远地把眼窝朝向我,嘟哝出一句:"韩少功!"

　　小孩对我直呼其名,听上去有点怪怪的。

　　旁边一位正在破竹的老人逗她:"喊错了不是? 韩少功在哪里?"

　　"就是韩少功!"她仍然望着我。

　　我也想逗逗她,故意别着嗓门:"我是龙老师啊!"

　　她摇摇头。

　　"你怎么知道不是?"

　　"我记得你走路的声音。"

　　谷爹走出大门大声呵斥:"没大没细,讨打吗? 大人的名字是你喊的? 喊'韩爹',听见没有?"然后对我绽开一脸笑,"她呀,长一双狗耳朵。你还只走到校门那边,她就听出来了。"

　　在旁边破竹的老头还说:"她连过路的牛是哪一头,都听得出来。"

　　这当然令我吃惊。既然她听得出过路的牛是哪一头,那么她想必也能听出过路的狗是哪一只,过路的鸡是哪一只,或许也能听出飞过的是哪一只鸟和哪一只蜜蜂。她是否能在深夜听到这山峒里各种人的秘密、动物的秘密、植物的秘密、泥土和流水的秘密……乃至我深夜里一声叹息?

我与她玩过一次从五个手指中猜出中指的游戏,也就是那么一次,我早就差不多忘记了。我吃惊地得知,从那以后,我的一线脚步声就永远留在那里了,作为我生命的一部分,在一个小盲女的黑暗里永远收藏。

第三辑　家　园

花　草

　　草木的心性其实各个不一:牵牛花对光亮最敏感,每天早上速开速谢,只在朝霞过墙的那一刻爆出宝石蓝的礼花,相当于植物的鸡鸣,或者是色彩的早操。桂花最守团队纪律,金黄或银白的花粒,说有,就全树都有,说无,就全树都无,变化只在瞬间,似有共同行动的准确时机和及时联系的局域网络,谁都不得擅自进退。

　　比较而言,只有月季花最娇生惯养。它们享受了最肥沃的土壤,最敞亮的受阳区位,最频繁殷勤的喷药杀虫,还是爱长不长,倦容满面,玩世不恭,好吃懒做。硬要长的话,突然蹿出一根长枝,挂上一两朵孤零零的花,就把你给打发掉。

　　阳转藤自然是最缺德的了。一棵乔木或一棵灌木的突然枯死,往往就是这种草藤围剿的恶果。它的叶子略近薯叶,看似忠厚。这就是它的虚伪。它对其他植物先攀附,后寄生,继之以绞杀,具有势利小人的全套手段。它放出的游走长藤是一条条不动声色的青色飞蛇,探头探脑,伺机而动,对辽阔田野充满着统治称霸的勃勃野心。幸好它终不成大器,否则它完全可能猛扑过来,把行人当做大号的肥美猎物。

　　我的柴刀每年都得数次与这种长蛇阵过招,以保护我的电话线不被它劫持和压垮。

　　当一棵树开花的时候,谁说它就不是在微笑——甚至在阳光颤动的一刻笑如成熟女郎,笑得性感而色情?当一片红叶飘落在地的时候,谁说那不是一口哀怨的咯血?当瓜叶转为枯黄甚至枯黑的时候,难道你没有听到它们咳嗽或呻吟?有一些黄色的或紫色的小野花突然在院墙里满地开放,如同一些吵吵闹闹的来客,在目中无人地喧宾夺主。它们在随后的一两年里突然不见踪影,不知去了哪里,留下满园的静寂无声。我只能把这事看做是客人的愤然而去和断然绝交——但不知我在什么事上得罪了它们。

再说我们同时栽下的一些橘树吧。手心手背都是肉,我对它们同样地挖坑同样地修剪同样地追肥,但靠路边的三棵长得很快,眼看就要开花挂果。另有一株,身架子还没长满,也跟着早婚早育,眼看就要衔珠抱玉。但其他几株无精打采,长来长去还是侏儒,还是呆头呆脑,甚至叶子一片片在蜷缩。有一位农妇曾对我说:你要对它们多讲讲话嘛。你尤其不能分亲疏厚薄,要一碗水端平嘛——你对它们没好脸色,它们就活得更没有劲头了。

这位农妇还警告,对瓜果的花蕾切不可指指点点,否则它们就会烂心(妻子从此常常对我大声呵斥,防止我在巡视家园时犯禁,对瓜果的动作过于粗鲁无礼)。发现植物受孕了也不能明说,只能远远地低声告人,否则它们就会气死(妻子从此就要我严守菜园隐私,哪怕回到餐桌前和书房里也只能交换暗语,把"授粉"、"挂果"一类农事说得鬼鬼祟祟)。

我对这些建议半信半疑:几棵草木也有这等心思和如此耳目?

后来才知道,山里的草木似乎都有超强的侦测能力。据说油菜结子的时候,主人切不可轻言赞美猪油和茶油,否则油菜就会气得空壳率大增。楠竹冒笋的时候,主人也切不可轻言破篾编席一类竹艺,否则竹笋一害怕,就会呆死过去,即使已经冒出泥土,也会黑心烂根。

关键时刻,大家都得管住自己的臭嘴。

葡　萄

　　佛教悲怀一切有眼睛的生命,心疼世间一切"有情"——这是指所有动物,也包括人。这样一来,只有植物降了等级,冷落在悲怀的光照之外,于是牛羊大嚼青草从来不被看做屠杀,工匠砍削竹木从来不被看做酷刑。

　　佛祖如果多一点现代科学知识,其实可知草木虽无心肝和手足,却也有神经活动和精神反应,甚至还有心理记忆和面部表情——至少比网络上的电子虚拟宠物要"有情"得多。

　　我家的葡萄就是小姐身子丫鬟命,脾气大得很,心眼小得很。有一天,一枝葡萄突然叶子全部脱落,只剩下光光的枝干,在葡萄群体中一枝独裸和一枝独疯。我想了好一会儿,才记起来前一天给它修剪过三四片叶子,意在清除一些带虫眼的破叶,让它更为靓丽。肯定是我那一剪子惹恼了它,让它怒从心头起,恶向胆边生,来了个英勇的以死抗争。你小子剪什么剪?老娘躲不起,但死得起,不活了! 其他各株葡萄也是不好惹的家伙,不容我随意造次。又一次,我见另一株葡萄被风雨吹得歪歪斜斜,好心让它转了个身子,攀上新搭的棚架。我的手脚已经轻得不能再轻,态度已经和善得不能再和善,但还是再次逼出了惊天动地的自杀案,又是一次绿叶呼啦啦尽落,剩下光杆一根,就像被大火烧过一般。直到两个多月后,自杀者出足了气,耍足了性子,枯干上才绽出一芽新绿,算是气色缓和,心回意转。

　　当然,也许葡萄脱叶不是因为脾气太大,恰恰是因为胆子太小。它们刚从遥远的地方移植山峒,人生地不熟,举目无亲,无依无靠,怯生生地活得提心吊胆,一遇风吹草动还不吓得死去活来?

　　这也是可能的。

枫 树

沿溪水而上，走到前面一个大岭，溪水便分成两道，分别来自两个峡谷：左边是梅峒，右边是猫公冲。"冲"或者"峒"都是山谷的意思。

梅峒的峒口有一高坡，坡上有个空心大树蔸，大如禾桶，桶中积有尘土。有两个小孩子在这里翻进翻出地玩耍，树前还插有五六根香尾子。

看到这些不知何人留下的残香，便可知这棵树有些来历。同行的莫求告诉我，原来这里有两棵枫树，他家祖爹看见它的时候，它们就已经树高接天，所以谁也不知道它们到底长了多少年。从外形上看，老树大限在即，树冠平顶，有些树杈干枯，主干均已开始空心，有的地方只剩下两三寸厚的一圈树皮，一敲起来有咚咚鼓响。听老人们说过，以前每逢村子里谁家有丧事，这两棵树就枝叶摇动，摇出水滴，有如下雨，村民们谓之"树哭"。有人怀疑这两棵树已经成精为怪，要动手把它砍伐。但他们拿着斧锯一旦逼近，老树就突然訇訇雷吼，震得枯叶飘落地面发抖，吓得人们不敢动手。后来人们把这种发作叫做"树吼"。

为了这两棵树，蕉冲与梅峒的人在好些年前打过架。蕉冲的人说，树在他们的地界内，要剁就剁，要砍就砍，是他们的权利。他们这次要把树砍去给庙里烧炭。梅峒的人则说，大树是他们的关口，蕉冲的人要破关，坏了风水，岂能答应！

双方开始是对骂，接着是行武，最后是打官司。蕉冲的人来抢牛，梅峒的人就用矛子戳，戳倒了其中的一个，血淋淋的肠子滑出肚子好几尺，在田边拖成了一长线。后来官司算是打平了：梅峒的人赔医药费和办赔礼酒，但枫树还是归梅峒所有。

双方在树旁立碑为约。

事情过了几十年,有一次雷击起火,两棵树完全枯死了。蕉冲有个叫满四爹的人,是个杀猪的,要来买枫树作柴烧。梅峒的人不卖,说古木都会有些神,何况这两棵树一直不清静。你要剁,是你的事。反正我们不能卖,不说这个"卖"字。满四爹已经一把屠刀杀生无数,说他这一辈子只怕跌跤,只怕蛇咬,就是不怕鬼叫。他倒想捉个鬼来玩玩。他说完就去把其中的一棵锯倒了,锯散了,一担一担往家里担散柴。但当天晚上他就发高烧,昏话连篇,说树洞里飞出一条蛇,正在缠他的颈根。他家里的人杀了一头猪,做了三十六碗肉去敬树祈神,结果还是于事无补:满四爹第二天就死在医院里。

几年之后,猫公冲有一个复员军人回乡。因为在外面受过新式教育,他回家后可以讲一口普通话,可以吹口琴,还只相信科学,雄赳赳地不怕鬼。他懒得去山上砍柴,想就近剁点枝叶,也打起了老树的主意。人们说这家伙普通话讲得再好也没用,阳气还是不足,不过是砍了一点枯枝,回到家就疯了:老说自己的裤带是蛇,把一条条裤带全都摔到门外。结果裤子垮下来,露出了他的半边屁股。邻居们来看他的时候,他还撅着半边光屁股往床下钻,躲到那里惊恐万状。

人们这才知道,枫树者,疯树也,是会让人发疯的啊。

关于疯树的故事从此更多了。很多人说,他们夜里路过枫树的时候,发现树已经睡倒了,一道大堤似的堵住路面,没人能翻爬得过去。但第二天再去看,老树还是立在那里,并没有倒下来。大家回家查查自己换下的衣,那里也没有泥水或者青苔,并无翻爬的痕迹。

这当然是一件怪事。关于老树昼立夜伏的消息从此传得很远。乡政府对这种越传越盛的迷信十分不满,觉得政策受到了奇谈怪论的干扰,政府威望受到严重冒犯,决定由民兵营长庆长子带队,集中十几个青壮年民兵,将老树彻底锯倒,对反动事物来个彻底打击。人们说,那次杀树真是惊心动魄。大树一开始呼呼生风,接着变成訇訇狂吼,但扛不住民兵们开了誓师会,喝了誓师酒,借着酒力大斧大锯一齐向前。老树邪不压正,一场恶斗之后,终于腾出了一大片天空。但这家伙倒下之前四处冒烟,树体内发出吱吱嘎嘎巨响,放鞭炮一般，足足炸了个把时辰，把众人都惊呆了。到最后，树梢尖子哗啦一颤，庞然树干一颤，一扭，一旋，一跳，人们还没看清是怎么回事，哗啦啦的一阵黑风就朝庆长子这边扑将过来。

民兵们已经请教过老班子，知道凡老树倒下之前都会狂蹦乱跳，因此他们早有准备，远远地躲开。但没料到这疯子竟然蹦出几尺高，旋出几丈远，奔袭路线完全不讲规矩也无法预测，活生生把一位民兵的右脚砸瘪了，砸成了肉泥。

领头的庆长子倒是没事。他事后夸耀，他那天略施小计，穿了个半边衣，有一只空袖子吊来甩去，看上去像是有三只手。树神就算是记恨他，但往后到哪里去找有三只手的人？

为了让树神放过他，从那以后，他每次出门还把蓑衣倒着穿，或者把帽子反着戴，让夙敌无法认识。得罪了老枫树的后生们也都学他，后来经常把蓑衣和草帽不按规矩穿戴，甚至把两只鞋子也故意穿反，把两只袜子故意套在手上，把妇女的花头巾故意缠在头上，给这个山村带来一些特殊景象。

鸡　群

　　我家的鸡圈里，来路不一的鸡仔各自抱团，互相提防和攻击。其中有一只个头大，性子烈，本领高强，只是没来得及给它剪短翅膀，它就鸟一样腾空飞越围墙。我们在后来几天里还不时看到它在附近游走和窥视，但就是抓不住它，只得听任它变成野鸡，成全它不自由毋宁死的大志。

　　鸡仔长大以后，雌雄特征变得明显。一只公鸡冠头大了，脸庞红了，尾巴翘了，骨架五大三粗，全身羽毛五彩纷呈油光水亮，尤其是尾上那几条高高扬起的长羽，使它活脱脱戏台上的当红武生一个，华冠彩袍，金翎玉带，若操上一杆丈八蛇矛或方天画戟，唱出一段《定风波》《长坂坡》什么的，一定不会使人惊讶。几个来访的农民也觉得这家伙俊美惊人，曾把它借回家去做种。

　　这只公鸡是圈里唯一的男种，享受着三宫六院的幸福和腐败，每天早上一出埘，就亢奋得平展双翅，像一架飞机在鸡场里狂奔几圈，发泄一通按捺不住的狂喜，好半天才收翅和减速。但这架傻飞机虽然腐败，却不太堕落，保卫异性十分称职，遇到狗或者猫前来觊觎，总是一鸡当先冲在最前，怒目裂眦，翎毛奋张，炸成一个巨大毛球，吓得来敌不敢造次。如果主人往鸡场里丢进一条肉虫，它身高力大健步如飞，肯定是第一个啄到目标。但它一旦尝出嘴里的是美食，立刻吐了出来，礼让给随后跟来的母鸡。自己无论怎样馋得难受，也强忍着站到一旁去，绅士风度让人敬佩。

　　"衣冠禽兽"一类恶语，在这只公鸡面前变得十分可疑。把自利行为当做人性全部的流行哲学，在这只公鸡面前也不堪一击。一只鸡尚能利他，为何人性倒只剩下利己？同是在红颜相好的面前，人间的好些雄性为何倒可能遇险则溜之见利先取之？再说，这公鸡感情不专，虽有很多不文明之处，可挑剔和可责难之处,但它至少还能乱而不弃,喜新不厌旧,一遇到新宠挑衅旧好,或者是强凤欺压弱莺,总是怜香惜玉地一视同仁,冲上前去排解纠纷,把比较霸权的一方轰到远处,让那些家伙稍安毋躁恪守雌道。如此齐家之道也比好多男人更见境界。

一天早上,我起床以后发现天色大亮,觉得这个早上缺了点什么。想了半天,发现是刚才少了几声鸡叫,才使我醒得太晚。我跑到鸡埘一看,发现埘里没有大公鸡。这就是说它昨天晚上根本没有入埘。

我左找右找,一直没有发现它的影子。中午时分,我再一次搜寻,才在一个暗沟里发现了它的尸体。奇怪的是,它身上没有伤口,显然不是被黄鼠狼一类野物咬死的。也不像是病死的,因为它昨天还饮食正常精神抖擞,没有丝毫病态。

到底是怎么回事?我没法破案,只是把它葬在一棵玉兰树下。

美公鸡莫名牺牲的那一天,母鸡们怅然若失,不怎么吃食。撒给它们的谷子剩留了许多,被一大群麻雀飞来吃个痛快。

从此以后,鸡圈里少了一分团结与和谐。母鸡们也能利他,但利他的圈子通常画得比较小,大多只限于一窝同胞之内。凡是气味不对的他家骨血,就无缘受到爱护,双方处得再久,还是格格不入。这就苦了一只小黄鸡。它是新来的,在这里无亲无故,刚来时怎么也进不了鸡埘,一进门就被既得利益群体啄出门外。我把它强行塞进埘门,第二天竟发现它头上鲜血淋淋,脑门顶被活活地啄去一块肉,使它两眼欲闭,步履踉跄,奄奄一息。

他鸡即地狱啊!没有明君贤主的社会礼崩乐坏啊!我没法听懂鸡语,再气愤也没法缉凶,唯一可做的事,是找来红药水和消炎粉,给这只半死的小鸡疗伤。我见它怯怯的根本不敢上前争食,又一连给它开了七八天小灶,每一次抓来些剩饭或谷子,让它单独在一旁进食。

别的鸡见此情景嫉妒得拍翅大叫,但在我的一再呵斥之下,无法靠近过来,只能远远地看着小黄鸡吃香喝辣。

我们把这只鸡命名"小红点",因为它头顶红药水时,脑袋上有鲜明的标记。没有料到的是,小红点自被我们从死亡线上救回来以后,它怕鸡不怕人,亲人不亲鸡,在鸡圈里总是形单影只,待在冷清的角落,一见人倒兴高采烈地跑上前来,不似其他那些鸡,即便见你来喂食也会四散惊逃,直到你提着空盆离去,才敢一哄而上前来抢啄。

每到黄昏,小红点也迟迟地不回鸡埘,一有机会就跑出鸡圈,跑到我家的大门口,孤零零守候在那里,对门内的动静探头探脑,似乎一心一意要走进这扇门,去桌边进食,去床上睡觉,甚至去翻报纸或看电视新闻。看得出,它眼睛眨巴眨巴,太想当一个人而不想做一只鸡了。

半年多以后,它还是保持着跟人走而不跟鸡玩的习惯,即使主妇很不待见它在门前拉屎,即使主妇一次次把它赶回鸡群,它还是矢志不渝总是跟着人转,有时踩着了我的脚,啄了我的脚,也若无其事。它顽强的记忆是不是来自那一次刻骨铭心的疗救?或者像邻居老吴说的:它前世很可能本就是个人,同人有某种缘分?

小 猫

　　一只刚满月的小猫,毛乎乎的一团,被我们随口一叫,就定名为"咪咪"。"咪陀"、"咪相公"、"咪大爷"、"110"等,是后来衍生的一些称谓。它背黄胸白,毛色鲜亮,机灵活泼,每天早上大练武功,翻滚,拳击,鱼跃,追逐自己的尾巴,陀螺一样飞旋不停,让人看得眼花缭乱。一张椅子靠背的两道横栏,成了它反复翻腾和穿插的高低杠,难度系数不断攀高。农民送来一面祝贺新居的大镜子,没有地方好挂,一直靠墙闲搁着,眼下便成了它早上必用的练功镜——它把自己足足折腾一两个钟头,左翻两周半,右旋三圈半,乌龙绞柱,掀身探海,倒踢紫金冠,最后朝镜中盯上一眼,把自己美美地欣赏再三,满心崇拜着这个镜中的芭蕾男之星。

　　它把老鼠吓得无影无踪,自以为英雄盖世,仗着自己的年少气盛,更是独立和反叛,正如时下的某些新人类,把听话当做丢人的勾当,把傲慢当做流行的风度,不饿的时候根本不愿理人,甚至不愿回家。不管主人怎么叫,它就是不露脸,就是不应答,一点面子也不给。它情愿雍容矜持地蹲在墙头,观赏学校那边的广播操或者篮球赛;或是仙风道骨地蹲在院门顶上,凝望远处一片青山绿水,凝固在月光里或霞光里,如一尊久经沧桑的诗人,不,诗猫——正心事浩茫思接千古。

　　它是要写出七律还是要写商籁?

　　是正沉溺于婉约还是在蕴积着豪放?

　　这咪咪本事渐长,表现欲也渐增,见到我在院子里走过,忽然冲到我的前面,刷地一下蹿上树,又刷地一下从树上蹿下来,其实没有什么要事,只是想请你见识它非凡的速度和高度。

118

它也有失手的时候。它不明白竹子不是樟树或梓树，不知道竹竿太滑也太硬，有一次当着我的面一路猛冲，闪电一般蹿上竹竿，但爪子抓抓不住，终于哧溜溜摔了下来，砸了个四脚朝天，真是很没有面子。

　　它夹着尾巴快步溜走，以后再也不爬竹竿。

　　实在很无聊的时候，它才会想到名叫"三毛"的一条狗。三毛比它年长几岁，算是狗大哥。但大哥在本领上比不过小弟，上不了树，爬不了墙，打架也笨，只会傻乎乎地硬着头皮朝前拱，架不住小弟的手抓、脚蹬、尾巴抽、牙齿咬，十八般兵器组成了立体攻势。就算三毛的身坯大，重型战车撞倒了对方，但小弟腾空一跃上了楼梯，没等对手看清楚，已迅速退到安全地带。

　　三毛甩了甩一头长毛，发现没了目标，一犯傻就朝错误方向扑去，在一个个房间里蹿进蹿出地搜查，气喘吁吁还是一无所获。它没有料到咪咪此时正端坐高处，以逸待劳，悠悠然摇着尾巴，对敌方的忙碌懒得理睬。

　　到后来，狗哥甘拜下风，凡事让小弟三分。见咪咪抢吃它的饭，就一旁待着，实在冒火了，才去猫碗里大吃两口，算是很没出息的报复。有时躺在地上，听任椅子上的咪陀垂下尾巴，在它的狗头上不时敲打。

　　三毛半眯着眼睛，忍着。

　　它们一般来说还算友好，有时可以同睡一个纸箱，甚至嘴套嘴地互相含着（如同深吻），手搂手地互相抱着（如同热拥）。如此至爱亲朋，僵住好一阵，直到睡意大发，才结束亲密的一幕，分头各睡各的。它们也开始互相学习，比如三毛学会了抓老鼠，咪咪则学会了见人即仰卧，亮出肚皮以示友好。有一次，院子西头发出一声惨叫，听上去像猫的声音。我还没有反应过来，三毛全身一震，已狂叫着朝惨叫的方向蹿去，四蹄刨得沙土翻飞，蓬松长毛被疾风刮得紧贴全身，使它平平扁扁完全变了形。虽然它最后没发现蛇，没发现黄鼠狼，只发现一只野猫越墙而去，但还是在草丛里四处嗅，好一阵才罢手。它刚才一定是在担心猫小弟的安危。

　　这使我夸了它好一阵，见义勇为和高风亮节的高帽子，一顶顶戴在它头上。咪咪也许能听懂一二，也许听得有点不服气。接下来的几天，每天早上打开大门，门外正当眼的地方，可能有血淋淋的一丝鼠肠或一只鼠腿——这当然是咪咪的战绩，是它割下敌寇的首级，回头向主帅部报功。我突然明白了，它有心留下这一口，无非是表示它没有白吃饭，至少不比三毛草包到哪里去。

比较麻烦的是，它割来的首级不但有鼠肉，有时也有鸡肉或者鸟肉。这就是说，它一直不清楚自己110的职责范围，一直把鸡和鸟看做了有翅膀的老鼠。尤其是那种灰黑色的小东西，在它看来一定是老鼠的乔装打扮，绝不可放过和轻饶。我家的鸡仔在它嘴里好几次减员大半，使我们后来根本不敢买小鸡，尤其是黑毛小鸡。我气得大骂它践踏法律，但它瞪着眼睛并不理解。

有一次，它叼着满满一口黑毛兴冲冲地跑来，再一次引起公愤：你叼鸟做什么？讨打啊？我破口大骂一顿，吓得它东躲西藏，嘴里却决不松口。我抄起树棍猛追，又用泥块连续射击，打得它在林子里乱窜，最后呼啦啦跳上了墙。但它还是死叼着小鸟不放，眼里满是委屈和困惑，对我不赏反罚大为义愤。

这一天晚上，它很晚都不回家，可能是已被一只鸟塞饱了肚子，也可能是想狠狠地发一回脾气。

异　犬

村里人把狗也叫做"呵（读去声）子"。大概他们唤狗的声音是"呵呵"，应声而来的一团肉就该是"呵子"了。

这里录下一些呵子的事迹：

贤爹家的呵子。贤爹这一天犁完田，还没走到家，就听见田垄对面割茅草的邻居说，你快回去看看，你家的呵子刚才叼回去一只兔子。

贤爹回到家里，没有看见呵子，也没有看见什么兔子，到屋外唤了三声，也没听到呵子的脚步声，不免有些纳闷。这天夜里，呵子很晚没回家，不知道去了哪里。

贤爹后来把这事忘了。十几天后，他翻过两座山，过了三条溪，走了十来里路，到出嫁多年的女儿那里去看看，送上一点糍粑和干笋。他听女儿说，家里的呵子十天前来过了，累得气喘吁吁，尾巴低垂，嘴里叼着一只兔子，当然是给小呵子吃的——就是断奶不久的呵子它儿。贤爹大为奇怪：这狗娘逮住了一只兔子，居然还记着两座大山以外的狗崽？更奇怪的是，女儿把狗崽抱来婆家的时候，狗娘并没有跟着来啊。它如何识得路？如何找到了这一家？如何知道自己的骨肉就在这里？

莫非是它平时听家里人说起这个地方，也听出了个子丑寅卯？

有福家的呵子。这条呵子骨架大，从小就长着好多胡须，是个少年老成的武士。它最会看家，平时逢主人不在，见外人上门来了，便不动声色地跟着，既保持警觉，又不失礼貌。外人在这个家里可以坐，可以睡，可以到处看，

121

怎么都行,就是不能触摸任何东西,否则立刻引来它的狂呼乱叫。如果你不赶快撒手,它必定猛扑上来咬住你的一只贼手。

有福带着呵子出门,从不怕丢失什么东西。他干活时在地头脱下一双鞋,一顶草帽,或者停靠一辆脚踏车,呵子立刻蹲在一旁守住,不管主人去了哪里,也不论主人要去多久,它都会寸步不离主人的物品,一直等到主人回来。有一次,有福在田头丢下一张犁,准备第二天犁田,没料到呵子就把犁看住了,以为是什么贵重的宝贝。有福回到家里,很晚还没看见呵子,后来想到了犁,打着雨伞到田边一看,他家呵子果然在瓢泼大雨里守着——其实没有任何贼寇会打一张犁的主意。

有福在县城遇上车祸的时候,呵子在家似乎有什么感应,疯了似的大叫,冲到公路上去见汽车就吠——这是邻居们后来说的。它被一辆车绕过去了,被另一辆车甩下了,但还是对一切流动的钢铁盒子大举进攻。最后,一辆运树木的大卡车来不及刹车,终于把它碾在轮下,成了血淋淋的一摊肉泥。

村民们说,它这是以死"挡煞",拿自己的命换主人的命。要不然,有福那一天骑摩托被汽车撞出一丈多远,说什么也不可能活着回来的,至少也要落个终身残疾。

有福也相信,自己这条命是呵子给的。他把呵子葬在山上,说自己老了以后也要葬在那里。

茶盘砚的呵子们。我跟着村长去茶盘砚清账,刚翻过岭,见到村子的一角,就远远听见一片狂吠。我免不了有些心虚,赶紧在路边折了一根树枝,紧紧捏在手里。奇怪的是,我们进村的时候,那些狗反而一声不吭了,黄的黑的大的小的老的少的一起迎上来,围着我们使劲摇尾巴,嘴里都横叼着一截树枝,像齐刷刷地都插着一支牙刷,让我颇为奇怪。

我问村长,这些狗为何都叼着树枝?

对方见多不怪,说有这回事吗?回头看了看,确认了我说的是实,这才说:这些狗从来都是这样的,看见贼就开咬,看见客就封嘴巴。

一位农妇捂着嘴笑:"它们怕你吓着了!"

我大吃一惊。世上还有这等善解人意的狗？居然像古代的军队衔枚夜行，还懂得以枝封嘴安抚客人？它们是不是经过了某种训练？

村长说：没有啊，茶盘砚的狗都是这样的，生下来就是这样的。

"其他村的狗也是这样吗？"

"那倒不一定。有这样的，也有不是这样的。"

我带来的三毛是个洋种，与这些狗一见如故，玩得兴奋异常，很快就与它们打成一片和搅成一团。我原来担心这些狗会欺生，一直给三毛套着狗绳，随时准备将它解救脱险。我没料到呵子们对三毛十分友好：互相嗅嗅屁股，相当于通报姓名；互相摇摇尾巴，相当于握手礼或者贴面礼；一直没吐掉嘴里的树枝，相当于剑入鞘，枪退膛，大炮蒙上炮衣，军队解除战斗状态。有一条大狗是后来的，朝着三毛龇龇牙齿，没有真咬。大概是一时没找到树枝，它急得满地乱窜，后来不知从哪里叼来一根鸭毛，在我们面前转来转去，待我们看清楚了，才意犹未尽地离去。它肯定是要让我们看清它的橄榄枝，明白它和平主义的宣示。

自从到过茶盘砚以后，三毛一有机会就要蹿出院门，就要朝茶盘砚方向狂奔，对我的喝止充耳不闻。不过，去就去吧。我现在不太担心它的安全了，因为那一群狗友礼貌周全，不可能伤害客人。

有意思的是，三毛从那里回来的时候，嘴里也叼着一根草，在我面前摇头晃脑，一展它的学习成果。

犟 牛

这一天,三毛这头牛折了一张犁,还撞倒了一根小电线杆,撞翻一堵矮墙,踩烂了一个箩筐,顶翻了村里正在修建的一个粪棚——两个搭棚的人不是躲闪得快,能否留下小命还是一个问题。

我后来再也不敢用这条牛。队上决定把它卖掉时,我也极力赞成。

志煌不同意卖牛。他的道理还是有些怪,说这条牛是他喂的草,他喂的水,病了是他请郎中灌的药,他没说卖,哪个敢卖?干部们说,你用牛,不能说牛就是你的,公私要分清楚。牛是队上花钱买来的。志煌说,地主的田也都是花了钱买的,一土改,还不是把地主的田都分了?哪个种田,田就归哪个,未必不是这个理?

大家觉得他这个道理也没什么不对。

"人也难免有个闪失。关云长还大意失荆州,诸葛亮是杀了他,还是卖了他?"等到人家都不说了,也走散了,志煌一边走还能一边对自己说出一些新词。

三毛没有卖掉,只是最后居然死在志煌手里,让人没有想到。他拿脑壳保下了三毛,说这畜生要是往后还伤人,他亲手劈了它。他说出了的话,不能不做到。春上的一天,世间万物都在萌动,暖暖的阳光下流动着声音和色彩,分泌出空气中隐隐的不安。志煌赶着三毛下田,三毛突然全身颤抖了一下,眼光发直,拖着犁头向前狂跑,踩得泥水哗哗哗溅起一片此起彼伏的水帘。

志煌措手不及。他总算看清楚了,三毛的目标是路上一个红点。事后才知道,那是邻村的一个婆娘路过,穿一件红花袄子。

牛对红色最敏感,常常表现出攻击性,没有什么奇怪。奇怪的是,从来在志煌手里服服帖帖的三毛,这一天疯了一般,不管主人如何叫骂,统统充耳不闻。不一会儿,那边传来女人薄薄的尖叫。

傍晚的时分,确切的消息从公社卫生院传回马桥,那婆娘的八字还大,保住了命,但三毛把她挑起来甩向空中,摔断了她右腿一根骨头,脑袋栽地时又造成了什么脑震荡。

志煌没有到卫生院去,一个人捏着半截牛绳,坐在路边发呆。三毛在不远处怯怯地吃着草。

他从落霞里走回村,把三毛系在村口的枫树下,从家里找来半盆黄豆塞到三毛的嘴边。三毛大概明白了什么,朝着他跪了下来,眼里流出了混浊的眼泪。他已经取来了粗粗的麻索,挽成圈,分别套住了畜生的四只脚。又有一杆长长的斧头握在手里。

村里的牛群纷纷发出了不安的叫声,与一浪一浪的回音融会在一起,在山谷里激荡。夕阳突然之间暗淡下去。

他守在三毛的面前,一直等着它把黄豆吃完。几个妇人围了上来,有复查的娘,兆青的娘,仲琪婆娘,她们揪着鼻子,眼圈有些发红。她们对志煌说,造孽造孽,你就饶过它这一回算了。她们又对三毛说,事到如今,你也怪不得别人。某年某月,你斗伤了张家坊的一头牛,你有没有错? 某年某月,你斗死了龙家滩的一头牛,你知不知罪? 有一回,你差点一脚踢死了万玉他的娃崽,早就该杀你的。最气人的是另一回,你黄豆也吃了,鸡蛋也吃了,还是懒,不肯背犁套,就算背上了,四五个人打你你也不走半步,只差没拿轿子来抬你,招人嫌嘛。

她们一一历数三毛的历史污点,最后说,你苦也苦到头了,安心地去吧,也莫怪我们马桥的人手狠,也是没办法的事情啊。

复查的娘还眼泪汪汪地说,早走也是走,晚走也是走,你没看见洪老板比你苦得多,死的时候犁套都没有解哩。

三毛还是流着眼泪。

志煌脸上没有任何表情,终于提着斧子走近了它——

沉闷的声音。

牛的脑袋炸开了一条血沟,接着是第二条,第三条……当血雾喷得尺多高的时候,牛还是没有反抗,甚至没有叫喊,仍然是跪着的姿态。最后,它晃了一下,向一侧偏倒,终于沉沉地垮下去,如泥墙委地。它的脚尽力地伸了几下,整个身子直挺挺地横躺在地,比平时显得拉长了许多。平时不大容易看到的浅灰色肚皮完全暴露。血红的脑袋一阵阵剧烈地抽搐,黑亮亮的眼睛一直睁大着盯住人们,盯着一身鲜血的志煌。

复查他娘对志煌说:"造孽啊,你喊一喊它吧。"

志煌喊了一声:"三毛。"

牛的目光一颤。

志煌又喊了一声:"三毛。"

牛眼中有幸福的一闪,然后宽大的眼皮终于落下,身子也慢慢停止了抽搐。

整整一个夜晚,志煌捧着头,一言不发,就坐在这双不再打开的眼睛面前,直到第二天早上鸡鸣。

飞 鸟

　　每天早上我都是醒在鸟声中。我躺在床上静听,可辨出七八种鸟。有一种鸟叫像冷笑。有一种鸟叫像凄嚎。还有一种鸟叫像小女子斗嘴,唧唧喳喳,鸡毛蒜皮,家长里短,似乎它们都把自己当做公主,把对手当做臭丫鬟。

　　呵嗬嘿,呵嗬嘿,呵嗬嘿——这大概就是本地人说的"懂鸡婆"了,声音特别冒失和莽撞,有点弱智的味道,但特别有节奏感,一串三声听上去就是工地上的劳动号子。它们从不停歇地扛包或者打夯,怕是累坏了吧?

　　我知鸟甚少,平时只能辨出最常见的麻雀、鹧鸪、燕子以及喜鹊。有一种小鸟的眉毛呈黄蓝黑数色,艳丽多彩,针挑线缀的一般,想必是人们说的画眉。另一种多黄羽,经常栖在我的窗台,想必是古人笔下常见的黄鹂。农民还教我认识了一种"铁哨子"。它们全身乌黑,比树蝉大不了多少,经常密密地停栖在一枝芦苇上,像一长串冰糖葫芦在风中摇荡,更像一长队孩子消受着跷跷板。

　　但它们此时不是在过儿童节,只是在忍受餐前的饥饿,一心一意地盯着鸡场里的谷粒,眼巴巴地希望鸡群赶快退席,让它们也去吃上两口。

　　每次我路过菜园,脚步声都会惊动几个胖大家伙,突然从瓜棚豆架下扑棱棱地腾飞而去,闪入高高的树冠。它们是野鸡无疑,在秋天尤其肥硕厚重,重磅肉弹拉出一道道黑光,闹出的动静很大。我无法看清它们,只听到它们在树叶里叫声四起,大概是对我刚才的突然侵扰愤愤不已。

　　哥们儿,在他脑袋上拉泡屎怎么样?……我几乎听懂了它们的大叫。

　　因为鸟太多,我们的菜园一度陷入危机,几乎维持不下去。尤其是初春之际,青菜鸟一来就密不可数,黑了一片天。我家豆角种了三道,还是留不下几粒种子和几棵苗。饥鸟狂食之下,菜园成了它们的公共食堂,残羹剩饭寥落无几。到后来,我们派出了两个张牙舞爪的稻草人,拉起了防鸟保苗的大网,盖上了防鸟护子的枝叶,各种空防措施相继到位,才勉勉强强度过了最危险的瓜菜发芽期。

找来几顶破草帽戴在草木丛中,也是一个好办法。不过这办法既吓鸟,也能吓人。一位从城里来的朋友,一进我家院门不禁神色紧张,因为他一眼瞥到丛林中闪烁的草帽,以为这里伏兵遍地,一场血战随时可能发生。

青 蛙

　　门前有一口荷塘，其实是水库的一部分，碰到水位上涨，水就通过涵管注满这一片洼地，形成一口季节性水塘。每天晚上，塘里的青蛙呱呱叫唤，开始时七零八落，不一会儿就此起彼伏，再一会儿就相约同声编列成阵，发出节拍整齐和震耳欲聋的青蛙号子，一声声锲而不舍地夯击着满天星斗。星斗战栗着和闪烁着，一寸寸向西天倾滑，直到天明前的寒星寥落。

　　有时候，青蛙们突然噤声，像全钻到地底下去了。

　　仔细一听，是水塘那边的小路上有人的脚步声。奇怪的是，不久前也有脚步声从那里经过，甚至有一群群娃崽打闹着跑过，青蛙为何没有停止叫唤？

　　庆爹说，老五来了。

　　我后来才知道，老五是个抓蛤蟆的。

　　我后来还知道，老五这一次尽管不是来抓蛤蟆，既没有带手电筒，又没有带小铁叉，但蛤蟆还是认出了他。

　　这真是怪事。如果不是我亲眼所见，我还真不能相信青蛙有这种奇能。它们居然从脚步声中辨出了夙敌的所在，居然迅速互通信息然后作出了紧急反应，各自潜伏一声不吭。它们不就是几只蛤蟆吗？现代人用雷达、电脑、手机、激光、群发装置也勉为其难的事情，几只蛤蟆凭什么可以做到？

　　老五的脚步声过去以后，青蛙声又升起来了。不管我在塘边怎么走来走去，它们都不理睬我的疑惑，哪怕我重重跺脚，它们也一声声叫得更欢。我在黑夜里看不到它们，但我能想象它们脸上那种对低智能人类的一丝讥笑。

雷　电

突然有眼前一亮，还有脚心一阵发麻，使我不由自主地跳了起来，不知发生了什么事。

直到嗅出一股烧焦味以后才突然醒悟：打雷了！我的记忆中确有一点动静，好像是刚才闷闷的一声。

这一闷雷肯定打中我家，否则楼面和墙面不会带电，更不会抽击我两只赤脚。我紧张地想到：应该做点什么。我赶快远离窗口，又赶快检查家里的情况，发现家里虽没着火，但电脑屏幕已经黑了，传真机已经冒烟，电话机里不再有声音，电视机里不再有图像，楼下浴室里的电热水器也无法启动……除了房子最西端的一只冰柜还在工作，家里五件电器全遭摧毁，一个文明世界顷刻间瓦解，一片死寂。

我大声告诉家人："我们被雷打了！"但他们都冲着我笑，以为我在开玩笑，直到我大声再说一遍，他们脸上才有了紧张，一窝蜂慌慌地去复查灾情。

在城市里待久了，对雷电已经没有概念。我不知道大自然除了风和日暖与花红草绿以外，有时也会狠狠拍来一大耳光。儒生们反复讴歌的天人感应和天人合一，有时也会以一种残暴的方式进行。

修理各种电器的过程，不消说有多麻烦和多窝囊。我得赶到城里一家家地去上门送货与取货。在市广播局一个电工朋友的帮助之下，我家的避雷地线也埋下了——这需要挖出一米深的地沟，像挖出长长一圈战壕，再在沟底扎下十几根粗大的三角钢，又是烧焊，又是挖土和打锤……其工程之浩大，施工之费时费力，吓了我一大跳。我后悔自己不知天高地厚，轻率地向朋友开口求助。

其实，宏伟工程也不太管用。朋友临行前偷偷告诉我：好是会好一点，但也不是万全。雷雨天里最好还是拉电闸，自己还要善于躲避。

我有点哭笑不得。早知如此，何必累得个半死？

更要命的是，我该如何躲避？乡下人没有城市楼群的掩体，暴露在茫茫旷野，暴露在雷电的射区之内，成了大自然随时可以轰击的靶标。如果穷得连避雷针都装不起，人们很大程度上只能听天由命。大家明白这一点，于是别出心裁另求一些自存之法，比方说一听到雷声逼近，就得赶紧检点自己的孝行。临时补救措施也是常有的：问老父亲要不要吃肉，问老母亲要不要做棉裤，问爷爷奶奶要不要捶背——其声音一定要洪大，洪大到让老天爷能听到；其动作一定要张扬，比如紧急切肉最好在门外大张旗鼓进行，让老天爷一眼看个明白。"不做坏事就不怕遭雷打！"他们一般都这样认为。

他们还能怎么办？他们不能怎么办。雷电随时可以空袭，一个不能用物质手段来保护自己的人，只能躲进一种给自己宽心的心理想象。

月 亮

月亮是别在乡村的一枚徽章。

城里人能够看到什么月亮？即使偶尔看到远远天空上一丸灰白，但暗淡于无数路灯之中，磨损于各种噪音之中，稍纵即逝在丛林般的水泥高楼之间，不过像死鱼眼睛一只，丢弃在五光十色的垃圾里。

由此可知，城里人不得不使用公历，即记录太阳之历；乡下人不得不使用阴历，即记录月亮之历。哪怕是最新潮的农村青年，骑上了摩托用上了手机，脱口而出还是冬月初一腊月十五之类的记时之法，同他们抓泥捧土的父辈差不多。原因不在于别的什么——他们即使全部生活都现代化了，只要他们还身在乡村，月光就还是他们生活的重要一部分。禾苗上飘摇的月光，溪流上跳动的月光，树林剪影里随着你前行而同步轻移的月光，还有月光牵动着的虫鸣和蛙鸣，无时不在他们心头烙下时间感觉。

相比之下，城里人是没有月光的人，因此几乎没有真正的夜晚，已经把夜晚做成了黑暗的白天，只有无眠白天与有眠白天的交替，工作白天和睡觉白天的交替。我就是在三十多年的漫长白天之后来到了一个真正的夜晚，看月亮从树阴里筛下的满地光斑，明灭闪烁，聚散相续；听月光在树林里叮叮当当地飘落，在草坡上和湖面上哗啦哗啦地拥挤。我熬过了漫长而严重的缺月症，因此把家里的凉台设计得特别大，像一只巨大的托盘，把一片片月光贪婪地收揽和积蓄，然后供我有一下没一下地扑打着蒲扇，躺在竹床上随着光浪浮游。就像我有一本书里说过的，我伸出双手，看见每一道静脉里月光的流动。

盛夏之夜，只要太阳一落山，山里的暑气就消退，辽阔水面上和茂密山林里送来的一阵阵阴凉,有时能逼得人们添衣加袜,甚至要把毯子裹在身上取暖。童年里的北斗星在这时候出现了,妈妈或奶奶讲述的牛郎织女也在这时候出现了,银河系星繁如云星密如雾,无限深广的宇宙和无穷天体的奥秘哗啦啦垮塌下来,把我黑咕隆咚地一口完全吞下。我是躺在凉台上吗?也许我是一个无依无靠的太空人在失重地翻腾?也许我是一个无知无识的婴儿在荒漠里孤单地迷路?也许我是站在永恒之界和绝对之境的入口,正在接受上帝的召见和盘问?……

我突然明白了,所谓城市,无非是逃避上帝的地方,是没有上帝召见和盘问的地方。

山谷里一声长啸,大概是一只鸟被月光惊飞了。

阳 光

以前我只知道向日葵,现在才知道几乎所有的树都是向日树,所有的草都是向日草,所有的花都是向日花。

我家种的美人蕉和铁树,长着长着都向一旁倾斜而去,原因不是别的,是头上盖有其他树冠,如果它们不扭头折腰另谋出路,就会失去日照。我家林子里的很多梓树瘦弱细长,俨然有"骨感美",其原因不是别的,是周围的树太拥挤,如果它们不拼命地拉长自己,最上端的树梢就抓不到阳光。

我现在明白了,万物生长靠太阳——农业其实是最原始和最庞大的太阳能产业,一直在播撒着金色能量,包括造福人类这样的终端客户。

那么,所谓太阳神不过是这一传统产业的形象徽标,表现出生物圈里每一天的日常真实,不是什么古人的虚构。

在一场争夺阳光的持久竞争中,失败的草木一旦蒙受荫蔽,就会大失生命的活力,无精打采,有气无力,很可能成为日后一棵高龄的侏儒,乃至沦入枯萎或者腐烂。这使我想起了瑞典、挪威、冰岛以及其他一些北欧国家,地处北极圈附近,一旦进入夜长昼短的阴沉冬季,上午快十点才天亮,下午三点多就天黑,人们脸上大多愁眉不展暗云浮现。政府巨大的福利开支之一,就是给所有国民发放药丸以防治抑郁症,一直发放到春夏的到来。女孩们扮成光明之神露西亚,也会在夜晚最长的那一天,举着可爱的烛火,到处巡游和慰问,鼓舞人们抵抗漫长冬夜的勇气——这些情况放到一个阳光富足的热带国家,也许会让人难以理解。

我的一部分瓜菜看来是患上北欧抑郁症了,需要治病的什么药丸了,或者需要到加勒比海或印度洋去度假了。随着近旁的梓林和竹林越来越扩张,荫蔽所至之处,它们只能变得稀稀拉拉,要死不活。

阳光的价格在这个情况下就产生了。它是我家瓜菜的价格,或者是北欧富人们到加勒比海或者印度洋去晒太阳的飞机票价格。

世界上任何一样东西原来都很昂贵,哪怕像阳光这种取之不尽和世人皆有的东西。反过来说,所谓昂贵,通常是人为的结果,是一些特定情境中的短暂现象,甚至只是一种价值迷阵里的心理幻影。想想看,一旦石油枯竭,汽车就只能是一堆废铁。一旦币制崩溃,金钞就只能是一堆废纸。贵妃陷入病重之时,一定会羡慕活泼健康的村妇。财阀遇上牢狱之灾,一定会嫉妒自由无拘的乞丐……在事局的千变万化中,任何昂贵之物忽然间都可能一钱不值,而任何低贱之物忽然间都可能价值连城。

所以古人有太阳神。

所以古人有海神和山神。

所以古人有火神、风神以及树神……

古人对贵贱的终极性理解,通常在人类历史中沉睡,在我们的忙忙碌碌中被遗忘,比如在沉甸甸的斜阳落满秋山的时候,也是我买到食盐后一步步回家的时候。

远 山

　　寨子落在大山里和白云上，人们常常出门就一脚踏进云里。你一走，前面的云就退，后面的云就跟，白茫茫云海总是不远不近地团团围着你，留给你脚下一块永远也走不完的小孤岛，托你浮游。

　　小岛上并不寂寞。有时可见树上一些铁甲子鸟，黑如焦炭，小如拇指，叫得特别焦脆和洪亮，有金属的共鸣声。它们好像从远古一直活到现在，从没变什么样。有时还可见白云上飘来一片硕大的黑影，像打开了的两页书，粗看是鹰，细看是蝶，粗看是黑灰色的，细看才发现黑翅上有绿色、黄色、橘红色等复杂的纹路斑点，隐隐约约，似有非有，如同不能理解的文字。

　　行人对这些看也不看，毫无兴趣，只是认真地赶路。要是觉得迷路了，赶紧撒尿，赶紧骂娘，据说这是对付"岔路鬼"的办法。

　　点点滴滴一泡热尿，落入白云中去了。云下面发生了一些什么事情，似与寨里的人没有多大关系。秦时设过郡，汉时也设过郡，到明代"改土归流"……这都是听一些进山来的牛皮商和鸦片贩子说的。说就说了，山里却一切依旧，吃饭还是靠自己种粮。官家人连千家坪都不常涉足，极少到山里来。

　　种粮是实在的，蛇虫瘴疟也是实在的。山中多蛇，蛇粗如水桶，蛇细如竹筷，常在路边草丛嗖嗖地一闪，对某个牛皮商的满心喜悦抽上黑黑的一鞭。据说蛇好淫，即便被装入笼子里，见到妖娆妇女，还会在笼中上下顿跌，躁动不已，几近气绝。取蛇胆也不易，据说击蛇头则胆入尾，击蛇尾则胆入头，耽搁久了，蛇胆化水，也就没用了。人们的办法是把草扎成妇人形，涂饰彩粉，引淫蛇抱缠游戏之，再割其胸取胆，那色胆包天的家伙在这一过程中竟陶陶然毫无感觉。还有一种挑生虫，春夏两季多见，人一旦染上虫毒，就会眼珠青黄，十指发黑，嚼生豆不腥，含黄连不苦，吃鱼会腹生活鱼，吃鸡会腹生活鸡。在这种情况下，解毒办法就是赶快杀一头白牛，让患者喝下生牛血，对满盆牛血学三声公鸡叫。

　　至于满山密密的林木，同大家当然更有关系了。大雪封山时，寄命一塘火。大木无须砍断，从门外直接插入火塘，一截截烧完便算完事。以至这里的火塘都直接对着大门，可减少劈柴的劳累。有一种梓木，长得很直，质地紧密，却虫防蚁，有微香，长至几丈或十几丈才撑开枝叶。古代常有采官进山，催调徭役倒伐这种树，去给州府做宫室的栋梁，支撑官僚们生前的威风。山民们则喜欢用它打造舟船，远远行至辰州、岳州乃至江浙，由那些"下边人"拆船取材，移作他用，琢磨成花窗或妆匣。

　　人们出山当然有危险。木船或木排循溪水下行，遇到急流险滩，稍不留神就会船毁排散，尸骨不存。这是第一条。碰上祭谷神的，可能取了你的人头；碰上剪径的，可能钩了你的车船，刮了你的钱财。这是第二条。还有些妇人，用公鸡血掺和几种毒虫，干制成粉，藏于指甲缝中，趁你不留意时往你茶杯中轻轻一弹，令你饮茶之后暴死于途。这叫"放蛊"。据说放蛊者由此而益寿延年，至少也要攒下一些留给来世的阴寿。当然是害怕蛊惑，此地的青壮后生一般不会轻易远行，远行也不敢随便饮水，实在干渴难忍，视潭中或井中有活鱼游动，才敢前去捧喝两口。

　　有一次，两个汉子身上衣单，去一个石洞避风雨，摸索到洞里，发现那里有一大堆骷髅，石壁上还有刀砍出来的一些花纹，如鸟兽，如地图，似蝌蚪文，全不可解。谁知道这是怎么回事？谁知道这是不是一次放蛊的后果？

　　加上大岭深坑，山路崎岖，大树实在不易外运，于是长了也是白长，派不上多大用场，雄姿英发地长起来，又在阳光雨露下默默老死山中。枝叶腐烂，年年厚积，若有人软软地踏上去，腐积层就冒出几注黑汁和一些水泡，冒出阴湿浓烈的酸臭，浸染着一代代山猪和野豹的嗥叫。这些叫声总是凄厉而悠长。

村村寨寨所以都变黑了。

这些村寨不知来自何处。有的说来自陕西，有的说来自广西，说不太清楚。对祖先较为详细的解释，是古歌里唱的。山里太阳落得早，夜晚长得无聊，大家就懒懒散散地串门，唱歌，摆古，说农事，说匪患，打瞌睡，毫无目的也行。坐得最多的地方，当然是那些灶台和茶柜都被山猪油抹得清清亮亮的殷实人家。壁上有时点着山猪油灯壳子，发出淡蓝色的光，幽幽可怖。有时人们还往铁丝编成的灯篮里添块松膏，待松膏烧得噼啪一炸，铜色火光煌煌一闪，灯篮就睡意浓浓地抽搐几下。火塘里的青烟冒出来，冬天可用来取暖，夏天可用来驱蚊。栋梁壁顶都被烟火熏得黑如焦炭，浑然黑色中看不清什么线条和界线，只有一股清洌的烟味戳鼻。要是火烧得太旺，气流上冲，梁上一根根灰线子不断摇晃，点点烟屑从天而降，翻舞飞腾，最后飘到人们的头上、肩上或者膝头上，不被人们注意。

德龙最会唱歌，包括唱古歌。他揣着一条敲掉了毒牙的青蛇，跨进门来，嬉皮笑脸，被大家取笑一番以后，不劳多劝就会盯住木梁，捏捏喉头，认真地开唱：

　　辰州县里好多房？
　　好多柱来好多梁？
　　鸡公岭上好多鸟？
　　好多窝来好多毛？

这类"十八扯"相当于开场白或定场诗，是些不打紧的铺垫。唱得气顺了，身子热了，眼里有邪邪的光亮进出，风流情歌就开始登场：

　　思郎猛哎，
　　行路思来睡也思，
　　行路思郎留半路，
　　睡也思郎留半床。

138

德龙风流,最愿意唱风流歌,每次都唱得女人们面红耳赤地躲避,唱得主妇用棒槌打他出门。

当然,如果寨里有红白喜事,或是逢年过节祈神祭祖,那么照老规矩,大家就得表情肃然地唱"简",即唱历史,唱死去的人。歌手一个个展开接力唱,可以一唱数日不停,从祖父唱到曾祖父,从曾祖父唱到太祖父,一直唱到远古的姜凉。姜凉是我们的祖先,但姜凉没有府方生得早。府方又没有火牛生得早。火牛又没有优耐生得早。优耐是他爹妈生的,谁生下优耐他爹呢?那就是刑天——也许就是晋人陶潜诗中那个"猛志固常在"的刑天吧?刑天刚生下来的时候,天像白泥,地像黑泥,叠在一起,连老鼠也住不下。他举起斧头奋力大砍,天地才得以分开。可是他用劲用得太猛啦,把自己的头也砍掉了,于是以后成了个无头鬼,只能以乳头为眼,以肚脐为嘴,长得很难看的。但幸亏有了这个无头鬼,他挥舞着大斧,向上敲了三年,天才升上去;向下敲了三年,地才降下来。这才有了世界。

刑天的后代怎么来到这里呢?——那是很早以前,很早很早以前,很早很早很早以前,五支奶和六支祖住在东海边上,发现子孙渐渐多了,家族渐渐大了,到处都住满了人,没有晒席大一块空地。怎么办呢?五家嫂共一个春房,六家姑共一担水桶,这怎么活下去啊?于是,在凤凰的提议下,大家带上犁耙,坐上枫木船和楠木船,向西山迁移。他们以凤凰为前导,找到了黄泱泱的金水河,金子再贵也是淘得尽的。他们找到了白花花的银水河,银子再贵也是挖得完的。他们最后才找到了青幽幽的稻米江。稻米江,稻米江,有稻米才能养育子孙。于是大家唱着笑着来了。

奶奶离东方兮队伍长,
公公离东方兮队伍长。
走走又走走兮高山头,
回头看家乡兮白云后。

139

行行又行行兮天坳口，
奶奶和公公兮真难受。
抬头望西方兮万重山，
越走路越远兮哪是头？

激　流

　　沿着小河一路下来,两岸经常可以看见山上错错落落的寨子,如停息山头的三两黑蝇,一动也不动。丰沛的河水漫江横涌,下行的篷船飞滑如梭。突然,船两旁的水声变得激烈,水面开了锅一般爆出狂乱水花。不用说,船正在"飙滩"了。船家十分紧张,瞪圆两眼选择水路,把艄的和掌篙的都手脚暴出青筋,互相吼着一些船客不易听懂的行话。水面形成了陡峻坡面,木船简直是在向下俯冲,任大片大片的浪帘扑进船舱,溅湿船客的衣服。但在船家大声呵斥之下,船客暂时不得乱动,也怯怯地不敢叫唤,因为船头正向一个池塘般大小的旋涡撞去。哗的一声,小船居然没有倾覆,而且把旋涡甩到了身后。待耳边水声逐渐敛息,船客们回头一看,不知何时船已过滩,刹那间把苔迹斑斑的孤塔甩下了好几里。

　　遇到水势更猛的险滩,船老板就必定放空船下滩,请船客们上岸步行一段,这样比较安全。顺着残堤一路走去,船客们可闻采石建桥的叮当声,大概公路不久就要伸入这片群山了。船客们可闻伐木扎排的笃笃声,山民们正准备将黄柏木和楠木一类解成木板放出山去。有时,还可在沙哑的唢呐声中撞见一队少年,各捧一个木盘,盘中有红纸,红纸上或是玉米,或是稻谷,或是一张张铺排齐整的纸钞,却不知是什么意思,在进行何种仪式。

　　船进入碧透长潭,则水平似镜。前面的两岸青山缓缓拉开,撕出一道越来越宽的天空。而后面的数座屏峰正交相穿插,悄悄把天空剪合。这就叫山门吧。船至门开,船离门合。一座座不动声色的山门,把人引向深深的远方,引向一片绿洲或一片石滩，似乎有一个人曾经在那里久久等待的地方。

　　船家请船客们抽烟和喝茶。要是你愿意，还可爬进篷舱，钻入船家黑油油的被子里睡上一觉。船家说起同行们捞沙的好收入，说起自己少年时的种种奇遇，还指着右边山头，让我们看边墙。他说他祖爹当年曾经被招募去修墙，当时筑墙一丈可得银一钱二分哩。他说那时候营哨林立，兵丁不论晴雨日夜都要接替传签，沿墙巡视。有一年又闹土匪，游兵每人揣一颗熏烤干制的人心，用以壮胆。

　　船身摇晃，船客都争着探头去看小长城，欢呼看见了看见了。
　　但我颈脖扭得酸酸的，眼睛盯得干干的，却什么也没看见。真是怪事。眼前明明只有一片青翠山林，一些黄色的蝴蝶明明灭灭于草浪当中。不仅没有边墙，甚至不像有任何大事曾经在这里发生。
　　看见了——他们看见什么了？他们的眼睛莫非和我的不一样？
　　我登上岸，拾级而上，看见前面几个伙棚，两个白光闪闪的银匠挑子，还有老墙上的一些布告。有熙熙攘攘的家乡人，三两聚集低声言语。其中伙棚里几位老人，或吮着竹烟管，或端着小酒盅，胸有成竹地盯了我一眼，又嘀咕他们自己的事去了。从他们的神色来看，他们是在嘀咕多年前游兵们巡墙的事？

山 谷

　　我们脚下有疏疏落叶,发出细微的声响。渐渐地感到有凉气袭来,是来自嘀嘀的溪水。抬起头,除了树冠里点点滴滴的光亮,看不见什么天。青苔也越来越多,简直是天降一场绿雪,把万物都盖绿了。有的深苔铺展在地,又匀又密,厚厚的一层地毯,使人生出要上去躺躺的念头。树枝上还多见苔毛,稀稀拉拉挂着,随风荡来荡去,竟如一匹匹翠纱。

　　原始森林里的树,倒不像我们猜想的那么粗大。它们多是细长,只是奇形怪状,而且披挂纷繁——杂有很多枯藤和气根,交错纠缠,扭手扭足的。大概是山里无比寂寞,这些树木都被憋得疯狂了,才会痉挛出这些奇怪模样?

　　溪流已经瘦弱,时急时缓,时薄时厚,时宽时窄,偷偷摸摸地窜着。于是溯流而上的我们便不时由寂静走进喧哗,从喧哗走进寂静,再由寂静走进喧哗,一双耳朵忙闲不定。我们常常会遇到巨石,小山一样大小,一块块赫然横堵溪道,看得出是从山壁上垮落下来的。但抬头看去,可见山壁断裂处已复生土层和草木,似伤口已经结疤,长出了新肉,让路人难辨那次惨痛的断裂究竟是如何的久远。而峡谷里遍地的金色野花,想必是当年的轰隆声散溅开去,又从土地里生长出来了。

　　巨石浸在水里的部分都有褐色的水釉,摸一摸,很滑。当然是石头的阻挡,使水流到了这里不得不旋起水涡,不大容易看清,一个接一个远去,在水底留下一串串黑色的圈影,无声地绽开,又无声地熄灭。

　　沿着溪道每上升一个高度,就会遇到一个深潭,遇到潭那边的瀑布,还有水帘激起的浪花。我们已经明白了,有深潭的地方必有瀑布,深潭就是瀑布的居室和刀鞘。马子溪就是从山上呈梯形一级一级地坠下来的,由一次次粉身碎骨连接成生命。

我们找不到路,只能下潭游过去。深潭里的水冷得侵骨,让人有掉进冰窖之感,不由自主地打冷战。要不了多久,入水者就憋得喘不过气来,不光是全身肌骨麻木,连生殖器也紧缩得极痛。有意思的是,水太清了,人简直是在透明的空中飞舞。潭底的卵石历历在目,似乎伸手可触,但真是一脚踩下去,或一手捞下去,才发现下面空空荡荡,身体与卵石还无比遥远。

阳光射入深潭,在水底的石滩上布下龟纹状的金网,颤动着,飘摇着;又被水面反射到石壁上,蓬蓬勃勃的金光如同升起连绵不绝的火焰。这当然只是浅水区的情形,如果再向潭中游去,水下就只有一片绿色了,绿得越来越浓,是一种油腻的绿,凝重的绿,轰隆隆的绿。你也许会觉得,一定是千万座山峰的绿色全部倾注在这个深潭,经过长年的郁积和沉埋,才会凝结出这样一片碧透的恐怖,一片深不可测的幽暗。从这里游过去,我们的腹部显得又嫩又软,毫不设防,有一种从魔鬼嘴边滑过去的感觉。

我发出了尖叫,看见了头上一线天空,还有一只飘忽的岩鹰,突然感到空空的一声水响中,自己已穿越了千年万载。

潭那边全是陡壁,登岸十分艰难。我们只能先远远地看好地势,在水帘的旁边选定一道石棱或一截枯根,以便援手和立足,再窥测下一步踏向何处。人一出水,身上光溜溜,身体重,腿软,不易站稳,至少要几分钟以后,才觉得身子轻去一些。幸好老 G 以前经常入山倒树伐竹什么的,显出灵活敏捷,总是先爬上去。他的臀部闪入上方的某块大石头之后,哗哗倒腾一阵,掀下一两根长藤,以便我们攀缘。有时他还在上方我们看不见的地方叫喊,报告我们周围的地形细节,指示我们该如何一步步行动。他的叫声在峡谷里显得特别洪大,也特别悠长和清晰,如同人声也被绿色洗涤了尘垢,展露出自身的光泽。

好在过了第五级瀑布以后,地势平了些,再通过一个豁口,天空突然扩展,一个平坦的谷地涌了过来。这里到处是密密的野麦,还有高过人肩的棕叶林和茅草,构成了色彩斑斓的山坡,构成了山峰与平地柔软的连接,是我想象中最有趣的地方。

我们见到了一条真真切切的路，有几块明显经过打凿的条石隐在茅草中，还组成了梯形台阶，只是有的条石已经折断，另有几块已经坍塌。我们顺着这条路上坡，拨开树枝，避开刺藤，在林子里钻了好一阵，最后还发现一块空坪，疑似一个废弃的屋基。想想看，如果这一片平地是屋基，那么当年的房舍就有足够的宏伟，至少能容下一个繁荣的大家族！

我们没有找到多少人的痕迹，只找到一具大朽木，简直是个空空纸筒，貌似雄壮，内质溃烂，成了蜂窝状，踢一脚只有喳喳声响。朽木旁还有个半埋在土里的瓦罐，圆溜溜的，鬼鬼祟祟，恰似一只硕大的眼球。

这里无疑曾经有一个故事，曾经有炊烟和鸡鸣狗吠，曾经有白发苍苍的老太婆，在夕阳中等待儿子的归来。

但眼下这里只剩下苦蕨，一种极低等极古老的植物，以超凡的生命力穿越千万年，蔓延得遍地皆是。

我们快累垮了，有时候几近绝望，认为前面这堵石壁是绝对攀不上去了。尤其是攀到第九级，我们侧身通过一条天然"栈道"，人皆背靠石壁，脚下仅有几寸来宽的一轮石棱，滑溜溜的，且向下倾斜。顺着鼻梁，我们可看到悬岩下的乱石沟随着我们的横移而晃晃荡荡。一块石头慢慢滚下去，半天才听到闷闷的撞击声。一阵风吹来，整个石壁好像都在摇晃。人已经不敢呼吸了，担心呼吸的气息都会动摇重心，轻易地把我们推离石壁，再也贴不上去。在那一刻，我感到命运已不在自己手中，而被狰狞的石沟掌握着，但我不知它在刹那间会作出何种判决。一步，两步，三步……当我不顾一切跃到一块平稳的石头上之后，身体就颓然倒下，好半天还觉得小腿在痉挛，在颤抖。

你们听！老 G 大叫一声。

我们终于听到了什么。

寂静中，终于有轰轰轰的声音从地下升起，又像来自四面八方，而且越来越近切，使地面都有微微的震颤。

老 G 又大叫了一声：雨！大家也随之感觉到了，发现了手上和脸上的雾珠。我们初以为是变天了，但很快就悟出，一定是大瀑布溅起的水雾！我们顿时兴奋起来，连爬带滚向前快跑，转过一个山坳，果然眼前一亮，一束银光悬挂在巍巍石壁上,大团大团的雨雾确实是从那里涌来,只是没想到它能飘洒得这么远,竟飘到了千米开外。我们已经听不到轰轰轰之外的任何声音,大家都在无声地奔跑,摔倒,摇手,攀爬,叫嚣……

我们总算找到了!来自上天的银色飞流啊,你翻腾着,扑跃着,奔跑着,越来越壮大,也越来越清晰,连颗颗水珠也可被我们看得真切。你被一块石头劈成两匹,又被再下面两块石头割成三股,然后缓悠悠地飞坠,大把大把地砸在石头上,撕咬和拥抱,挣扎和舞蹈,遍体鳞伤却依然扑向锋刃。你的骨头在嘎嘎裂响,血的泡沫在一次次腾飞,但仍然一往无前前仆后继投入战场,金戈铁马鼓角震耳昏天黑地。这场战争也许持续了百年?千年?万年?永远的水雾升起来,扬上去,飞向远方,使方圆数里内的树林全是湿漉漉的,叶子晶晶闪亮,不时抖动着,似乎也受到了惊吓。一轮轮巨大的彩虹在这里升起,成了一座座凯旋门,永远纪念着你七彩的信念。

湖　面

打开院墙的后门,从一棵挂满红叶的老树下穿过,就可以下水游泳了。

风平浪静之时,湖面不再是水波的拼凑,而是一块巨大的整体镜面,让人不知如何是好。你在水这边敲一敲,水那边似乎也会震动。你在水这边挠一挠,水那边似乎也会发痒。若是有一条小船压过来,压得水平线撑不住,镜面就可能倾斜甚至翘起——这种担心一度让我紧张。

在这个时候下水难免有些踌躇,有些心怯。扑通一声,令宝贵的镜面破碎,实为一大暴行。好在碎片经过一阵揉挤,一阵折叠,一阵摇荡,只要泳者停止不动,待倒影从层层褶皱中逐一释放,渐次舒展和平复,湖面又会归于平滑的极目一镜。

通向山外的公路修通之前,这里有很多机船,每天接送出行的农民,还有挑担,脚踏车,以及活猪活牛。眼下客船少了,只剩下几只小渔船偶尔出现。船家们大多是傍晚下网,清晨收网,手摇船桨轻点着水面,静悄悄地来,又静悄悄地去,留下冷清和落寞的湖面,一如思绪突然消失的大脑。

水边常有两样静物,是垂钓的一位老人和一位少年。据说老人身患绝症,活不多久了。但他一心把最后的时光留在水边,留给自己的倒影。少年呢,中学生模样,总是在黄昏中出现。他也许是特别喜欢吃鱼,也许是惦记着母亲特别喜欢吃鱼,也许不过是要用这种方式来积攒自己的学费。谁知道?

阵雨扑来时,雨点敲打着水面,打出满湖的水芽或者水蘑,打出升腾的水雾,模糊了水平线。如果雨点敲醒了水面的花粉,水上就冒出一大片水泡,冷不丁地看去,像是光溜溜的背脊上突然长满疖子。

几只野鸭惶惶地叫,大概被这事吓着了,很快钻入草丛。

不远处,一条横越水峡的电线上,有个黑物突然直端端砸下,溅起水花四溅。我以为什么东西坠落,过了片刻,才发现那不是坠物,是一只鸟突然垂直俯冲,攫取了什么以后,带水的翅膀扑啦扑啦,又旋回高高的天空,在阳光中播下闪闪一串水珠。我不知道这种鸟的名字,只记住了它一身蓝绿相杂的迷彩。

　　还有一只白鹭在水面上低飞,飞累了,先有大翅一扬,再稳稳地落在岸石上,让人想起优雅贵妇,先把大白裙子一撩,再得体地款款入座。它一坐就好半天,平视远方,纹丝不动,恍若一尊玉雕。但如果发现什么情况,玉雕眨眼间成了银箭。一声鹭鸣撒出去,树丛里就有数十只白鹭跃出,扑啦啦组成数十朵白光,在青山绿水中绽放和飞掠。

　　它们有时候绕着我巡飞,肯定把我误会为鱼,一条比较奇怪的大鱼,大得让它们不知如何下口。小鱼们也经常围着我巡游,肯定把我当成一只落水的大鸟,同样大得它们不知如何下口。

　　不知是什么鱼愣头愣脑,胡乱叮咬,在我的腿上和腰上留下痒点,其中一口咬得太狠,咬在一个脚指头上,痛得我从迷糊中惊醒过来。我这才发现,钓鱼的静物已经走了,天地间全无人迹。

　　其实,这里还有很多人,只是我看不见罢了。想想看,这里无处不隐含着一代代逝者的残质,也无处不隐含着一代代来者的原质——物物相生的造化循环从不中断,人不过是这个过程中的短暂一环。对于人这一物种来说,大自然是人的来处和去处,是万千隔世者在眼下这一刻的隐形伪装之所。西方有人说:接近自然就是接近上帝。那么上帝是什么? 不就是不在场者的在场吗? 不就是太多空无的实在吗? 不就是一个独行人无端的惦念、向往以及感动吗?

　　就因为这一点,我在无人之地从不孤单。我大叫一声,分明还听到了回声,听到了来自水波、草木、山林、破船以及石堰的遍地应答。

　　寂静中有无边喧哗。

穷 寨

　　一大早我就下了河，搭乘木船溯流而上。清冽冽的河水流得很急，从船底下冒出一圈圈旋涡。遇上白浪花花的险滩，有些汉子便卷起裤脚下船，把纤索扣在肩头，屁股翘起来，头颈向前撅挺，下巴几乎要锄着卵石和草叶尖。他们对一河碧水极为默契，有时在水波平稳处拉得十分卖力，有时在激浪翻腾处反倒伸直腰杆放松纤索，为某一句粗话哈哈浪笑——行外人对这一切看不明白，但只要仔细看上一段，便知道他们或急或缓或劳或逸都必有其理——船已经爬上滩来。

　　船靠拢一个寨子，把我们卸下。我们穿寨而过开始登山。钢色岩壁大块大块地烙进目光，压迫着眼球，使你的全身开始抽紧，而且找不到树木，找不到人和水，来缓解眼球的紧张。连喘息和诅咒也开始变得干枯。

　　你很难想象这样的枯山上还有人迹。

　　路越来越险了，有时窄得只能容人侧身蟹行。崎岖小径马马虎虎粘在岩壁上，旁边便是让人气短目眩的幽幽深涧。山谷里的风又冷又猛，鼓得人轻如薄纸，飘飘晃晃的，不由人不腿软，怯怯向前探去，总是迟迟才踏到硬实，迟迟才相信自己已经踏到了硬实。

　　我们又翻过两个坡，过了个山口，钻过一片桐树林子，总算遥遥看见前面山上几柱袅袅蓝烟，看见了山寨。那是些黑苍苍的木屋，拥挤交错，分成两窝，相距不算太远，据说容纳了百多人口和十多头牛。牛是很小时被男人背上山的，养大了再出力——这当然是山路太窄以致大牛无法上山的缘故。我注意到，村口有两条狗打量着我，还有四五个后生上来围观。他们戴着黄便帽，或穿着化纤质料的喇叭裤，完全是小镇上的时兴装束，倒也没有我想象中的披茅挂叶。

村长冲着其中一位说话了,好像很不高兴,咕哝着我听不懂的什么。事后村长解释,他刚才是批评那个后生太懒。这家伙有五兄弟,唯有他讨了个老婆,但老婆很快就嫌他,跟老四睡去了,使他气得闷了几天,一直没下地干活。这还不该骂吗?

我们进了这位老大的家门。屋里暗得什么都看不清,隐隐有张床的影子在暗中潜伏,上面似乎有旧絮一堆,不知沤制过主人多少思念女人的残梦。浓烈的酸臭味似乎是堆积的某种固体,我退半点,嗅不到了,进半步,鼻尖又碰撞了它。居然没有椅子。门边的鼎锅里有半锅黄乎乎的包谷糊,冷冷的,被挖去了几团,挖空之处便积有浅浅汁水——大概这一锅已被主人吃过两三顿了。

老大笑了笑,敬给我烟丝。他舔烟纸的时候,露出焦黄的牙齿,很稀疏。

"日子过得下去吗?"我通过村长的翻译问他。

"有肉吃了,有肉吃了。"

"你不要发愁。打扮得漂亮点,到山下再去讨一个妹仔来呵。"

黑脸裂开了几道肉纹,像是笑。村长再次翻译:"他说,莫害了人家女子。"

我这才注意到,自进寨以来,我很少见到女人,即便见到两三位,也或瞎或跛多少有点残疾。温柔的女人们到哪里去了?女人是水。她们当然流向富庶的地方,流向城镇,流向工业。村长告诉我,这个寨子大约一大半男人是光棍,为了接上香火,近亲通婚也是没办法的办法,于是残疾人便一窝窝地多了。

缺少女人的寨子,也就缺少了秩序和整洁。这里的房子都建得马马虎虎,大半是草棚,最好的也只是半瓦半草。木墙板参差不齐疏疏漏风,好几家没有装大门,看来也没打算装了——他们缺少女人甚至就缺少了私有的界线。你可以想象男人们并不把这些房子看做"家",无论昼夜都没必要掩门,敲门也纯属多余从无回应。他们男人之间酒气醺醺的亲密,不需要用门来隔断。

但他们把坟墓建得非常宏伟而精致，哪怕是一个小孩夭折，墓室也必用方方正正的大岩砖砌成，有堡垒般大小，威风凛凛。高大坚实的墓碑总是被细心打磨出来，或圆或方的线条极其精确，一丝不苟，其石料更是细密坚固殊为罕见。我不知道人们对墓碑的如此重视和考究，是否表达着他们的某种信念。也许生存只是羁旅，死亡才是永存，墓地才是无限漫长岁月的居室，因此需要一张真正可靠的门——墓碑。

墓地密密匝匝生长着很多芭茅，有蝴蝶飞舞。

这天，我就住在村长家——寨子里最富足的一户。他拿给我一台半导体收音机，但小匣子已经坏了，没法让我享受现代文明。他让我吃了腌麂肉、虎肉干以及野蕈子，十分惭愧没有猴肉了——猴子都被山那边的四川佬捉光了。他还慷慨地让我洗手洗脚。我虽然知道水源在两公里之外，虽然不愿挥霍他家的水，但没法抗拒他的热情。昏暗中，我把双脚伸入木盆，触到了水里的饭粒以及滑溜溜的什么杂物，不知道这是洗过了什么的汤水。我没法在油灯下看清，也没敢问。

火塘里跳跃着一堆火苗，牵动着旁人眼中金色的光点。好些男人来了，背负着黑暗，用一只大碗传递着辣辣的包谷酒，说着热乎乎的话。有一位后生能说些汉话，告诉我赶山猪的故事。他说老山猪最狡猾，懂得人言的。所以打山猪的话都必须规定暗语，讲反话，说东边，意思就是西边或者南边。不然的话，只要发现野猪的人向同伴一叫喊，老山猪听到了，你说它往南边跑，它就掉头朝别的方向跑。它跑起来经常蹑手蹑脚，看准了时机才猛冲，冲你个措手不及。有时候，它专挑有人声的地方冲，知道没有人声的地方反而有埋伏，有枪口。一般来说，打第一枪的人没什么危险，打了第二枪，山猪才会发烈。这些家伙气力大得吓人，两颗獠牙一分，足有几尺宽，像两把大刀杀得草木哗哗哗直响，冲起来排山倒海。这种老山猪打死之后，你在它身上可以发现好多处伤疤，都是它一次次在枪口下死里逃生的记号——它们都是身经百战的老英雄哩。

他们又说，打白面狸可用夹套，也可以等它们自己来"跌膘"的时候去抓。白面狸一到冬天就要跌膘的，自己爬上树去，一次次跌下来，要跌好多天,跌瘦了,跌得不痛了,才进洞去过冬。它们跌得昏头昏脑的时候,最笨。

但有一老人叹了口气,说现在大河里有了机器船,山上也在拉电线,阳气越来越重了,猎物就越来越稀了——动物都是属阴的。

火苗所照亮的一张张男人的脸,也都沉默而忧愁。工业夺走了他们的女人,也正在夺走他们的猎物,他们没有办法,只能在火塘边喝着残酒回忆。

一个光屁股小孩也在火塘边抢酒喝,稚嫩的生殖器晃晃荡荡,如同一蒂脆嫩的胚芽——它将要生长出枝繁叶茂的家族,喷放出整个人类吗?

豪　宅

流行的高等民宅都是两层楼,三层预制水泥板,包括隔热的天花板和架空防潮的地板。瓷砖墙,琉璃瓦,铝合金门窗等等也是必不可少。如果在大门前再戳上两根罗马柱,再戳个维纳斯,就差不多是城市里的星级 KTV 包厢了,就是天天豪宴和夜夜笙歌之地了。

这种楼房也没有烧柴取暖的地方(比方说没有配备火塘和烟道),没有养猪和圈牛的地方(缺少牲口的通道和粪池),没有堆放农具和谷物的地方(若供堆放,窗套、门套以及铺地瓷砖反而多余)。看得出,这是一种城镇楼宅的设计,被乡下人模仿,虽然不太适用,但能预支一份荣耀。

很多房主并不太习惯这样的新楼,于是在新楼旁边用木板搭起了偏棚,以解决烧柴、养鸡、养猪、圈牛一类现实问题。大概是图个方便,大概是一住就习惯,主人索性就长住在偏棚里了,还说那里不拘束,接地气,好烧火,冬暖夏凉云云。这样一来,很多"半边户"一家兼住两处。他们的新楼经常白白地闲着,充其量只是当做仓库。比如第一间房里关了一辆独轮车、两个破轮胎和几卷簸晒垫,第二间房里关了小山似的谷堆,第三间房里关了粪桶、水车、禾桶、打谷机之类的农具,还有几麻袋粗糠和尿素。有时候,仓库的窗帘开始褪色,夹板门套开始出现黑霉或蛀粉。

很多经济学家常说:人都是经济理性人,无不追求利益最大化。我一走进这样的形象工程,强烈的感觉恰恰是人有时候更在乎尊严最大化,面子最大化,花拳绣腿最大化,毫无理性可言——否则何必盖出这样没用的豪华仓库?

"你钱有多是吧?"我对新楼房的主人说,"专门破坏扶贫工作是吧?"

"哪有这样的事？"

"前几天县里来了扶贫干部，一看路边这么多好房子，说哪像个贫困村呢，当下就把扶贫款撤了。"

房主听出了我的玩笑意味："不盖不行啊！大家都盖，你一家不盖，还不被人家指背脊？"

"那些门套和窗套都霉了，岂不可惜？"

"谁说不是呢？我当初就不同意包什么套。是包得出肉，还是包得出鱼？还是怕门窗冷着了，生冻疮？就是我那武伢子要包，包掉几千块，心痛咧！一个农夫子，住着鸭棚子也就行了。"主人照例把奢华铺张的罪责推给了晚辈。

"还有那个背时的瓷砖，溜得我嘭唦一跤，腰子痛了七八天，眼泪往肚子里吞！"主人继续抱怨。

听得出，这咬牙切齿的抱怨里还是透着欢喜。有了新楼以后的抱怨，破坏了扶贫工作以后的抱怨，怎么说还是一种很体面和惬意的抱怨。

这就是说，不论新楼如何不合用，也不论主人为此欠下了多少债，但新楼至少有一条好处——主人从此做得起人了。按照八溪峒的潜规则，一旦过了温饱线，脸面的幸福就比皮肉的幸福更要紧，建了摩登仓库的负债者自有翻身之荣，走到哪里都可以挺直胸膛，包括有头有脸向别人历数新楼的不是了：瓷砖地太滑了容易摔跤啊，房间太多难得打扫啊，养个猪圈个牛都找不到地方啊，冬天烧柴就熏黑墙不烧柴又冷啊，如此等等。他们情愿为此节衣缩食多年，也得争来这种高声大气的权利。

盘　歌

　　如果看见男人三两相聚，蹲在地头墙角，或者坐在火塘边，习惯性地一手托腮或者掩嘴，就可以知道他们正在唱歌。他们唱歌有一种密谋的模样，不仅声音小，而且大多避开外人耳目，在僻静的地方进行。对于他们来说，唱歌与其说是一种当众表演，不如说更像小圈子里的博弈。

　　这种唱歌也叫盘歌，也叫发歌，与开会的"发言"、牌桌上的"发牌"，大概有类似的性质。汉代诗人枚乘做过很有名的《七发》，发是指诗赋的一种，多为问答体。马桥发歌也是一问一答的对抗，是否就是汉代的"发"，不得而知。

　　年轻后生喜欢听发歌，对每一句歌词给予及时的评点或喝彩。如果他们中间有一位较为大方，可能掏出钱去买一碗酒，或者凭着面子去赊一碗酒，犒赏歌手。歌手发完一轮就呷一口酒，借着酒力当然能发出更加杀劲、更加刁钻、更加难以对付的歌词，把对手往死角里逼，直斗得难解难分天昏地暗，决不轻易把托腮或掩嘴的手撤下来。

　　他们的歌总是从国家大事发起。比方盘问对方国家总理是谁，还有国家主席是谁，国家军委主席是谁，国家军委副主席是谁，国家军委某副主席的哥哥是谁，国家军委某副主席的哥哥最近得的是什么病而且吃的是什么药，如此等等。这些难题真是让我大吃一惊。我就是天天看报纸，恐怕也无法像他们那样对远方大人物如数家珍，对他们的肺癌或糖尿病记得如此精确。我猜想这些浑身牛粪臭的汉子，奇特的记忆力，一定出自他们的某种特别训练。处江湖之远不忘其君，他们的先人也一定习惯于关注朝中的动静。

　　唱完了国事，接下来唱家事，就是发孝歌。歌手们往往要互相揭短，指责对方没有给高堂大人弹棉絮，或者没有给逢生干爹买寿木，或者没有在正月十五给伯伯或小伯送腊肉，或者那腊肉的膘不够两寸，肉里面还有蛆虫，如此等等。他们总是义正词严，质问对方是不是嫌贫爱富，是不是忘恩负义，是不是天天吃的猪狗食长的猪狗心。当然，对方要急中生智，要及时用天气或脚痛之类缘由来开脱自己的劣迹，并且迅速发起反攻，找出对方新的不孝之举——即便夸大事实也在所不惜。他们一定要经受得起这场歌声的相互审讯，这种民间道德严格验收。

以上是必要的开局之争，一忠二孝，体现着歌手的立场。

发完了这些，就可以放心了，就可以放心发一点觉觉歌了。"觉"的引申义是玩笑，比如"觉觉话"就是指俏皮话。进一步的引申义是不正经，比如"觉觉歌"多指调情的歌。觉觉歌活跃肉身的感官，是年轻后生最为兴奋的节目，仍可采取对抗的方式进行，只是一方要做男角，另一方做女角；一方要爱，一方要拒爱。

我曾经留心录下过一些：

> 想姐呆来想姐呆，
> 行路不晓脚踩岩，
> 吃饭不晓扶筷子，
> 蹲了不晓站起来。

另一首更有呆气：

> 想姐想得气不服，
> 天天吃饭未着肉，
> 不信脱开衣服看，
> 皮是皮来骨是骨。

也有歌颂女呆子杀夫图谋的，能让人吓一跳：

人家丈夫乖又乖，
　　　我的丈夫像筒柴，
　　　三斧两斧劈死了，
　　　各位朋友烤火来。

也有的唱得凄楚：

　　　一难舍来二难离，
　　　画个影子贴上墙，
　　　十天半月未见面，
　　　抱着影子哭一场。

也有的对爱情表示绝望：

　　　你我相爱空费力，
　　　好比借米养人鸡，
　　　姐的儿女长大了，
　　　不喊老子喊伙计！

　　这些只算情歌。情歌发到一定的时候，歌手们就会引出"下歌"，即下流歌。每到这个时候，听众中如有女人，必会红着脸诅咒着快步离去，后生们则目送她们不同寻常的背影，像一只只欲斗的叫鸡，伸长颈根，眼睛发红，摩拳擦掌，躁动不安地一会儿站起，一会儿蹲下，脸上烂出一片火烧烧的痴笑。他们故意把笑声夸张得很响亮，让远处的女人们听到。

看 戏

　　第一次在乡下看戏让我有些吃惊。禾场里用几张门板架起了一个戏台，台上光线暗淡，有一盏汽灯，还有两三盏长嘴油壶灯，都靠草绳从台顶吊下来，冒出滚滚的黑烟。台上两个演员是若隐若现的鬼影，其中一个正旋着一把什么油布伞，与另一个肩并肩高抬腿原地大跳，大概是做跋山涉水态，直跳得脚下的门板吱吱有声和摇摇晃晃。伞旋得越来越快了，激起台下一阵叫好。后来我才知道，这里正在演出一个打土匪的革命样板戏《智取威虎山》。我不记得这出戏有革命战士打伞的情节，大概是某演员有快速旋伞的绝活，不旋给乡亲们看是不行的，剧中的解放军就只好旋着伞上山剿匪了。

　　农民剧团买不起布景和道具，一切只能因陋就简，蓑衣代替了斗篷，草绳代替了皮带，晒垫上涂些黄泥墨汁就是山水远景。又因为没有剧本，便由一个略知剧情的小学老师说说大体梗概，演员们即便是文盲，也可记住以后上场自编自演，随编随演，即兴发挥。这叫演"乔仔戏"，是否就是最早见录于汉代典籍里的"乔"，不得而知。

　　台下一片黑压压的人头，但真在看伞的也不多。娃娃们在人缝中钻来挤去兴奋不已，经常发出追逐的叫喊或摔痛了的号哭。后生们也忙着，不时射出一道道手电筒的光束，照到不远处的少女堆里，照在某一张脸上或某一个屁股上，于是招来破口大骂，是"三狗子你照你娘啊"一类，引得少女们开心大笑，挨骂的后生们也浪浪地乐不可支。中年妇女们则三五成群说着媳妇生娃或者鸡婆下蛋之类的家务，或者在给孩子喂奶，给孩子抽尿抽屎。相对来说，只有老汉们才端坐得庄严一些，孤独一些，对剧情和台词也较为关切，伞能旋出这样的水平，得到他们的啧啧称赞。他们没有我的吃惊，已经习惯了台上的狭小和混乱,比如打鼓佬和胡琴手说是坐在台侧,其实已经逼近了台中央,都混到演员中来了;比方正是剧中战事激烈之时,突然有人跨过尸体悠悠然走到台前,不是新角色出场,也不是报幕员有事相告,而是一个村干部来给渐渐暗下去的汽灯加气,加完气再猛吹哨子,大吼一番,警告娃娃们不得爬上台来捣乱。

我差一点误会这也是剧中的情节。

我不大可能看明白剧情,相信大多数观众也把剧情看得七零八落,甚至觉得他们压根儿就不在乎这一点。他们没打算来看戏,只是把看戏作为一个借口,纷纷扛着椅子来过一个民间节日,来参与这么热闹的一次大社交,缓解一下自己声色感觉的饥渴。在乡下偏僻而宁静的日子里,能一下看到这么多的人面,听到这么多的人声,嗅到这么多的人气,已经是他们巨大的欢乐。何况还有台上的闹腾,有伞在飞快地旋转,有举枪时的爆竹炸响和硫磺味,有一溜披戴蓑衣的人在翻筋斗,还有各种稀奇新异的戏装——有位村干部大为不满地对我说:去年给剧团制了六件红衣服,花了队上两石谷,他们这次居然没有穿出来,王麻子他搞什么鬼嘛!

闲 聊

没听说过吗？乾川那边有一个婆娘，生出一个娃崽像老头，浑身都是皱纹。

但每条皱纹里都夹了一只眼睛，眨巴眨巴地闪，吓死人了。

——录自庆爹家火塘边的闲聊

雁泊湾有条牛，生下来就有耳环眼。那条牛一见到舜爹就吓得下跪，不晓得是为什么。后来大家想起来了，以前村里不是有个三姑娘吗？因为偷队上的包谷，被舜爹带着大家批斗过。她一时想不开，吃黄藤死了。这条牛肯定就是她转世。

大家去问舜爹，舜爹说他当队长那年是有过这么回事。

你去问雁泊湾的人，大家都晓得这件事。分田分牛的那一阵，那条牛一直没有分，还是由村里包养。它后来摔下山，摔死了，村里也没分肉。舜爹出钱把它葬了。

——录自莫求家火塘边的闲聊

杜万发那年当营长，带了一营鸦片兵，抽足了鸦片烟就劲头十足，打仗最勇猛。有一次遇到红军，钉子碰了铁。对方全是神兵，喝了朱砂水的，一上阵就疯了一样，跳得三尺高，跳得丈多远，子弹根本不能近身，还没碰到皮肉就转了弯，软绵绵地往地下栽。

红军的神兵可以互相砍，根本砍不出血。杜营长后来请来师爷摆计。师爷说，神兵怕狗血。所以打仗前先在士兵的额头上和枪头上抹狗血，这样才能镇住妖邪。

　　一试，果然灵。鸦片兵还一齐学狗叫，叫得神兵的两条腿都软了。

——录自荷香家火塘边的闲聊

　　三茅峒有个人生下来就没有自己的影子，只有红毛狗的影子。你怎么看，他的影子也有四条腿，一条尾巴，还有尖尖的耳朵。

——录自有福家火塘边的闲聊

　　以上是农民围火闲聊时的题材。在这时候说事，没什么正经，多是说得大家心惊肉跳的十八扯。

　　乡村里读书人不多，笔墨也少见，各种信息鲜有笔载，多由口传。口传者一坐到火塘边，面对着漫长的闲冬，喝上一口谷酒，大概不能不强化一点刺激。对于取乐者来说，说得是否有据不那么重要，说得是否有趣倒很重要，否则大家就可能笼着袖子在火塘边睡过去，连谷酒也喝不出什么兴头。这样，他们说近事大体上求真务实，不至于太信口开河，但一说到十年以外或百里以外的事，大概就难免东扯西拉和添油加醋，不嚼出点神呀鬼的，口舌就没有滋味。

　　残火闪烁，烟雾缭绕，火屑星子飞舞着向上蹿。火塘是熬冬的场所，自然成了闲人们的聚集之地，成了神话的生产之地。对于很多农民（特别是中老年）来说，山村是他们的过去，也是他们的未来。这一点已经足够。他们满足于天地间一隅的温饱，并无征服山外世界的野心，那么是不是一定要了解所谓世界的真实？正如一个无须考博士和娶太太的孩子，一定更喜欢看神话剧，更愿意照哈哈镜——神话就是山民们的一面心理哈哈镜吧？

　　不得了，城里人现在有一种迷魂术，朝你肩上一拍，对你笑一笑，就把你的魂勾跑了。你就会把钱交给他，事后还根本不知道是怎么回事。这事千真万确！

　　不信你就去问山阳峒的奉矮子。他上个月不是把自己的手机和存折交

161

给了两个湖北人？他骑了湖北人的摩托车，才骑了一两里，就发现摩托车变成了一条板凳……

这一条奇闻也可疑。倘若世上真有这种迷魂术，比蒙汗药和麻醉法还厉害，世界上的事倒也简单了。美国的科技最发达，派人把这个国家总统的肩头拍一下，朝那个国家总统笑一笑，世界岂不统统成了他们的手中玩物？

我的猜测是：山阳峒的奉矮子坚持这么说，很可能是他在城里误入赌局，或者误入黑店，或者误中传销圈套等等，在骗子面前昏了头，闹得自己鸡飞蛋打。但承认这一点有失脸面，没法交代。他必须编造（至少得传播）一个迷魂术的说法，在他人面前开脱自己。

是不是这样？我不知道。

当一碗谷酒灌得我飘飘然的时候，当嘴里时不时溜出傻笑的时候，我其实并不愿意事情就这样乏味。

迷　信

　　民间迷信大多依据于感觉类比，特别是视觉类比——比较接近中国一个已经常用的词："形象思维"。吃猪脚可以补养人脚,吃猪肺可以补养人肺,吃猪肾可以补养人肾,吃猪脑可以补养人脑,就认识方式而言,这种最朴素的形象思维,可算是初级迷信,无非是大脑跟着眼睛走,在人体与猪体之间产生了直观联想,不一定有什么道理,却还算有益无害。

　　较高级一些的迷信同样依据直观,只是联想对象之间多了一点距离和曲折,联想逻辑不大明显。比如乡下很多人相信妇女不能下种,无非是下种形似男人的射精;相信乌鸦预示凶兆,无非是乌鸦声似倒霉者的哭号;相信尸体只能土葬而绝不可火化,无非是死者人形尚在,给人的感觉是入睡而不是消失:人家只是一时没醒过来嘛,对火烧岂无痛感? 怎么可以被后人如此残酷虐待? ……

　　这一类迷信若被用来规限人生,则可能有害了。英国人类学家弗雷泽谈到过"相似性"原理,认为该原理是巫术的基础之一,即把感觉起来相似的东西当做同一个东西,也就是感觉类比后的具象混同。他还由此说到宗教的起源,比如在犹太教和基督教诞生之前,人们对植物的枯荣周期已有深刻印象,已有植物之神死而复活的各种传说——这也就是后来《圣经》中耶稣"死而复活"故事的原型(见《金枝》)。从植物到耶稣,有一个把生死类比枯荣的想象过程。

　　我还经历过这样一件事情:太平墟有一对新人结婚,男方就是我们队上武妹子的堂弟。婚礼很隆重,摆了十来桌酒席,还请来了县上的电影放映队,在晒场里支起银幕,放 16 毫米镜头的小电影,算是款待广大乡亲。不料此前一直工作得好好的放映机，这一天却只能放出影像而放不出声音，银幕上花花晃动着的八路军和日本鬼子都是奇怪的哑巴。武妹子爬到树上去检查喇叭，一失足摔了下来，被人背去了卫生院。生产队长跑到公社里去借喇叭，又偏偏没找到人。放映员满头大汗折腾了半个晚上，还是没有办法，只好让大家看了一场哑巴戏。

放映员很不好意思，没有收主家的钱。

此事让乡亲们震惊不已，一致认定新婚之夜看了哑巴戏，新婚夫妇将来肯定只能生哑巴崽——在这里，你不能不钦佩他们的直观联想能力，不能不钦佩他们想象的敏捷和丰富，也不能不惊讶于一次失败的放映居然被认定为未来人生的预演。舆论越滚越大。正如我们能猜测到的，如此沉重的舆论压力下，新郎与新娘从此经常吵架，半年以后终于离婚。

土 语

我对当地口语有如下印象：

词缀很多：人们不单说"黑"，总是说"墨黑"；不单说"白"，总是说"雪白"；不单说"重"，总是说"锭重"；不单说"轻"，总是说"络轻"；不单说"胖"，总是说"垒胖"；不单说"瘦"，总是说"刮瘦"；不单说"直"，总是说"笔直"；不单说"弯"，总是说"蜡弯"，如此等等。他们似乎觉得"黑"、"白"、"重"、"轻"、"胖"、"瘦"、"直"、"弯"这一类形容词过于抽象，不容易被人感受以及理解，必须分别搭配更为具象化的词缀，才能合成起码的表达。

尽量减少抽象词汇：一般来说，他们不会说"农民"，只会说"泥脚杆子"；不会说"秋天时节"，只会说"打禾的时节"；不会说"来了十几个客人"，只会说"来了两桌客人"；不会说"事情保密"，只会说"话都烂在肚子里"；不会说"这人土到了家"，只会说"放屁都是红薯气"。如果描述吝啬，就说"蚊子过身也要拔一根毛下来"。如果谴责懒惰，就说"敬三根香打九个屁，菩萨不怪自己也不过意吧"？如此等等。他们似乎觉得，任何抽象概念难以给人留下鲜明印象，也就缺乏足够的信息，不换个说法万万不可。

叙事中多细节描绘：我发现他们在情况急迫的时候说事，在心情气愤和烦恼的时候说事，在向上级汇报或者大会报告中说事，总之在一切应该言语简洁的时候，也不忘描述有关场景、装束、神情、形态、气氛的细节特征，一点也不觉得这是啰唆，或者会搅乱主题。比方坐牢就是坐牢，农民会说成"坐牢吃小钵子饭"；当官就是当官，农民会说成"当官坐皮椅子"。我还看见一个男人在盛怒之下骂老婆："我一嘴巴(耳光)扇得你贴在墙上当画看！"这句话在我听来怎么也是幽默，但言者脸色铁青，咬牙切齿，一点也没有开玩笑的意思。他觉得描绘一下甚至夸张一下挨打者的具体形象，是说话的应有之规，是不能不这样骂的。

借用间接的具象化手段：某些歇后语的运用，常常是比喻的附会和强加，与语义并没有什么关系，仅仅是依谐音的关联借取具象，以增声色趣味。比如"腊月里的萝卜——冻（动）了心"；"膝盖上钉掌——离蹄（题）太远"；"对着窗户吹喇叭——鸣（名）声在外"；这些语言需要谐音的交流默契，否则便让人摸不着头脑，表现出一种宁可失"义"也不能无"象"的偏激言语态度。

常用衬字：乡村歌谣中经常夹杂很多无意谓的"呵"、"啦"、"喂"、"咧"、"咿吱"、"呀嘞"一类，似是有义无字时的随口吟咏，如同幼儿的咿呀之语，是文字和逻辑的胚胎状态。汉代辞赋中多用"兮"字，汉以前的文学中也多发语助词，大概也是早期汉语的现象，是很多难言心绪的暂用和未定符号。

可能还有其他特点。

少数民族为"夷"，下层贫民为"野"，都是文治薄弱之地，文字稀缺之地，为纸张和印刷术渗延不足的地方，因此语言的抽象化程度较低，语言中留下了具象的丰富遗迹，或者说保留了人们对语言具象化的依赖与追求，应该说没有什么奇怪。

如果我们绘出一张文字发育的地图，又绘出一张政统和道统扩展的地图，可以发现这两张地图有大致的吻合。这当然证明"文以载道"的认定，甚至可以证明"夷"和"野"天然的反礼教和反文治倾向。

小 镇

　　我们进城时，天已断黑。整个街市除了偶然冒出一声婴孩的哭泣，悄无声息，不见人影和灯火。临街的木板房东偏西倒，门窗紧闭，关锁着一家家的黑暗，似乎怯怯地守口如瓶，紧咬着一个我们初来者不便知道的秘密。渐渐地，我们也被自己的脚步声弄得毛发倒竖——人呢？人在哪里？这柜台，这伙棚，这圩场，这错落勾结的檐瓦和梁柱，明明还有喧嚣人烟的余温，转瞬间却静如一片寂静野谷。

　　圩场不动声色向脚步声迎来。那里依稀冒出几团黑影，如蹲伏的十几只巨兽从天而降，使人不得不惊慌和提防。借着手电筒的射光细看，才发现巨兽原是肉案，案板均有门板大小，几口砖那么厚，油污黑亮，粗头粗脑，重若千钧，压得一只只案脚纹丝不动。案面有密集交错的刀痕，除了一圈黑油油的边沿，当中已砍出了浅浅的本色。不知屠宰过多少生灵之后，不知砍削过多少价钱之后，有的案面已经凹陷，成了个锅形。有的干脆已穿了底，一个漏斗模样。但它们也未被收拾处置，仍然露置于街市，大概还可充当赶场者们歇脚时的坐凳，或是品酒时的餐桌。它们大多带着骨屑肉末，缕缕残血，在圩街两旁整齐地蹲伏着，守着这黑沉沉的寂静。有个肉案上还钉着一把钢刀，当然是屠夫忘了带回家的，在暗中泄一道银光，似肉案偷偷瞥来的一眼，不免使你背脊一凉。

　　突然，不知哪扇木门里迸出咣当一声金属的巨响，使你魂飞魄散，莫名其妙地感到有什么大事就要在这里发生。

　　第二天，我们早早在旅社起床，得以看清这个小镇的大貌。小镇名叫锁城，其实充其量只是一个大村子，但有一圈矮矮墩墩的沙土城墙围绕。城墙上青草丛生已经过膝，布满蛛网和鸟粪，封住了外来者巡游的兴致。墙下的护城河早已干涸，被城民们垦成了大块小块，高低不平，有黄麻冬葵之类作物参差摇曳，地边还有刺树扎成的篱笆，显然是为了防范鸡鸭。东边城楼上冒出炊烟，檐下挂有尿布、蓑衣、草席、钩筒一类，也不知是何人贫寒得借此破楼安身。

楼檐下的小小风铃已绿锈斑驳，竟无人窃去，依然在风中摇出沙哑的嗒嗒声，似胸有成竹地对小城咕哝着某种预言。从东门到西门，有一条用大卵石铺成的"官道"，滑溜溜的并不好走，如一条石头小河潺潺淌来，淌到此处突然凝结。听人说，这种路可走轿，不宜行马，容易造成马蹄打滑，故有官道之称——取的是土匪骑马很难追上官轿之意。其实以前的官轿很少来到这里，小城里也不见官衙的旧址。在老人们的记忆中，此地天高皇帝远，官府一直势薄。县令每每不能入境，只能寄居邻县，每年来催交钱粮一次而已。

所以这里匪患不绝。

附近的老百姓也就活得很小心，皆依傍山岭筑寨而居，大路两旁和小河两旁的平川之地倒是历来废弃不用。这当然给屯垦提供了条件。明、清两代都在这里设立屯堡，我们的知青农场续上屯堡，也占据了锁城以南的大片荒土。

公　路

高速路全封闭,直平如泻,标识鲜明而周到。车一上路就有轻捷欲飞之感,两旁的风景模糊成片,刷刷刷拉成杂色的光束。蚊子在前窗撞成碎尸朵朵,给玻璃贴上一些乳色小花点,警示出眼下危险的速度,还有一旦撞车的可怕后果。

对比以前的公路,这种路简直是起飞线,是准航空线,把世界差不多压缩成城镇与城镇的连接,相互之间几近为邻:你刚走出一个城镇,还没吐匀一口气,就闯进了另一座城镇。一条城际专用道几乎构成了对乡村的越顶交际,把城镇之间大面积的乡村哗哗地予以微缩和忽略。

没有什么急事的时候,我倒愿意走老公路。这不但可以省钱,还可以享受到散淡。毫无疑问,速度带来了效率,有时可以让我们分身无数,一天之内可以现身各地,搞定好几项谈判或游览。但生活在目眩的车窗里并不总是很美妙。在老公路上,行车虽说要多一些弯曲和颠簸,虽说可能遇到失修的土坑,但没有钢铁护栏的管束和押送,没有各种交通标志的频繁警告,开车人想慢就慢,想停就停,想逛店就逛店,想撒尿就撒尿,看见一片好林子,还可倒在树阴里睡上片刻——高速路所抹去的另一个世界在这里重新展开,一种进入假日的感觉油然而生。

两相比较,高速路是简洁明快的公告,老公路是婉转唠叨的叙事。更进一步说,老公路只是进入了叙事的轮廓,更慢的步行才是对细节的咀嚼。我在海口开车多年,有一次偶然步行有名的海府路,突然有误入陌生地的迷失之感,因为自己经常开车走过的那条路,我已完全不了解。各种有趣的口音,各种奇异的树木,各种热闹的小店和小摊,各种新近冒出来的街角花园和巷口门楼，还有卖椰女人的熟练刀法和喝茶老汉的安详面容……都透着淡淡的紫荆花香扑面而来，令我深深吃惊。如果不是走那一趟，它们在我的车窗外隐匿莫见，与我日日相逢却永远相违。

汽车使我成了盲人，除了办公室和居室，我几乎什么也没看见；除了交通标志，我什么也顾不上看。

可以肯定，如果过于依赖汽车，我们的盲区就会逐渐扩大和蔓延，最后把视野挤成一条缝，只能看到下一个慌乱的路标，看到下一项匆忙的差事。我们看不清自己身边的街道和田野，看不清自己身边的世界。或者说，世界上只会剩下最后一个汽车国，其公民以驾照为护照，囚禁在车速的牢笼里。

眼下，我从牢笼里假释回家了。路旁的水田和水渠，还有挑担者，耕田者，放牛者，打打闹闹的孩子，终于在我的视野里不再奔流和飞掠，逐渐聚焦成形，与我的目光从容相接。

我看见前面有×××号公路牌，想起那里曾有一段急弯坡道，有几棵老槐树。当年的知青们缺钱，出外舍不得坐客车，常在那里扒货车，差不多成了"公路游击队"。有一次，我盯上了一辆粮车，在它驶过我身边的那一刻突然起跑，先把行李包甩上车，再撵着车屁股攀爬。那次下了大赌注，不成功便成仁：如果没扒上车，行李就白送给司机。

再走过去一点，就是×××号公路牌。深秋的一个夜里，我们拉竹子的拖拉机曾经经过那里。因为太困，因为竹竿碰撞的声音太嘈杂，我一直迷迷糊糊地昏睡，以至不知道车厢的侧板何时垮塌。我伸手一摸，发现身旁的竹子浅了一大截，睡在身旁的一个同伴也不知去向，这才大吃一惊，回头去拍打驾驶室，叫司机赶快停车。我们下车检查，发现半车竹子没了，两个人也没有了，摸黑找了好几里，才看到路边的零散竹竿，听到前面一片黑暗里哎哟哎哟的叫声。

前面还有×××号公路牌，当然更让我觉得熟悉。我们曾来到这里开挖渠道，休息时坐在树阴下，看着来往的汽车解闷。事情就在这时候发生了。一辆大客车飞驰而来，一声"亮亮"的呼叫从车窗里抛出，还有一只手在窗口摇动。亮亮是个小毛孩，我们队里年龄最小的知青。他一听到叫声就跳起来，全身激灵了一下,朝汽车瞪大双眼,想必全身的血流都涌到脑门顶。他朝汽车追去,追赶耳熟的呼唤和详情不明的挥手——我们后来才知道,车上确实坐着他的俩哥们,与他从小一块长大的高年级同学——但他们有红色家庭背景,又有体育一技之长,不久前幸运地招工进城,进入了地区篮球队。

亮亮消失在车尾的尘浪里,消失在坡路最高端的一块天空里。

我们等待他回来,等待一次巧遇带来的趣闻,或者其他斩获:猪头肉?饼干?粮票?一顶旧军帽?都是有可能的。

他的朋友或亲人同他一起回来,也是有可能的。

好一阵过去了,好一阵再加上好一阵也过去了,尘浪完全消散,坡路最高端还是一片空空。最后,一个小黑点终于在那里冒出地表,逐渐在我们的视野里变大,最后变成亮亮脸上一丝苦笑:

"妈妈的,他们……没停……"

没停?其他人愣了一下,转而哄堂大笑,笑亮亮太一相情愿和自作多情,追过了一座山,追了这么久,一双赤脚在沙石路面上碰出了血口子。

但大家又很快沉默,奇怪的是,谁也说不出沉默的理由。

多少年后,一次老知青聚会时,有人说到当年的车上人之一把这件事写成短文,贴在一个知青网站上——大概是遗憾当年不知为何忘了停车。在座的几个当事人一听,不知勾起了什么心事,不觉都红了眼圈。其中两个女人还突然哽咽,捂着嘴急急地去了别的房间。

亮亮(他的全名为赵学亮)现在也该生出皱纹和白发来了。我眼下就走在他追过汽车但最终没有追上的路面上,一步步丈量着他当时的一路忠诚和一路狂喜,还有最后凝固在尘浪中的绝望。我还悄悄丈量着我们当年在路上共同有过的烈日,共同有过的星光,共同有过的漫天大雪,以及共同有过的朝霞泼洒和放声高唱。

横断山,路难行。天如火,水似银。亲人送水来解渴,军民鱼水一家人……老公路上眼下没有这样的歌声。

楚 地

　　轻轻地一震，是船头触岸了。钻出篷舱，黑暗中仍是什么也看不见，只有身边同行者的三两声惊呼，报告着暗中的茅草、泥潭或者石头，以便身后人小心举步。终于有一盏马灯亮起来，摇出一团光，引疲乏不堪的客人上了坡，钻过一片树林，直到一幅黑影在前面升了起来，越升越高，把心惊肉跳的我们全部笼罩在暗影之下。

　　提马灯的人说：到了。

　　这是一面需要屏息仰视的古祠高墙。墙前有一土坪，当月光偶尔从云缝中泄出，土坪里就有老樟树下一泼又一泼的光斑，满地闪烁，聚散不定。吱呀一声推开沉重的大门，才知道祠内很深，却破败和混乱，据说这里已是一个公社的机关所在地，早已不是什么古祠。我们没见到什么人（那年头公社干部都得经常下村子蹲点），唯见一位留下守家的广播员来安排我们的住宿，后来才知道他也是知青，笛子吹得很好。他举着油灯领着我们上楼去的时候，杂乱脚步踏在木梯上，踏在环形楼廊高低不平的木板上，踏出一路或脆或闷的巨响。声音在空荡荡的大殿里胡乱碰撞，惊得梁下的燕子和蝙蝠惊飞四起。

　　这是一九七五年的一个深秋之夜，是我们知青文艺宣传队奉命去围湖工地演出的一次途中借宿。

　　这也是我第一次靠近屈原——当我躺在木楼板上呼吸着谷草的气味，看着木窗栏外的一轮寒月，我已知道这里就是屈子祠旧址。当年的屈原可能也躺在谷草里，从我这同一角度远眺过天宫吧？

　　我很快就入睡了。

若干年以后，我再来这里的时候，这里一片阳光灿烂灯红酒绿。作为已经开发出来的一个旅游景区，屈子祠已被修缮一新，建筑面积也扩大数倍，增添了很多色彩光鲜的塑像、牌匾以及壁画，被摆出各样身姿的男女游客当做造型背景，亦当做开心消费的记录，一一摄入海鸥牌或者尼康牌的镜头。公社——现在应叫做乡政府，当然已迁走。年轻的导游人员和管理人员在那里打闹自乐，或者一个劲地向游客推荐其他收费项目：新建的碑林园区，还有用水泥钢筋筑建的独醒亭、骚坛、濯缨桥、招屈亭等等。当然，全世界都面目雷同的餐馆与卡拉OK也在那里等待游客。

水泥钢筋虚构出来的历史，虚构出来的陌生屈原，让我不免有些吃惊。至少在若干年前，这里明明只是一片荒坡和残林，只有几无人迹的暗夜和寒月，为何眼下突然冒出来这么多亭台楼阁？这么多红尘万丈的吃喝玩乐？旅游机构凭借什么样的权力和何等的营销想象，竟成功地把历史唤醒，再把历史打扮成大殿里面色红润而且俗目呆滞的一位营业性诗人？可以推想，在更早更远的岁月，循着类似的方式，历史又是怎样被竹简、丝帛、纸页、石碑、民谣以及祠庙虚构！

被众多非目击者事后十年、百年、千年所描述的屈原，就是在这汨罗江投水自沉的。他是中国广为人知的诗人，春秋时代的楚国大臣，一直是爱国忠君、济世救民的人格典范。他所创造的楚辞奇诡莫测，古奥难解，曾难倒了一代又一代争相注疏的儒生。但这也许恰恰证明了，楚辞从来不属于儒生。侗族学者林河先生默默坚持着他对中原儒学的挑战，在上世纪八十年代使《九歌》脱胎于侗族民歌《歌（嘎）九》的惊人证据得见天日，也使楚辞诸篇与土家、苗、瑶、侗等南方民族歌谣的明显血缘关系昭示天下。在他的描述之下，屈原笔下神人交融的景观，还有天问和招魂的题旨，以及餐菊饮露、披花戴草、折琼枝而驷飞龙一类自我形象，无不一一透出湘沅一带民间神祀活动的烟火气息，差不多就是一篇篇礼野杂陈而且亦醒亦狂的巫辞。而这些诗篇的作者，那位法号为"灵君"的大巫，终于在两千年以后，抖落了正统儒学加之于身的各种误解和矫饰，在南国的遍地巫风中重新获得了亲切真相。

我更愿意相信他笔下的屈原。据屈原诗中的记载，他的流放路线经过荆楚西部的山地，然后涉沅湘而抵洞庭湖东岸。蛮巫之血渗入他的作品，当在情理之中。当年这一带是"三苗"蛮地。"三苗"就是多个土著部落的意思。"巴陵（今岳阳）"的地名明显留下了巴陵蛮的活动痕迹。而我曾经下放落户的"汨罗"则是罗家蛮的领土。至于"湘江"两岸的广大区域，据江以人名的一般规律，当为"相"姓的部族所属。他们的面貌今天已不可知，探测的线索，当然只能在以"向（相）"为大姓的西南山地苗族那里去寻找。他们都是一些弱小的部落，失败的部落，当年在北方强敌的进逼和杀戮之下，从中原的边缘循着河岸而节节南窜。我曾经从汨罗江走到它与湘江汇合的辽阔河口，再踏着湘江堤岸北访茫茫洞庭。我已很难知道，那些迎面而来的男女老少，有多少还是当年"三苗"的后裔——几千年的人口流动和混杂，毕竟一再改写了这里的血缘谱系。

但是我们还是可以看见那些身材偏瘦偏矮的人种，与北方人的高大体形，构成了较为鲜明的差别。他们"十里不同音"，在中国方言版图上形成了最为复杂和最为密集的区位分割，仍隐隐显现着当年诸多古代部落的领土版图和语言疆界。当他们吟唱民歌或表演傩戏时不时插入"兮"、"些"、"耶"、"依呀依吱"等语助词时，你可能会感到屈原那"兮"、"兮"相续的悲慨和高远正扑面而来。

楚辞的另一面就是楚歌。作为"兮"字很可能的原型之一，"依呀依吱"在荆楚一带民歌中出现得太多。郭沫若等学者讨论"兮"应该读 a 还是应该读 xi 的时候，似乎不知道 a 正是"依呀"之尾音，而 xi 不过是"依吱"的近似合音。作为一种拟音符号，"兮"的音异两读，也许本可以在文人以外的民间楚歌里各有其凭。

这些唱歌人，即便在二十世纪中叶现代革命意识形态一统天下的时候，也仍然惺忪于蛮巫文化的残梦。我落户的那个村子有一个老太婆，据说身怀绝技，马脚或牛脚被砍断了的时候，只要送到她那里，她把断腿接上，往接口处吐一口水,伸手顺毛一抹,马或牛随即便可以疾跑如初。人们对此说法大多深信不疑。村子里的人如果死在远方,需要在酷热夏天运回故土,据说也有简便巫法可令尸体在旅途中免于腐烂。他们捉一只雄鸡立于棺头,这样无论日夜兼程走上多少天,棺头有雄鸡挺立四顾,待到了目的地之后,尸体清新如旧,雄鸡则必定喷出一腔黑血,然后倒地立毙,想必是把一路上的腐毒尽纳其中。人们对这样的说法同样深信不疑。他们甚至把许多当代重要的历史事件,同样进行巫化或半巫化的处理。一个陌生的铜匠进村了,他们可能会把他当做已故国家领袖的化身,崇敬有加。某地的火灾发生了,他们也可能会将其视为自己开荒时挖得一只硕鼠鲜血四溅的结果,追悔莫及。他们总是在一些科学人士觉得毫不相干的两件事之间,寻找出他们言之凿凿的因果联系,以编织他们的想象世界,并在这个世界里合规合矩地行动下去。

他们生活在一块块很小的方言孤岛,因语言障碍而很少远行。他们大多得益于所谓"鱼米之乡"的地利,因物产丰足也不需要太多远行。于是,家门前的石壁、老树、河湾以及断桥便长驻他们的视野,更多地启发着他们对外部世界的遐想。他们生生不息,劳作不止,主要从稻米和芋头这些适合水泽地带生长的植物中吸取热能;如果水中出产的鱼鳖鳅鳝一类不够吃的话,他们偶尔也向"肉"(猪肉的专名)索取脂肪和蛋白质——那也是一种适合潮湿环境里的速生动物。这样,相对于中国北部游牧民族来说,这些巫蛮很早以来就有了户户养猪的习惯,因此更切合象形文字"家"(屋盖下面有猪)的意涵,有一种家居的安定祥和景象,更能充当中国"家"文化的代表。

他们当然也喜好"番(汨罗人读之为 ban)椒",即辣椒,用这种域外引入的食物抵抗南方多见的阴湿瘴疠;正如他们早就普遍采用了"胡床",即椅子,用这种域外传来的高位家具,使自己与南方多水的地表尽可能有了距离。"番"也好,"胡"也好,记录着暧昧不明的全球文化交流史,也体现出蛮巫族群对外来文化的吸纳能力。当欧洲一些学者用家具的高低差别(高椅/低凳,高床/低榻,等等)来划定文明级别时,这些巫蛮人家倒是以家具的普遍高位化,显示出在所谓文明进程中的某种前卫位置,至少在印度人的蒲团(坐具)和日本人的榻榻米(卧具)面前,不必有低人一等的惭愧。

我们可以猜测，是多水常湿的自然环境，是农业社会的定居属性，促成了他们这种家具的高位化。当然，我们还可以猜测，正是这相同的原因，造成了他们的分散、保守以及因顺自然的文化性格，无法获得北方部族那种统一和扩张的宽阔眼界，更无法获得游牧部族那种机动性能和征战技术，于是一再被北方集团各个击破，沦落为寇。

　　我曾经发现，这里的成年男人最喜欢负手而行，甚至双手在身后扭结着高抬，高到可以互相摸肘的程度。这种不无僵硬别扭的姿态，曾让我十分奇怪。一个乡间老人告诉过我：这是他们被捆绑惯了的缘故。这就是说，即便他们已经不再是战俘和奴隶，即便他们的先民身为战俘和奴隶的日子早已远去，无形的绳索还紧勒他们的双手，一种苦役犯的身份感甚至进入了生理遗传，使他们即便在最快乐最轻松的日子里，也总是不由自主地反手待缚。这种遗传是始于黄巢、杨幺、朱元璋、张献忠、郝摇旗、吴三桂给他们带来的一次次战乱，还是始于更早时代北方集团的铁军南伐？这种男人的姿态是战败者必须接受的规范，还是战败者自发表现出来的恐慌和卑顺？

　　已故的湘籍作家康濯先生也注意过这种姿态。作为一种相关的推测，他说荆楚之民称如厕为"解手"（在某些文本里记录为"解溲"），其实这是一种产生于战俘营的说法。人们都被捆绑着，只有解其双手，才可能如厕。"解手"一词得到普遍运用，大概是基于人们被捆绑的普遍经验。

　　他们远离中原，远离朝廷，生活在一个多江（比如湘江）多湖（比如洞庭湖）的地方，使"江湖"这一个水汪汪的词不仅有了地理学意义，同时也有了相对于"庙堂"的社会和政治的意义。当年屈原的罢官南行，正是一次双重意义上的江湖之旅。传统的说法，称屈原之死引起了民众自发性的江上招魂，端午节竞舟的习俗也由此而生。其实，"舟楫文化"在多水的荆楚乃至整个南方，甚至远及东南亚一带，早已源远流长，不竞舟倒是一件难以想象的怪事。有越来越多的证据表明，这种娱乐与神祀相结合的民间活动，与屈原本无确切的关系。这种活动终以北来忠臣的名节获得自己合法性的名义，除了民众对历史悲剧怀有美丽诗情的一面，从另一角度来说，不过是表明江湖终与庙堂接轨，南方民俗终与中原政治合流。这正像"龙舟"在南方本来的面目多是"鸟舟"（语出《古文穆天子传》），船头常有鸟的塑形（见《淮南子》中有关记载），后来却屈从于北方帝王之"龙"，普遍改名为"龙舟"，不过是强势的中原文明终于向南成功扩张的自然结局——虽然这种扩张的深度效果还可存疑。

一些学者曾认为，中国的北方有"龙文化"，中国的南方有"鸟文化"。其实这种划分稍嫌粗糙。不论是文物考古还是民俗调查，都不能确证南方有过什么定于一尊的"鸟"崇拜。仅在荆楚一地，人们就有各自的狗崇拜、虎崇拜、牛崇拜、蜘蛛崇拜、葫芦崇拜、太阳崇拜等，或者有多种图腾的并行不悖，从来没有神界的一统和集权。他们在世俗政治生活中四分五裂的格局，某种弱政府乃至无政府的状态，与人们的神界图景似乎也恰好同构。

北方征服者强加于他们的绳索，并不能妨碍他们的心灵，还时常在体制之外游走和飞翔，无法使他们的巫蛮根性灭绝。一旦灾荒或战乱降临，当生存的环境变得严酷，这一片弱政府甚至无政府的江湖上也会冒出集团和权威，出现各种非官方的自治体制。在这样的时候，"江湖"一词的第二种人文含义，即"黑社会"，便由他们来担当和出演。宁走"黑道"而不走"红道"，会成为老百姓那里相当普遍的经验。一九七二年我还是个知青，曾奉命参与乡村中"清理阶级队伍"的文书工作，得知我周围众多敦厚质朴的农民，包括很多作为革命依靠对象的贫下中农，大多数竟是以前的"汉流"分子。"汉流"即洪帮，以反清复明为初衷，故又名"汉（明）流"。我后来还知道，这个超体积帮会曾以汉口为重要据点，沿水路延伸势力，在船工、渔民、小商中发展同党，最后像传染病一样扩展到荆楚各地广大乡村，在很多村庄竟有五成到七成的成年男子卷入其中，留下日后由政府记录在案的"历史污点"。其实，这个组织在有些地方难免被恶棍利用，但多数人当年入帮只是为了自保图存，有点顺势赶潮的意味，少数忙时务农闲时"放票"的业余性帮匪，也多以杀富济贫为限，与其说是反社会罪恶，不如说是非法制的矛盾调整。

有意味的是，他们一直坚持"汉流不通天"的宗旨，决不与官府合作。但他们也有自己的影子官府，并没有活在体制真空。他们还有"十条"、"十款"的严明法纪，以致头目排行中从来都缺"老四"与"老七"——只因为那两个头目贪赃作恶违反帮规而伏法，并留下"无四无七"的人事传统以警后人。他们奉行"坐三行五睡八两"的分配制度，更是让我暗暗感叹：病者(睡八)比劳者(行五)多得，劳者(行五)比逸者(坐三)多得，可以想见，这种简洁而原始的共产主义，在社会结构还较为简单的农业社会，对于众多下层的弱者和贫者来说，会闪烁着何等强烈诱人的理想之光。

当时同在南方渐成气候的红军，其内部的战时分配制度，难道与它有多少不同吗？

二十世纪的二十年代到三十年代，江湖南国正是多事之地。一个千年的中央王朝，终于在它统治较为薄弱的地方，绽开了自己的裂痕以及呼啦啦的全盘崩溃。英豪辈出，新论纷纭，随后便是揭竿四方，这其中有最终靠马克思主义取得了全国政权的湘鄂赣红军及其众多将领，也有最终归于衰弱和瓦解了的"汉流"及其他帮会群体，在历史上消逝无痕，使江湖重返宁静。同为江湖之子，人生毕竟不会有完全相同的终局。

第四辑　思　想

青　春

　　当那一段用油灯温暖着的岁月渐离我们远去，"知青"这一个名词是愈来愈显得生疏了——尤其是对于流行歌哺育下的新一代人来说。时光匆匆，过去之前还有过去，我们几乎已经忘记了井田制，忘记了柏梁体，忘记了多少破落王府和寂寞驿站，为什么不能忘记知青？

　　毕竟有很多人忘却不了。

　　乱石横陈曲折明灭的一条山路，茫茫雪原上悬驻中天的一轮蓝色新月，某位背负沉重柴捆迎面走来的白发老妪，还有失落在血红色晚霞中一串串牛铃铛的脆响……这一切常常突破遗忘的岩层，冷不防潜入某位中年男人或女人的睡梦，使他们惊醒，然后久久地难以入眠，看窗外疏星残月，听时间在这个空阔无际的清夜里无声流逝。

　　对于他们中的许多人来说，最深的梦境已系在远方的村落，似乎较难容下后来的故事。哪怕那故事代表电大或函大文凭，代表美国或日本的绿卡，代表个体户酒吧里的灯红酒绿，它们都显得模糊和匆促，匆促得无法将其端详，更无法在梦境里定格出纤毫毕至的图影——如那远方的村落。

　　缘由也简单：多因了苦难。

　　人很怪，很难记住享乐，对一次次盛宴的回忆必定空洞和乏味。唯有在痛苦的土壤里，才可以得到记忆的丰收。繁盛的感受和清晰的画面，存之经年而不腐败。发生在二十世纪六十年代至七十年代间的一场政治和经济危机是如此盛产着记忆。数以百万计的青年学生被抛入穷乡僻壤，移民运动的规模几乎空前绝后。这些青年衣衫褴褛，心身憔悴，辗转于城乡之间，挣扎于贵贱之间，求索于文明与野蛮之间，一任命运饿其体肤，劳其筋骨，苦其心志。他们常常以日当年地守着油灯企盼,企盼着近乎空白的未来。他们多年后带着心灵的创伤从那里逃离的时候,也许谁也没有想到,回首之间,踉跄之际,竟带走了几乎要伴其终身的梦境。

这梦境仅仅属于他们自己。不仅后辈人将讨厌任何用作炫耀和教诲的苦难,连他们曾密切相关的友人,也毫无义务要把他们的苦难看得特别要紧。我曾返回当年落户务农的乡村,陌生的新一代农民已行行列列地高大着,对寻访旧地的知青只能漠然。一些旧相识已多老态,谈起往事也只能闪烁其词只鳞片爪,像谈起远古一个模模糊糊的传说。除了找到某堵旧墙上半块褪了色的油漆"语录牌"算是当年可笑的遗迹,那里没有纪念碑。

不会有纪念碑,不会有金质勋章,不会有档案馆史料办离退休老知青活动中心,甚至未能熬过那岁月的一些男女学友们,远方的坟前不会有鲜花和新土年复一年。关于遥远村落的梦境,只能默默地属于他们自己。

当然不值得沮丧。时光总是把苦难渐渐酿出甘甜,总是越来越显示出记忆的价值。作为人的证明,记忆缺乏者只能是白痴,是禽兽。作为生的证明,生命留给我们每一个人的除了记忆还有别的什么吗?难道是舶来的电视机和冰箱?或是吃过了又拉过了的酒肉?幸福已存在了上下数千年,并不是电视机和冰箱时代的专利。幸福也将伴随人类继续下去,行将经历谁都阔绰得根本不用电视机冰箱当然更不靠油灯照明的时候。但是,即便在那个时候,也不是任何人都幸福的,并不是任何人都能够获得记忆的富有。

步入中年的知青们,历史已在他们记忆的底片上,在他们的身后多垫了一抹黄土地,或是一面危崖。这使他们继续长旅人生时,脊梁骨多了几分承托和依靠。他们中间的多数人,也许会因此而欣慰,而充实,而通达,多一些前行的沉着。

劳 动

　　手掌皮肤撕裂的那一刻,过去的一切都在裂痛中轰的一下闪回。我想起了三十多年前的垦荒,把耙头齿和锄头口磨钝了,磨短了,于是不但铁匠们叮叮当当忙个不停,大家也都抓住入睡前的一时半刻,在石阶上磨利各自的工具。嚓嚓嚓的磨铁之声在整个工区此起彼伏响彻夜天。

　　那是连钢铁都在迅速消融的一段岁月,但皮肉比钢铁更经久耐用。耙头挖伤的,锄头扎伤的,茅草割伤的,石片划伤的,毒虫咬伤的……每个人的腿上都有各种血痂,老伤叠上新伤。但衣着褴褛的青年早已习惯。朝伤口吐一口唾沫,或者抹一把泥土,就算是止血处理。我们甚至不会在意伤口,因为流血已经不能造成痛感,麻木粗糙的肌肤早就在神经反应之外。我们的心身还可一分为二:夜色中挑担回家的时候,一边是大脑已经呼呼入睡,一边是身子还在自动前行,靠着脚指碰触路边的青草,双脚能自动找回青草之间的路面,如同一具无魂的游尸。只有一不小心踩到水沟里去的时候,一声大叫,意识才会在水沟里猛醒,发觉眼前的草丛和淤泥。

　　有一天我早上起床,发现自己两腿全是泥巴,不知道前一个晚上自己是怎么入睡的,不知道蚊帐忘了放下的情况之下,蚊群怎么就没有把自己咬醒。还有一天,我吃着吃着饭,突然发现面前的饭钵已经空了四个,这就是说,半斤一钵的米饭,我已经往肚子里一共塞下了两斤,可裤带以下的那个位置还是空空,两斤米不知填塞了哪个角落……眼下,我差不多忘记了这样的日子,一种身体各个器官各行其是的日子。

　　我也差点忘记了自己对劳动的恐惧:从那以后,我不论到了哪里,不论离开农村有多久,最大的噩梦还是听到一声尖锐的哨响,然后听到走道上的脚步声和低哑的吆喝:"一分队！耙头！筢箕！"

这是哈佬的声音——他是我以前的队长,说话总是有很多省略。

三十多年过去了,哈佬应该已经年迈,甚至已经不在人世,但他的吆喝再一次在我手心裂痛的那一刻闪回,声音洪亮震耳。不知为什么,我现在听到这种声音不再有恐惧。就像太强的光亮曾经令人目盲,但只要有一段足够的黑暗,光明会重新让人怀念。当知青时代的强制与绝望逐渐消解,当我身边的幸福正在追踪腐败,对不起,劳动就成了一个火热的词,重新放射出的光芒,唤醒我沉睡的肌肉。

坦白地说:我怀念劳动。

坦白地说:我看不起不劳动的人,那些在工地上刚干上三分钟就鼻斜嘴歪屎尿横流的小白脸。

我对白领和金领不存偏见,对天才的大脑更是满心崇拜,但一个脱离了体力劳动的人,会不会有一种被连根拔起没着没落的心慌? 会不会在物产供养链条的最末端一不小心就枯萎? 会不会成为生命实践的局外人和游离者? 连海德格尔也承认:"静观"只能产生较为可疑的知识,"操劳"才是了解事物最恰当的方式,才能进入存在之谜——这几乎是一种劳动者的哲学。我在《暗示》一书里还提到过"体会"、"体验"、"体察"、"体认"等中国词语。它们都意指认知,但无一不强调"体"的重要,无一不暗示四"体"之劳在求知过程中的核心地位——这几乎是一套劳动者的词汇。然而古往今来的流行理论,总是把劳力者权当失败者和卑贱者的别号,一再翻版着劳心者们的一类自夸。

一位科学院院士肥头大耳,带着两个博士生,在投影机前曾以一只光盘为例,说光盘本身的成本不足一元,录上信息以后就可能是一百元。女士们先生们,这就是一般劳动和知识劳动的价值区别,就是知识经济的意义啊。

我听出了他的言下之意:他的身价应比一个臭劳工昂贵上百倍乃至千万倍。

可在一斤粮食里,如何计算他说的知识?

在一尺棉布里,如何计算他说的知识?

把书写工具(光盘、纸、竹简等)等同一切物质财富,这个概念偷换也太过分了。他为什么不说说,书写工具也可能记录错误的知识?也可能记录不太错误但过于重复和平庸的知识?

问题不在于知识是否重要,而在于 1:99 的比价之说是出于何种心机。我差一点要冲着掌声质问:女士们先生们,你们准备吃光盘和穿光盘吗?你们把院士先生这个愚蠢的举例写进光盘,光盘就一定增值吗?

我当时没有提问,是被热烈的掌声惊呆了:我没想到鼓掌者都是自以为能赚来 99%的时代中坚。

一个科学幻想作品曾经预言:将来的人类都形如章鱼,一个过分发达的大脑以外,无用的肢体将退化成一些细弱的游须,只要能按按键盘就行。我暂不怀疑键盘能否直接生产出粮食和衣服,也暂不怀疑一个键盘在七十二行的实践之外能输写出多么高深的学问,但章鱼的形象至少让我鄙薄。一台形似章鱼的多管吸血机器更让我厌恶。这种念头使我立即买来了锄头和耙头,买来了草帽和胶鞋,选定了一块寂静荒坡,向想象中的满地庄稼走过去。阳光如此温暖,土地如此洁净,一口潮湿清冽的空气足以洗净我体内的每一颗细胞。从这一天起,我要劳动在从地图上看不见的这一个山谷里,要直接生产土豆、玉米、向日葵、冬瓜、南瓜、萝卜、白菜……我们要恢复手足的强壮和灵巧,恢复手心中的胼皮和面颊上的盐粉,恢复自己大口喘气浑身酸痛以及在阳光下目光迷离的能力。我们要亲手创造出植物、动物以及微生物,在生命之链最原初的地方接管我们的生活,收回自己这一辈子该出力时就出力的权利。

这决不意味着我蔑视智能,恰恰相反——这正是我充分运用智能后的开心一刻。

184

读　书

　　朱某是一工人，写过很多诗，但从不参加官方支持的工人写作组，只是把纸片拿给三两密友看看，看过就撕碎，觉得这就是诗歌的正常结局，是保证写作纯洁性的必需。他从无存稿，不允许朋友为之传播，所以我无法引用他的作品。我只记得他的诗句总是别出一格，让人惊悚和伤心、而且脑子里乱套，好几天里对任何生活细节都警惕兮兮，差不多是一只受惊老鼠。波德莱尔、艾略特、庞德……是他经常提到的名字，就像后来一些知名诗人那样。因此，我总觉得诗坛里还应有一个名字，但他最终当老板去了，遇到我时也不再谈诗，只谈股票的走势。

　　胡某也是一工人，有自己单独的书房，还经常向我偷偷提供"内部"书——这因为他父亲是官员，后来还进京出任要职。我在乡下时，他常常写来超重的信，用美学体系把我折磨得头大。休谟、康德、尼采、克罗齐、别林斯基、普列汉诺夫……天知道他读过多少书，因此无论你说一个什么观点，他几乎都可以立刻指出这个观点谁说在先，谁援引过，谁修正过，谁反对过，谁误解过，嘀嘀嘟嘟一大堆，发条开动了就必须走到头。因为他成为某电机学院的工农兵学员，我后来与他断了联系。他为什么要改学电机？他那些超重的美学怎么说丢下就丢下了？

　　那时，老一代知识分子因书惹祸，大多谨言慎行力求自保，倒是一些少不更事的青年可能读得率性和狂放，在社会底层藏龙卧虎兴风作浪。秦某也是这样的书虫。他长得很帅，是我哥朋友的朋友的朋友。一个未遂的地下组党计划，还曾在他们这个跨省的朋友圈里一度酝酿。有一次他坐火车从广州前来游学，我和哥去接站。他下车后对我们点点头，笑一笑，第一句话就是：

"维特根斯坦的前期和后期大不一样，那本书并不代表他成熟的思想……"这种见面语让我大吃一惊，云里雾里不知所措，但我哥熟门熟路立刻跟进，从维特根斯坦练起，再练到马赫、怀特海、莱布尼兹、测不准原理以及海森堡学派，直到两天后秦某匆匆坐火车回去上班。在这个哲学重灾区的两天里，我根本插不上嘴，只能做些端茶上饭的服务。他们也似乎从不觉得身边有人，只是额头对额头，互相插话和抢话，折腾出各自的浑身臭汗。我的未婚妻来过一趟，送来蔬菜和水果，秦某看都没看一眼。

老妈要我哥去打瓶酱油，其实是想让儿子歇歇嘴。没料到我哥出门，秦某也跟着出门，似乎不愿浪费一分一秒，不惜把哲学战争一路打向杂货店。

奇怪的是，这位哲学狂人后来金盆洗手而去，听说是结婚了，离开航运公司了，替朋友去澳洲打理生意去了，相关消息有三没四。就像前面说到的朱某和胡某，他一直未能在新时期知识界喷薄而出——其实他比我见过的某些教授要聪明十倍，完全有这种可能。他卖过血，他妹妹卖过血，以筹集他游学全国的经费，一切似乎都正是为了这一天。

作为我心目中一个个亲切背影，作为"文革"中勇敢而活跃的各路知识大侠，他们终究在历史上无影无踪，让我常感不平和遗憾。也许有生活难题捉弄了他们？有性格毛病羁绊了他们？也许他们清高得不屑于浮出地表，不屑于在名人圈里对牛弹琴？

事情还可能是这样：在一个没有因特网、电视机、国标舞、游戏卡、MP3、夜总会、麻将桌以及世界杯足球赛的时代，在全国人民着装一片灰蓝的单调与沉闷之中，读书如果不是改变现实的唯一曙光，至少也是很多人最好的逃避，最好的取暖处，最好的精神梦乡。生活之痛只有在读书与思维的醉态下才能缓解。何以解忧，唯有文章，是之谓也。因此，一个物质匮乏的社会，或者说一个危机四伏的社会，反而最可能产生精神渴求；而一个机会密集、利益汹涌以及享乐场所环伺的时代扑来之时，真理的镇痛效应和制幻效应是否会如期减退？醉汉们是否应该及时地清醒还俗？

那么，我应该为他们不再需要镇痛和制幻而欣慰吗？应该为他们在知识苦恋之外找到更多的兴趣、忙碌、实惠以及体面而庆幸吗？

　　或者我不应该为他们的失踪而欣慰？不应该为自己一具幸福皮囊下迅速繁殖的平庸而庆幸？

　　To be or not to be?（是还是不是？）

着 装

那时我不喜欢母亲捎来知青点的新衣。我憎恶它的新，还有它的色泽鲜亮，忍不住把它揉皱一些，有意给它抹一点灰土或者污渍，恨不能在上面再打上一两个补丁，把它做破做旧以后再穿出去，让我在农民中感到心安理得。

我在乡下小学当代课老师的时候，有一次觉得身上干净得太可耻，太资产阶级了，竟不敢直接从学校回家，因为路边正有很多人一身泥水地在抢收稻子。我一直等到天黑才贼一样地潜回去。

外形向下层贫民看齐，是那个时候的潮流，却是历史上的反常。历史上服装演变的动力大多是"高位模仿"，即外形贵族化而不是外形劳工化的模仿，正如英国动物学家莫里斯考证过的：十八世纪的英国乡绅们打猎时，常常穿着前短而后长的燕尾服，到了十九世纪中叶，这种猎装略加修改后就成了流行便装。自那以后，普通西装、茄克、超短裙、牛仔裤等等，都因为最先是上流人士用来从事射击、钓鱼、高尔夫、马球、滑冰、网球一类休闲活动，后来才在社会上流行开的(见《人类动物园》)。尽管人们后来穿上茄克时不再把自己看做一个赛马骑手，穿上超短裙时不再把自己看做一个网球运动员，穿上牛仔裤时也不再把自己看做一个拥有乡间牧场可供度假的富翁，但他们的服装兴趣都来自前人或他人的休闲——而那正是贵族的生活特征，是阔绰和闲适的标志。在这一过程中，原本属于放牧、种粮、打鱼等劳工者的装束(如牛仔裤)，因为出现在富翁们的假日里，有幸身价大涨和声名鹊起，最终进入了时装的堂皇橱窗，定为劳工者们始料不及。

美国经济学家韦伯龙写过《有闲阶级》一书，也说设计女服的目的常常不在于体现女性美，而在于"使女人行动不便和看似残废（hamperand disable）"：高跟鞋、拖地长裙、过分紧身的腰束都显示当事人是有闲阶级，永远不会受到工作的残害。这也是中国传统贵族自我形象设计的隐秘原则：长袍马褂，窄袄宽裙，甚至把指甲留得长长的，把脚裹得小小的，宜静不宜动，宜闲不宜忙，一看就是个不需要干活的体面人。即使实际上还没混出那种资格，即使实际上还需要偷偷地流臭汗，但至少在外形上给人一种有头有脸的气象，也可让人产生错觉，让人高看一眼。

眼下满世界似乎都是有闲阶级。我重访太平圩的时候，穿了一双特别适宜步行的浅口黄面子胶鞋，发现乡民们对此大为惊怪。这种旧式鞋在当地已近绝迹。倒不是这种鞋不再适用，他们大多还需要行走，还需要爬山和下地，并没有阔绰和闲适到哪里去。但这里的青年干部、青年商人、青年无业者大多西装革履，都像是从电视机里走出来的现代人，是日本、韩国、东南亚一类地方来的小侨商，你需要仔细观察，才可发现他们头发还较粗硬，耳后和颈后还有尘灰，因此不完全像侨商。这里的很多女仔则穿上了高跟鞋，或者一种底厚如砖的松糕鞋，大概是日本传来的式样。还有一种露跟女鞋，一穿上就像脚底抹了胶水，让女人摇摇晃晃步步小心，每一步都似怯于提脚，都得埋怨没有配套的地毯铺展到菜园里去，没有配套的汽车和电梯供她们驶向灶台或茅坑。我在这里发现，乡村首先在服装上现代化了，在服装、建筑等一切目光可及的地方现代化了，而不是化在避眼的抽屉里、蚊帐后以及偏房后屋中。他们在那些地方仍然很穷，仍然暗藏着穷困生活中所必需的粪桶、扁担、锄头、草绳以及半袋饲料什么的。

穿上现代化的衣装以后，他们对我的落伍行为大为困惑。听说我愿意吃本地米，有人便大惊："这种米如何咽得下口？我买了二十斤硬是吃不完！"听说我的小狗吃米饭，有人也大惊，说他家那只小洋犬只吃鸡蛋拌白糖，吃肉都十分勉强，对不入流品的米饭更是嗅都不嗅。在这个时候，如果你要想从他们嘴里知道他们的父辈如何种粮、如何养猪、如何榨油、如何烘茶、如何砍柴从而使他们能穿上时装，你肯定一无所获。他们即便略有所知，也要扮出一无所知的模样，不愿意说道那些与时装格格不入的陈谷子烂芝麻。

《礼记》称："君子服其服，则文以君子之容；有其容，则文以君子之辞；遂其辞，则文以君子之德……"看来，服装有时候确实是可以管住容貌（容）和言谈（辞）的，有时候甚至能够管住心性（德）的。当新一代乡亲们都穿戴如小侨商的时候，我再想与他们谈谈山上几百亩油茶是如何荒废的原因，看来是有些困难了。我只好满足他们的要求，谈谈城里的歌舞厅、贷款消费、特大凶杀案以及股票商的巨额收入，让他们听到两眼圆睁啧啧惊叹。这就是说，我只能听任时装没收我的话题。

墨 学

《墨子》是多人参与的著述集，其主要作者墨子可能是一个长期下放劳动的人，有黑色如墨的脸最能让人记住，于是得了"墨子"这个古怪绰号。钱穆先生解释这个姓名时，曾经猜想墨子受过墨刑，是一个刺面涂色的罪犯，当然不失为一种有启发性的假定。但罪犯成为一个学派宗师，其过程缺乏实证根据。而且黑脸不独墨刑犯人们专有，只要顶着烈日在地里干几天活，"墨"色之"子"的形象便一举定位。钱穆若当上几年知青，就还可能有另外的猜度。

墨子在文章中最喜欢用生产活动来打比方，比如制陶、造车、筑墙等等，实干家和工程师的模样跃然纸上，与他的一张黑脸很般配，与孔子和孟子当时的"白领"中等阶级生活背景则大有差别。他干过的活其实几千年以后还被我们干着，比如窑棚里的陶轮曾经在我的身上溅出泥点，至今还被乡下农民叫做"运钧"，就是墨子多次用过的词，让我在多年以后读墨子"运钧之下而立朝夕"时还能读出泥浆气味，读出乡下的方言腔调。

墨子及其追随者们大概同我们知青一样，也活得十分马虎，粗布衣上加一根束腰的绳索（"衣褐带索"），肚皮上没有肥肉（"腓无胈"），腿杆上没有汗毛（"胫无毛"），而且从头到脚都有伤痕累累（"摩顶放踵"）。他们不是经常到山上砍柴或者到田里打禾，如何会有这般尊容？

墨汉子出入于这些充满着汗臭的地方，居然写出了很多兵书和工书，总结出力学、光学、几何学的知识一套又一套，对名实、异同、坚白等问题的逻辑辨析也成了一时绝响，为后世名家之源头，同时代的人无可企及，实是一大异数。而且他是一个典型的革命党，不仅以"官无常贵民无终贱"一说反对等级制,还对表达这种等级制的周代礼乐给予激烈抨击。"乐"是当时文明的主要载体之一,他主张《非乐》;"葬"是当时文明传播的主要机会之一,他力倡《节葬》。他认为"乐"和"葬"都是一种令人心痛的浪费奢侈,多少有点乡下农民能省则省的口吻,被反对者讥为"役夫之道",在所难免。如果我们读了一点外国史,便知天下役夫是一家。几千年后法国大革命中冒出来的"短裤党",还有乘着帆船最先抵达北美洲的白人移民,也是一些下层贫民,同样主张"劳动高于艺术",并且对音乐、雕塑等奢侈物充满仇恨,几乎是贯彻"凡善不美"的墨家之论,可算是外国的一群"墨"汉子。

役夫们明于天理良心,却往往拙于治道与治术。墨子只算经济账,似乎不知道周代礼乐并非完全无谓的奢侈,多是凝结和辐射着文明的重要符号,是当时无言的政治、法律与伦理。比墨子稍后一点的荀子说过,节俭固然是重要的,但没有礼乐就"尊卑无别",没有尊卑之别就没有最基本的管理手段,天下岂不乱? 天下何能治? 在荀子看来,墨子的非乐将使"天下乱",墨子的节用将使"天下贫",完全是一种只知实用不懂文明教化("蔽于用不知文")的糊涂观念。荀子希望人们明白,仪礼就是权威,有权威才可施赏罚,在仪礼上浪费一点钱固然可惜,取消仪礼而产生的混乱则更为可怕,也意味着更大的浪费。"不美不饰之不足以一民也,不富不厚之不足以管下也,不威不强之不足以禁暴胜悍也。"(见《富国篇》)荀子为当时一切奢华铺张的仪式提供了最为直截了当的政治解释,揭示了"撞大钟、击鸣鼓、吹笙竽、弹琴瑟"等一切造象活动的教化功能。

拉开历史的距离来看,荀子强调着平等误国,强调苦行祸国,其精英现实主义和贵族现实主义,似乎多了一些官僚味,相比之下,不如墨子的役夫理想来得温暖;但荀子比墨子更清楚地看到了以象明意的玄机,如实解析了仪礼——权威——赏罚——国家统治这个由象到意的具体转换过程,多了几分政治家的智慧。

墨家与儒家的争议很快结束。墨家从此不再进入中国知识的主流,一去就是沉寂数千年。墨子的人品和才华绝不在同时代人之下,其失败也不在于他的平民立场。也许可以这样说,墨子失败于统治却没有失败于反抗,因此数千年里所有革命都一再不同程度上复活着墨子的幽灵，复活着他对礼乐的疑虑和憎恶，包括烧宫殿毁庙宇一类运动几乎成了中国的定期震荡，"破旧立新"的造反总是指向上流社会的华美奢豪，一再成为社会大手术时对各种贵族符号的清洗和消毒。革命者们甚至一再复活着他两腿无毛加上一根绳子束布衣的朴素形象，乃至"赤脚书记"、"赤脚医生"、"赤脚教师"在现代中国也一度是革命道德的造型，既表现在焦裕禄一类红色官员的身上，也表现在同时代的工人、农民和知识分子身上。毛泽东"役夫"之习难改，一条毛巾既洗脸又洗脚，一件睡袍补了百多个补丁，对不实用的所谓审美如果不是反感，至少也常有轻视，包括多次指示北京中南海里不要栽花而要种菜。墨子遗风就这样一次次重现于现代的理想追求之中。

但墨子失败于他对声色符号的迟钝麻木，全然不知"影响"之道和"影响"之术，对等级制的文明既无批判的深度，又无可行的替代方案，只能流于一般的勇敢攻击。他是一位杰出的工程师，能够造陶、造车、造房等等，但他就是不擅制造文明之象，不能或者是不愿制作出生活的形式美，"生不歌(非乐)而死不服(节葬)"，日子显得过于清苦枯寂，很难让多数民众持久地追随效仿。他是一个象符的弱视症者，代表着中国政治史上最早的感觉自绝。或者说，他的平均主义、苦行主义以及实用主义可能适用于夏代的共产部落，适用于清苦的半原始社会，却不适用于生产力逐渐发展的周代封建国家，阻碍着财富资源的集中运用，阻碍着社会阶层的分化和统治权威的确立，甚至违拗大众内心中不可实现但永难消失的贵族梦——这当然也是文明发育的另一个重要动力。

因此，他确如荀子所称，具有"反天下之心"，只可能骤兴骤亡，其理想最容易被大众所欢呼也最容易被大众所抛弃。

这也是后来很多革命家的悲剧命运。

怀 旧

我参加了知青们的集体返乡活动。全公社八个大队一共近两百知青，居然串通集合了百多人，算是空前规模。

同学们也都老了，脸上多了皱纹，多了暗淡，还带来了一些尾巴似的小把戏，对他们在人群中的疯跑不时厉声训责，对他们拉屎拉尿不时指导，于是重逢时的亲热话总是被搅得七零八落，有一句没一句的——像一曲音乐总是在一台破烂唱机那里跳针，一次次从头开始，没法往下唱。

乡政府主持的欢迎大会上，几个当年女知青还被推上台去跳"忠字舞"、《社员喜晒粮》和《社员都是向阳花》一类。妈妈们青春重现，挽起袖子，一招一式还有当年的套路，跳蒙古舞还能下腿劈叉，看样子还没有患上膑骨软化症和坐骨神经痛。只是不像跳舞而有点像"滚舞"——岁月沉淀成脂肪，成堆成堆地在台上呼隆隆滚动，让我有点暗暗的心惊和惆怅。

大家在笑声中走入山林田野，在这里或者那里照相，在这里或者那里寻找自己的痕迹，比如一块坐过的石头，或者一棵栽下的油茶树。最后，乡干部和农民代表敲锣打鼓大放鞭炮，把我们迎入饭堂，十几桌酒肉喂饱我们，每个随行的小孩还得了个两块钱的小红包。大家的亲密情感油然而生，于是唱起了当年的歌：

> 听吧战斗号角发出警报
> 穿上军装拿起武器
> 共青团员们集合起来
> 踏上征程万众一心保卫国家

我们告别了亲爱的妈妈

请你吻别你的儿子吧

再见吧妈妈，别难过，莫悲伤

祝福我们一路平安吧

祝福我们一路平安吧……

泪眼在歌声中闪烁，闪烁得似乎有些夸张。

怀旧从来就是一种情感夸张，滤去了往事的痛感，让开荒的视像浮现但不再有开荒的痛感，让砍柴的视像浮现但不再有砍柴的痛感，哪怕一次饥饿也不过是眼下谈论的事件，成了一些语言，不再能使当事人冷汗大冒和腹空难忍，于是变得无关紧要。饥饿甚至也能焕发出传奇和凄婉动人的光彩，让不再饥饿的人心醉神迷——这正是怀旧的奥秘。

怀旧常常是对尊严的追认，让一棵老树，一间老屋，一场风雨或者一次饥饿，在记忆中酿出浪漫和豪迈，成为怀旧者挂满胸膛的勋章。一个无旧可怀的人，只能是虚度年华不堪回首的人，历史可疑劣迹斑斑的人，肯定一钱不值。谁愿意充当这种角色呢？知青们眼下的社会地位已经很脆弱，下岗的下岗，传销的传销，红卫兵的可耻经历只能闪烁其词，老中学生的学历甚至连自己的子女也瞧不上眼，一个舶来的新术语就可以噎得你茫然不解地直瞪眼。在这种情况下，怀旧不失为一种自我价值确认的需要，不失为一次狠狠挣回面子的机会，一次可以大说特说牛皮轰轰从而引人注目的机会。即便只能说说苦难，问题是，苦难这东西你有吗？就像一双耐克牌旅游鞋你有吗？

有了苦难，就至少还没有输光。

怀旧还可以是一次精神化装舞会，无论如何虚饰和短暂，也是让怀旧者客串一下高尚的角色，实现道德感的临时晋升。我看到同学们正在捐款，纷纷抽出钞票，塞到一顶草帽里，准备捐给这个乡的两个受灾村，还有一部分将捐给一个至今仍在乡下的老同学，据说他已经形如老农。我知道我们并不会从此就成为慈善家，我们中间很多人还可能为一次牌桌上的欠款而发火，或者在传销中用花言巧语把老同学引入骗局，甚至像有些人那样几乎成为市场经济中的一团毒药。但我还是为捐款而感动,希望永远留在这种感动之中。我也知道,我们刚刚大唱《共青团员之歌》《三套车》《我们走在大路上》《我们都是来自五湖四海》《蓝色的多瑙河》等等,只是出于一时的感情冲动,并不意味着我们从此就成为义士,随时愿意为人民利益和民族尊严而慷慨献身,相反,我们的大多数仍然会市民气依旧,有时甚至会偷偷羡慕那些国库盗窃者,会嘱咐孩子如何在公益事务面前能躲则躲,或者把人妖当英雄从而加入愚不可及的赞叹和羡慕……但我还是为我们刚才的歌唱而感动,希望永远留在这种感动之中。我知道,我没有资格谈高尚,没有多少高尚的朋友,我错过了一个个想象中高尚的时代,错过了一个个想象中高尚的群体,但我于心不甘,希望能抓住任何一丝高尚的痕迹,那是我挣扎出水面的大口呼吸。于是,我们大家的感情冲动是我意外的中彩,让我大喜过望,其过望的程度不亚于看到流氓有了一时的正义,酷吏有了一时的仁慈,娼妓有了一时的贞操节烈和爱国主义忠诚。我寻求一种即便转瞬即逝但我愿意永远牢记的东西,即便虚幻莫测但我也决心笃信不疑的东西。我不会要求太多,不敢要求太多。因为我是一个非常容易打发的乞丐。哪怕是黑夜里一颗流星也是永远的太阳,足以让我热泪奔涌。

我永远欠下了你们一笔。

开始公布每个人当年的暗恋对象吧,开始交流再婚或者二胎的经验吧,开始最新的黄段子评比吧,开始……同学们的话题越来越邪了,笑得十分色情。他们不知道我躲在人群的角落,仍然紧紧抓住自己的感动,对他们深深地感激。

我提起茶壶给他们的茶碗里加水。

故 土

"民族"这个词使用得最多的今天，实际上是它的词义日渐空虚之时。美国就很难说是一个民族。它包括唐人街、韩国城、小东京、犹太区、意大利街、墨西哥街等等。操西班牙语的果农、操挪威语的麦农、祖籍在波兰的矿工、哈勒姆区的黑人老太，还有印第安保留区载歌载舞的男女……这全都是美国，也几乎是世界。

国界的意义也越来越引人生疑。前苏联的核电站事故，污染了境外好几个国家。日本的酸雨，则可能来自中国和东南亚。废毒气体对地球臭氧层的侵蚀，受害者将不是哪一个国家或哪几个国家，而是整个星球。

事情不仅仅如此，在今天，任何一个单独的民族，也无法解决信息电子化、跨国公司、国际毒品贸易等难题。正在延伸的航线和高速公路，网捕着任何一片僻地和宁静，把人们一批又一批抛上旅途，进入移民的身份和心理，进入文化的交融杂汇。世界越来越小，电视机使我们都成了世界的前排观众，时时直面地球的每一个角落。

在这种情况下，如果你不把这个世界当做一按键钮就挥之即去的东西，不过是在几十个频道间跳来跳去的东西，你就完全应当采用比"民族"更为宽广的视角。民族是昨天的长长留影。它特定的地貌，特定的面容、着装以及歌谣，一幅幅诗意图景正在远去和模糊。不管我们愿不愿意，现代移民们已经不再有旧时的山长水远，不再有牵动愁肠的驿路遥遥。电话和飞机正在使故土和故人随时可至，就像附近某个加油站或杂货店，无法积累和强化游子的激情。长别离既已不长，长相忆也就无所可忆。更重要的是，当工业文明覆盖全球，故乡与祖国便在我们身后悄悄变质。不管在什么地方，到处都在建水泥楼，到处都在跳恰恰舞，到处都在喝可口可乐，到处都在推销着日本或美国的汽车。照这样下去，所有的地貌模仿出同一的景观，你思念的故乡与别人的故乡差不多没有两样；你忠诚的祖国与别人的祖国也差不多没有两样。那么这种思念和忠诚还有多少意义？还如何着落？

近些年来，我每一次回到湖南老家，都加深了这样的感觉，不免有一些怅然。哪怕是在一个偏僻的山寨，我听到立体音响里轰轰扑来的，不是记忆中的唢呐和山歌，而是我在海南、在香港、在美洲和欧洲都听到的电子流行音乐。这样的故乡，我的后代还能不能把它与其他旅游地给予区别？还能不能在其中寄寓特有的情感？

民族感已经在大量失去它的形象性，它的美学依据。

根系昨天的，似乎唯有语言。是一种倔头倔脑的火辣辣方言，突然击中你的某一块记忆，使你禁不住在人流中回过头来，把陌生的说话者寻找。

语言是如此的奇怪，保持着区位的恒定。有时候一个县，一个乡，特殊的方言在其他语言的团团包围之中，不管历经多少世纪，不管经历多少混血、教化、经济开发的冲击，仍然不会溃散和动摇。这真是神秘。当一切都行将被汹涌的主流文明无情地整容，当一切地貌、器具、习俗、制度、观念对现代化的抗拒都力不从心，唯有语言可以从历史的深处延伸而来，成为民族最后的指纹，最后的遗产。

民族似乎仅仅成了这样一种东西：可以被装入录音带，带上它，任何人都永远不会离乡背井。

地球并不算太大，是人类共同的家园。一个人走出县，走出省，当然也可走出国，可以爱其他的国家。正像我们不可想象黑人都留在非洲，白人都守住欧洲。我在国外的一些朋友,常常并不比国内的朋友离我更远——无论是地理的距离还是心理的距离,那么也就无须大惊小怪。

区别其实只有那么一点:你是否还有同情和热爱——在热爱远方的土地之前,你是否热爱脚下的土地?我们从脚下的土地开始了一切。我不得不一次次回望身后,一次次从陌生中寻找熟悉,让遥远的山脊在我的目光中放大成无限往事。人可以另外选择居地,但没法重新选择生命之源,即便这里有许多你无法忍受的东西,即便这块土地曾经被太多人口和太多灾难压榨得疲惫不堪气喘吁吁,如同一张磨损日久的黑白照片。你没法重新选择父辈,他们的脸上隐藏着你的容貌,身上散发出你熟悉的气息,就埋葬在这张黑白照片里。你没法重新选择童年或少年,一只口哨,一个铁环,一个打兔草的竹篮,或者一盏雨夜里瓜棚的孤灯,都先后遗失在这张黑白照片里——也许更重要的是,这里到处隐伏和流动着你的母语,你的心灵之血,如果你曾经用这种语言说过最动情的心事,最欢乐和最辛酸的体验,最聪明和最荒唐的见解,你就再也不可能与它分离。

这样的人,也是远方黑压压的那些你陌生的人。

伤 痕

　　"文革"中每逢重大节日或大忙季节之前,乡下都有批斗阶级敌人的大会。但我们的生产队长汉寅爹并不擅长斗争,虽然也能拍桌子瞪眼睛,但说不出什么道道。挨斗的若是老人,若是满头大汗两腿哆嗦,他还会递上一把椅子过去让对方坐下。"你这个贼肏的,要你坐你就坐,站得这样高想吓哪一个?"

　　他横着眼睛呵斥。

　　这张椅子给我留下了深刻印象。我发现不仅仅是老队长,大多数农民也都软心肠。我认识一位月桂嫂,地地道道的贫农,每次碰到这样的批斗会都要躲在家里,远远地听着口号声,倚着门框哀哀地叹气,眼眶红红的,说那些挨斗的人可怜啊可怜。她慌慌跑入房中去擦拭眼泪的身影,曾让我心头一震。我认识的武妹子,也是地地道道的贫农,但一直把同村的一位地主称为"五叔",在阶级斗争最火热的时候也不改口,不改变见五叔必恭敬问安的晚辈礼节。看见她在路上急匆匆前去接过五叔的挑子,说什么也要帮对方挑回家去的身影,我也有过暗暗的诧异。他们被领袖誉为"革命的先锋",似乎并没有革命的一股狠劲。

　　相反,倒是没有亲历剥削的某些人,包括某些学生出身的青年干部,常常在阶级斗争中下手最狠。知青是外来人,无人情负担,也能成为这种场合的活跃分子。有一位知青在回忆录里说过:

　　知青可以把文件读得清楚、明白,可以把口号喊得响亮、整齐。他们在批斗会上的发言更是让村民们大开眼界。尽管他们在农村生活的时间还不长,但他们迅速接受的时髦理论,使他们自以为对农村阶级斗争的复杂性、残酷性、你死我活性，比农民了解得更清楚。他们可以引经据典，说明地主富农们人还在，心不死；可以莫须有地从芝麻里挖出西瓜，把他们的祸心说得骇人听闻；可以煞有介事地警告农民，如果不狠抓阶级斗争，你们就要再吃二遍苦，再受二茬罪，甚至人头落地！他们用充满愤怒和仇恨的目光，金刚怒目式的表情，慷慨激昂的语调，向农民宣讲革命概念、革命逻辑、革命推理，示范革命语气、革命表情、革命姿态以及革命胸襟。

——程亚林文，载湖南文艺出版社1998《他们一起走过》

　　这位回忆者没有说到更残酷的场景：有的知青可以把一个地主踢得胸脯咚咚响，可以用皮带把一个国民党的警长打得满面血流。

　　显然，把一个老人的胸脯踢得咚咚响，已经不是游戏时的疯野（一点也不好玩），不是争斗时的愤怒（对方从不还手也不曾施加侵害），而是一种心理阴暗的残忍，其根据必定来自书本，来自一个关于敌人的定义。残忍是心硬如铁，是一种超感觉和无感觉的意志，因此亲身体验过阶级现实的人倒不一定残忍。他们亲历贫富差别以及利益冲突，有过不满甚至怨恨，但与具体的对立阶级朝夕相处，就是与具体的人朝夕相处。对方始终是活生生的血肉之躯，有衣食之态，有苦乐之容，有长幼之貌，不仅仅是一个语言符号。当局外人咚咚猛踢这些可恶符号的时候，他们可能有感同身受的一丝战栗油然而生，可能会给这一个与己同形的生命体递上一张椅子。

　　并不是说农村就没有残忍。D县和Y县在一九六七年都先后发生过大屠杀风潮。这一恐怖血案，后来成为一些作家、记者以及学者的话题。他们以此控诉"文革"中的兽性发作，也叹息中国农民的愚昧和残忍。其实，如果仔细听听很多当事人和知情人的讲述，再悉心查阅后来的有关调查材料，便可知道更重要的真相仍待进一步揭示。我是在采访时就听到一些其他情况的。比如D县的杀人，主要是县城里两大造反组织所推动：他们处于严重的对立之中，都害怕被对立面指责为阶级斗争不力，便开始竞相杀人以示革命彻底，使一批批无辜者成了派别斗争的牺牲品。但这两个组织的头头刚好都不是农民，是熟悉阶级斗争理论的一些教师和机关干部。

更重要的是,关于阶级的解释,关于阶级的极端化解释,源于一系列语言符号的复杂操作和反复灌输,恰好是一些知识精英所为。反思如果真正深入下去,我们就无法回避理论的血迹,语言的血迹:杀人者是如何在一种语言制幻术下麻木了正常情感,割一人头竟像删一符号全然若无其事。这是所谓"兽性发作"吗?当然不是。动物之间永远不会有这种大屠杀,永远不会有大批尸体顺流而下以致堵塞水闸的一天。只要吃饱了,不说猪狗牛羊,就是豺狼虎豹,也大多没有攻击倾向,更不会攻击同类。这是"蒙昧无知"的结果?当然也不是。原始人之间不会有这种大屠杀,人类学家们对非洲、南太平洋群岛等地所有现代原始残存部落的调查,可以证明除非遇到严重的生存危机,他们并不会制造战争——夺地掠粮的互相残杀当然是有的,但有组织的和大规模的群类灭绝可说是闻所未闻。

恰恰相反,只有知书明理的一些文明人,才有了一种全新的能耐,用宗教的、民族的、阶级的、文明的种种理论生产,把一群群同类变成非生命的概念靶标,于是出现了十字军征讨异教和印度分治时两教相残的屠杀,出现了德国纳粹铲除犹太人及其他异族的屠杀,出现了殖民者在美洲、非洲、亚洲扫荡所谓野蛮人的屠杀,出现了苏联大肃反和中国"文革"中纯洁阶级队伍的屠杀……这些屠杀师出有名,死者数以万计乃至百万计,以至民间社会中的世俗暴力在历史论述里差不多可以忽略不计。

当被杀者成为一批批可以从容删去的符号时,杀人才可能变成一项无动于衷的作业,不会有任何道德的负罪感。

我们受益于阶级理论的创造,一如曾经受益于有关宗教、民族、文明的种种理论创造,如果没有这些创造,这颗星球至今只能是一片荒蛮和黑暗。但我们有什么理由把这些语言体系的繁殖仅仅当做救世福音?正是在这些繁殖之下,小恶减少了,大恶却悄悄地临近,与各种社会进步成果形影相随。章太炎在《俱分进化论》中指出:"昔时之善恶为小,而今之善恶为大。"不失为一种清醒的洞察。

这一切是人的故事而不是动物的故事,是文明人的故事而不是原始人的故事。与其说大屠杀是兽性发作,不如说是人性发作;与其说是人性发作,不如说是理性发作,是理性的严重偏执和失控。可惜的是,在回顾历史的时候,包括我在内的很多文化人用电影、小说、报告文学、回忆录乃至政策文件,刚好把这个历史颠倒了。

　　一九七八年以后的中国大多数"伤痕文学",将大屠杀这一些人性现象无端推卸给兽性,将文明的罪恶无端栽赃于本能、欲望、潜意识等生理自然——这样做当然省事,拍拍手就万事大吉。我们在一系列作品里流于人云亦云地清算悲剧,同时人云亦云地曲解悲剧,实际上为下一次悲剧的到来预留了入口。我们在悲剧过后忙于指责他人,似乎自己都是满肚子苦水的受害者,是咬着牙关和满脸悲容的真理守护者,唯低学历的大老粗以及其他群氓才是大悲剧的社会基础。我们踏上红地毯的时候,举起庆功酒的时候,宣布一个明媚春天正在到来,似乎人们只要用文明反对野蛮,用知识反对蒙昧,用现代反对传统,用高学历反对低学历,就能永远告别苦难——没有人能对这结论表示异议。即使是那些已经被我们暗中指定涉嫌野蛮和蒙昧的人群,也都相信传媒上的英明真理。

　　我在六年乡村生活后走进了大学校园,从此有了很多大学校友,参加过很多校友联谊活动,分享着一种社会中坚的自豪。说实话,我在这些活动中不大自在。有些热心人一再编印和修订校友花名册或者通讯录,上面一个个官职和学位赫然在目,传真号与手机号的有无多少也是微妙暗示。没有这些标识的一些校友姓名,显得有些孤单,有些落寞,似乎人生虚度,毕业后这么多年还是生活一片空白,穷酸得连个电话也没有。联谊活动也常常设有会场,坐到主席台的自然是一些所谓成功者,做了官的,发了财的,出了名的,给母校或联谊活动提供过赞助的,给母校或联谊活动将来可能办点大事的,反正都不是等闲之辈,其意气飞扬和高声大气,也暗示着这个位置非他们莫属。这里与其说是校友联谊,毋宁说恰是平等校友关系的取消,是三六九等地一次次重排座次。排在最低等级的,当然是那些最忠实履行了校训的校友,比如仍在教学岗位上的师范生,仍在工厂里忙碌着的工科生,仍在农田里奔波着的农科生。他们在这种场合黯然失色,无足轻重,有点灰溜溜的感觉。他们似乎也很知趣,如果没有缺席,就坐在听众中最边缘和最靠后的位置,尽可能从你的视野里消失。

一位哲学教授在台上大谈德国,就像他平时每次发言时都以重音强调"我在德国的时候"。他宣称自己是"搞西(方)哲(学)的",正像有些学者宣称自己是搞康德的、搞尼采的、搞福柯的、搞存在主义的,俨然形成了一个学界的搞委会,搞就是目的,搞洋人就是目的,没打算惠及什么非洋人的俗事。

他在大家的掌声和恭维之下,更添身不逢时和怀才不遇之感,痛恨社会上太不重视知识了,太不重视知识分子了,你们真是无法想象啊,像我这样的人居然也……哎,不说了,不说了,还是说德国吧。

校友们见他摇头叹气,不知他受了什么迫害,一再要求他把话说完。他耷拉着一头长发镇定了片刻,强压心头冤屈,才愤愤说出事情的经过:昨天他走在路上,一个学校的行政干部居然不认识他,把他当成了电工,派他去厕所检修电路。其实他天生肤色较黑,加上这几天装修自家住房,衣着有点普通,如此而已。

"他怎么把我当成了电工呢?怎么可以把我当做电工呢?"他震怒得眼光发直,"那个家伙不学无术之辈,不就是吃政治饭的吗?不就是"文革"极左的那一套吗?竟然把我当电工使唤?是不是还要我去淘大粪?"

几个校友觉得问题确实严重。

"你们看看,这就是哲学在中国的地位,就是中国知识分子的地位啊!我昨天一个晚上没有睡着,怎么也想不明白,怎么干了这么多年还是个电工?怎么一说'哲学'人家就听成了'厕所'?只有两个字:震惊!震惊!这样的震惊我很久没有过了。"

我倒是真的震惊了,被他的震惊给震惊了。我不是一个电工但已不寒而栗,假如我连电工也当不上,是一个连下顿饭都不知在哪里的倒霉蛋,还能指望与这样的哲学套上什么近乎?当他的哲学不能从现实生活中获得依据,不能从电工、木工、泥工、农工、牧工及其他人的生活中汲取血质,那么谁能保证他的一大堆术语绕口令不会再次构成人间的歧视和压迫?

等　级

　　《唐书·地理志》称："凡一渠之开,一堰之立,无不记之。"这当然是农业时代的地图。你可以想象那时候的地图编绘者,大多时候只能以舟船代步,因此凡河流总是记录周详;最关心水源与灌溉,因此渠堰塘坝决不遗漏,田地与山林的标记也力求准确。

　　同样的道理,你可以想象工业时代的地图编绘者,是一批西服革履的新派人物,出行有机器相助,于是行舟的河道让位于火车和汽车的交通线;最关心矿藏与冶炼,于是矿区与厂区的位置在地图上星罗棋布地冒出,沿海的贸易港口也必然醒目。至于渠堰塘坝,如果不宜完全删除,也只能在视野里渐渐隐没。十九世纪由外国商人绘制的一批中国地图,就是这样的状貌。

　　你还可以想象西方殖民地图的编绘者,是一些挎着单发手枪和喝着葡萄酒的将军,在轰隆隆的一阵炮击后踏上了新的土地,既不懂当地的农业也不太在意当地的矿业,没有什么工夫去考察或者测量,更没有必要去顾及河势、山形以及族群分布对于划界管理的意义,于是新的地图在庆典或谈判中产生,在占领者的鹅毛笔和三角板下产生,一顿饭的工夫就可以把世界重新安排——很简单的事情嘛。美洲与非洲的很多国界就是他们的杰作,一条条生硬的直线,沿纬线或经线划定,透出下笔者当年的仓促和漫不经心,透出欧洲将军们简洁明快的风格。

　　文明还在演变。对于眼下的有些人来说,农业的、工业的以及军事占领者的地图都不重要了。一个消费的时代正在到来,旅游图与购物图成为了他们更常用的出行指南。这些地图在车站、机场、宾馆、大商场、旅游点一类地方出售,附录于图的,多是高档消费场所的广告,多是出售珠宝、首饰、古董、高尔夫、自然风光、名牌时装、别墅、美食甚至色情的地方。这些场所也总是色彩鲜明地标记在地图上，象形或示意的彩色图标，在地图上跃然而出，神气十足地遮盖了一个街区或者半个城镇，使其他社会机构黯然失色，连堂堂政府所在地也相形见绌。谁都看得出来，这些地图是为什么人准备的，是为这些人的什么准备的。任何人都能够在这些地图面前意识到，世界已经和正在发生深刻变化。在好多国家或地区，农业和工业都不再是经济活动的主体，某些暴利行业恰恰以远离自然物质为普遍特征，所需原材料微乎其微，赚钱常常只靠一个人脑和一台电脑，写字楼几乎就是生财的最大印钞厂。人们还需要那些过时的地图吗？

　　高速公路和喷气客机的出现，改变了时间与空间的原有关系。时间而不是空间成为距离更重要的内涵——这需要一种更新的地图。老地图以比例尺和长度实测为基准，作为马车夫和帆航水手时代的产物，只能描述一个刻板和同质的三维世界，对于今天的很多旅行者来说，不再有什么意义。长与短，让位于慢与快。根据交通工具的不同，从上海到郊县的渔村，可能比从上海到香港更慢。从北京到洛杉矶，可能比从北京到大兴安岭林区的某个乡镇更快。随着时间因素的引入，随着金钱兑换时间成为可能，随着高速公路和喷气客机航线的延展，一种四维地理学几乎呼之欲出：在这种新地理学里，各大经济核心地区之间实际上有了更紧密和更近切的联系，核心地区和附近边缘地区之间的距离反而遥远——我们不妨把这种距离称为"时间性空间"。一个香港富商搭"波音的"，把波音飞机当做随手招停的街头的士，在纽约、伦敦、法兰克福、上海、北京、台北、东京、新加坡之间来回如梭，感觉就是推开篱笆门在村子里串一串门。他若想跳出这个现代化交通网络，试着到本土的渔村或林区走上一遭，倒会有关山无限前路茫茫的为难——他可能会圆睁双眼：哇，拜托啦，那么远的地方怎么去？

　　隐形地图的多样化，是生活方式多样化的空间曲变，暗示各种生活模式相对封闭和分隔的趋向。不难想象，在高效率的交通工具产生以前，人们即便有穷富的差异，大体上还生活在统一的地图里，生活在共有的空间之中。只要出行，坐轿或挑担都依循共同的速度和路线，有共同的生活形态逼近眼前,视觉、听觉、嗅觉、味觉以及触觉很难被自己的社会地位完全封闭。所谓"朱门酒肉臭,路有冻死骨"(杜甫语),所谓"织者何人衣者谁,越溪寒女汉宫姬"(白居易语),所谓"农夫心内如汤煮,公子王孙把扇摇"(施耐庵语),都是在近切的具象对比中展现。俄国作家托尔斯泰走出朱门,不难目睹农民的饥寒。印度作家泰戈尔走出朱门,不难耳闻乞丐的呻吟。中国作家鲁迅家境衰败,当然更容易与保姆、长工、农家孩子、人力车夫、穷困教书匠一类下等人打成一片,在字里行间留下挥之不去的沉重。这种贫富交杂的日常图景,无时不在震击人的情感,是一部分贵族内心不安的信息之源,是当时整个知识界涌动人道主义和公共关怀的感觉之基。那一代精英人物也许无能越过海洋,但有幸把周围的人生看得更多,看得更真。

他们一出门,就闯入了"我在众生"的视界,只要有基本的感觉力,就不难获得"众生在我"的襟怀。

设想他们生活在现在,设想他们仍是贵族或准贵族,设想他们还享受着商业版税、股票收益以及顾问、委员一类身份的薪酬,那么即便没有入住纽约的长岛、洛杉矶的比弗利山或者长滩、西雅图的华盛顿湖、日本的东京湾、悉尼的玫瑰湾、香港的浅水湾、上海的紫园……至少也可以入住某个"高尚小区"的寓所。他们的宅前不会有路边邮箱,邮递员是要把邮件直接送进家的。他们的宅前有步行小径,显示出主人有足够的闲暇和安适。他们的窗外不会有任何闲人和闲车,保安机构会确保这里一天二十四小时的宁静。他们会拥有姹紫嫣红的花园,幽深浓密的古树,纯净明丽的海湾,清新宜人的空气,甚至有黄昏时散散步的山间小道,还会得到周到殷勤然而不露痕迹的社区服务,唯独少了一件东西:穷人为邻。并非他们不愿意这样,是现代住宅建设体制不容许这样。与往日的情况迥然不同,现代社会的土地已经商品化,纳入周密规划,宅地成片开发,巨资投入之处,地价成倍飙升,环境优雅一些的地段更是售出天价,一个平方米价值万元乃至数万元之上,一般购买者何以问津? 怎可进入? 这种小区周围的学校、医院、商店、俱乐部等服务设施也受制于地价,或者锁定了消费群,组成了统一的高价联盟,共同抬高了居民移入的门槛。因此,一般小人物根本用不着保安人员的驱赶,早就远远地退到那些富人们推窗时的视野之外。

等级之差正在化为地域之别，一个人用不着太多介绍，只要说出自己住在哪里，旁人就可以明白此人的社会地位，这是现代社会里普遍的新现象，体现了农业文明、工业文明以后一种新型社会所要求的空间再分配。在这个多层等级结构的顶端，富人们当然还可以走出宅区。但他们如果打算像前人那样走路或者骑脚踏车，将遇到无穷的烦恼和困难。高速公路之网正在截断很多原有的人行道，道路封闭化使徒步横越有上天之难，洛杉矶的很多居民早就有无路可走的愤怒。在美国的很多地方，自行车爱好者经过多次游行示威，也只争得了公路边一掌来宽的脚踏车专用道，只能在这条平面窄轨上骑一骑，忍看汽车刷刷刷地擦身而过，一个个肉跳心惊。在这种情况下，对社会握有强大影响力的富人其实没有太多的出行自由，家门早已被暗暗张开大嘴的汽车设伏。他们提着保密箱以及真皮挂衣袋，是一群现代文明的老老实实的俘虏，被名牌汽车一口吞下，被高速公路一路押送，被冷峻的机场候机厅一网打尽，最后被铁面无私的宾馆或酒店一举捉拿归案。在这一过程中，他们在路上看不到什么穷人（高速公路上不容许脚踏车、摩托车、拖拉机行走，更不容许牛车、推车、挑担的行人出现）；在飞机上也看不到什么穷人（窗外只有蓝天白云，消费价格也足以把下层平民排除在外，比如排挤到破旧的长途客车或人货混装的轮船上去，脏兮兮的箩筐或编织袋在那里适得其所）；在星级宾馆和酒店里也只能看到与自己地位相近的官员、商人以及其他名流精英，各种有头有脸的人，在消费方式的意义上相当于自照镜子。他们极目四望，完全可以觉得好日子无非是对自己高素质的报偿，与穷人和穷地方没有任何关系。在最好的情况下，他们即便还有几分怜贫悯弱的文化惯性，也无法改变"朱门"与"朱门"跨越式对接的现实，无法发现他们一心怜悯的目标在哪里——如果不是全部消失的话，至少也是大部分地消失。

富人们当然还能看到一些穷人，比如说接受服务的时候：这时候的穷人都穿着工作制服，严守服务规程谨言慎行；比如说遭遇犯罪的时候：这时候的穷人是入室的窃贼、绑票的暴徒、或者是在繁华商业区投掷恐怖主义炸弹的凶犯。

作为同一过程的另一面，穷人眼中的富人们也多是出现在享受服务的时候，是一些锦衣玉食的命运宠儿；或是出现在反击犯罪的时候，迅速表现为强大的国家机器，表现为警察、法院、监狱、歧视性盘查以及 B-52 或者 F-16 的轰炸，对小人物的世界冷面无情。

可以肯定，无论是富人还是穷人，都看不到对方生活中更丰富和更细腻的纵深，看不到那个纵深里很多可以理解和值得同情的细节。在分隔化的生活空间里被动就范以后，穷富双方在很大程度上茫然无知，成了现代社会诸多盲症中最为突出的一种，常常比民族之间、宗教之间、行业之间、党派之间的隔膜更严重，又与民族之间、宗教之间、行业之间、党派之间的隔膜相交杂——没有正常交往的日常感觉垫底，不仅理想中的阶级合作与互助不大可能，阶级斗争也势必恶质化。

在一个更加自由和宽容的世界，一个没有种族隔离的时代，一种新的族群隔离在这里出现了。在一个信息交流和文化开放更加充分的时代，一个鲜见闭关锁国的时代，一种新的生活封闭在这里形成了。

没有任何权力机构在谋划和部署这一切，没有军队在布设路障和铁丝网，一切都是自发出现的，自由产生的，悄悄进行的。金钱和技术是看不见的手。

这种多层次的隔离与封闭，这种完全应该写入世界监禁史的隐形化分区监禁，使意识形态同时成为了意象形态 Iconology，不仅是一个语言生产的过程，也是一个具象清除和感觉没收的过程——或者完成于两个过程的互动。

教　育

古人说:"人生识字忧患始。""识字"就是理性的起步。但语言毕竟是一种抽象符号,只能承担一种简化的表达,一开始也就伏下隐患。哪怕是解释一个杯子,也有"开口便错"(禅宗语)的窘境。

说"杯子是一种用具",但用具并不等于杯子;说"用具是物质的",但物质的并不等于用具;说"物质是有属性的",但有属性的并不等于物质……在无数个由"是"所联结的阐述中,在思维和言说的远行过程之中,每个环节的简化在悄悄地叠加累积,每个环节都有义涵的溢冒或折扣,最后可能绕出一个严重偏执的逻辑——酿出一幕幕历史悲剧也就不难想象。这还只是语言事故的寻常一种,远不是事故的全部。"宗教"、"民族"、"阶级"、"文明"等等言辞,就是在这样的事故中曾经由真理滑入荒谬,成为一些极端化思潮的病灶。英国历史学家霍布斯鲍姆把他回顾二十世纪百年风云的著作命名为《极端的年代》,准确概括了这个时代的主要特征。他没有提到的是:极端者,教条之别名也,危害公益的语言疯魔也。最为极端的时代,恰是语言最为富积的时代,是人类教育规模最为膨胀的时代——这不是一个可以忽略的巧合。

语言运用要取得有效性和安全性,不能与生活实践有任何须臾的疏离,不能不随时接受公共实践的核对、校正、充实、弥补、滋养以及激活,不能没有大范围和多方位的具象感觉以作依托——在人文理性领域尤其是这样。可惜的是,迄今为止的大多数教育机构,也许出于眼界的局限,也许出于行业利益的需要,重知轻行的根本性积弊难除。富有实践经验的教师还是有的,但更多的情况下,经济学教授没有当过工人也没当过商人,新闻学教授没有做过采访也没有做过编辑,伦理学教授也不一定是个道德楷模,拍马屁讲假话可能很不伦理。这就像自然科学的结论不是从大量实验中产生,或是在大量失败的实验中产生,言之滔滔不能不令人捏一把汗。

即便这些照本宣科是认真的知识传播,但知识从来都是特定实践经验的产物,倘若没有与学生们的实践经验碰上,就不会被激活,学得再多也是用不上的纸上谈兵,充其量是一些半成品,算不得严格意义下的知识。因此,所谓学习是一个把他人的知识重新激活的过程,是每一项知识都须从头开始生长的过程,没法直接照搬,无由抵减实践,而且读书越多就越需要实践的跟进和配套,重新激活知识的负担倒越重。同样可惜的是,在当今很多教育机构那里,"实践"一词变得有些暧昧了,似乎意味着下等人的劳作,是学子们额外的公益性奉献,在很多人看来只是道德的义务而不是专业求知的必需。不知从什么时候开始,教师资格的考察只有关学历,而无关专业操作的资历;论文索引只罗列有关文献,而无须标注作者的生活实践背景。教育日益变得以文凭为中心,而文凭总是预订着就业机会,是进入社会金字塔上层的高价直通车票,使所有无关应试的活动都越来越受到忽略和挤压。知识爆炸的时代已经到来,当然只是指书本知识的爆炸。时间太不够用了,人的受教育期成倍扩展,就业期从十多岁推迟到三十岁、四十岁甚至五十岁——有的人从挂着鼻涕进幼儿园一直读到博士后,半辈子甚至大半辈子都淹没在书海里,鲜有机会走出校门。如果是当教授,则整辈子不出校门。即便有一点假日旅游,也远远不足以把空心化的语言转换成活生生的生命体验。

毛泽东关于"教育要革命"的说法,关于"文科要以社会为工厂"以及"学工、学农、学军"的一系列说法(见毛泽东一九六四年至一九六八年有关谈话和批语),不幸已被人们淡忘。随着重建等级制成为潮流,中国知识分子和学生青年到农村去、到工厂去、到基层去、到边疆去的往事,已成为人们争相诅咒和忘却的一场噩梦——尽管在某些外国人那里还余韵残存——他们或是身处西方发达国家,对高价身份直通车的积弊有切肤之痛;或是身处最不发达的国家,根本无法搭上高价身份直通车。

其实,改造教育的理想并非始于毛泽东,"读万卷书,行万里路",还有"知为行之始,行为知之成(王阳明语)"等,一直是中国先人的古训;陶行知先生"生活即教育"、"到民间去"、"教学做合一"、"穷苦和学问是好友"等（见《生活即教育》《平民教育概论》等），至少也倡导在毛泽东之前。但毛泽东以国家最高权力发动教育革命，导演了世界知识史上风云壮阔的一幕，同时也不幸与领袖和人民的双重神化纠缠在一起，与革命的强迫化、简单化以及冤案迫害等纠缠在一起，代价过于昂贵，很多方面乱得不可收拾。这使任何相关讨论都变得敏感而棘手。这里的问题是，真知与谬见的混杂正是历史中的常态，我们无由对此束手无策。这里的问题还在于，"文革"中的极端政策是这样结束的：不是结束于言语的冲撞和理念的消长，从最根本上说，是结束于知识群体主流对国情现实真切的感受，对底层人民大众大规模的接近和了解——知青上山下乡运动只是其中的一部分。换句话说，毛泽东式的教育革命如果说获得了成果，那么首要的成果就是人文理性重新扎稳了根基，打掉了知识界的软骨症和幻视症，矛头首先直指"文革"。

一个人用一只手打败了自己的另一只手，在失败中获得胜利，或在胜利中遭到失败。这种奇怪的结果可能为当局始料不及。

人民与实践是消除极端思潮的良药。在中国当代史上，美式或苏式的体制神话，有关富人或穷人的阶级神话，瓦解于知识群体的汗水、伤口以及晒黑了的一张脸，瓦解于他们心灵中难以磨灭的生活印痕，这种生命底蕴在后来反左或反右的思想冲突中一再隐约可见，深深影响着历史——并且以二十世纪七十年代后期的抗议浪潮为显现起点。

我就是在那个时候到了北京，结识了很多热情的陌生人。在北师大的一间教室里，在东四张自忠路一个私人住宅里，在北京电影制片厂的招待所里，无数的地下社团聚会在那时偷偷举行，油印的诗歌和论文在偷偷散发。我不想记述那个年头更多的人和事，只想说说那警察恐怖之下的交流气氛，简直到了一拍即合、一呼百应、心有灵犀一点通的地步。朋友中有工人、教师、画家、工农兵学生、无业人员，当然绝大多数都有知青或五七干校学员的经历，但职业和专业的差别根本不构成交流的障碍，不构成利益立场之间的沟壑。朋友中有马克思主义者，有自由主义者，有托派，有唯美主义者，有谈佛论道者，有什么主义也不信或什么主义也不懂的人，但观念的分歧几乎微不足道，观念的标签下都有相似的感受，都有结束贫困和专制的急迫要求——观念只是抗议的不同方式。

多少年后，当我发现有道理没法同别人说通的时候，发现对话总是搅成一团乱麻的时候，总是回想起当年，对当年几乎全民性的默契深感惊疑。我不是说当年没有分歧，没有激烈甚至固执的辩论，而是说言语之争从来不被人们过分看重。当时真正的观念都写在脸上，一张来自北大荒风吹雨打过的脸，会使你无端地觉得信任；观念也写在眼里，一双来自陕北黄土高原烈日烤灼过的眼睛，会使你无端地觉得可靠；观念也写在手上，一双挖过煤矿的粗硬大手，握一握就是无言的自我立场介绍；观念还会写在衣装上，一条脏兮兮的工装裤，带着车间里的油渍，会成为此人无须提防戒备的有力证明。观念不一定表现为理论，可以表现为一句民间的俗语或粗话，让旁人心领神会，相视一笑，省却很多说理的啰唆；还可以表现为做饭时哼出的一句知青常听的歌，表现为狭小蜗居里一个从五七干校带回城的粗木箱子，表现为墙头一张从报纸上剪下来的周恩来画像——主人对"天安门事件"的态度不言自明。这一切使大家很容易找到话题，甚至用不着话题就能兴致勃勃并且情意相投。

总之，一种相近的生活经验，使人们很容易用面容、眼睛、手掌、衣装等一切具象之物来说话，一种感觉的交融使言语之争即便没有迎刃而解，至少也可明绝暗通。

有些人可能并不这么看，可能认为"文革"的结束应归因于西方思潮的舶入，归因于中国人理性的恢复和重建。如果学校教育一直照常办下来，悲剧可能结束更早，甚至根本就不会发生。这样说未尝不可，而且一度也成为我的看法。但这些看法忽略了"文革"并不是这个时代唯一的灾难：巴尔干半岛、中东、南亚、东南亚、非洲、拉美一度是西方殖民文化的高班生或绩优生，从未停止过西方式的世俗教育或宗教教育，其大批执政精英甚至直接留学于欧美院校，但他们所统治的地域眼下不幸是世界上流血最多的环绕带。连伊斯兰极端原教旨主义最初也都以一些西方国家（如英国）和亲西方国家（如沙特阿拉伯）为温床。这并没有什么奇怪。西方思潮即便是一笔最伟大的理性财富,如果止于语言复制品的大宗进口,是完全不能保证极端力量绝育的。

不久前,我与作家格非一同出行。他是清华大学的教师,一个高才生班的班主任,说他班上的学生十分了得,刚进大学本科,英语就统统过六级,法语或西班牙语也各有绝招。明明是中文课的作业,有人偏偏写来英文一大沓。但就是这一群天之骄子,这一批现代教育最为成功的精品,一批从吃奶的时候就被西方现代文明全方位喂养的当代人杰,有些看法却让格老师迷惑:一崇洋就恨不得马上废掉中国字,一反台独就恨不得明天开战,一谈环保就恨不得对污染企业扔炸弹,一骂"文革"就视父辈统统为白痴,每一种声音都尖锐得高八度——他们怎么啦?

其实也没什么。当清算"教育革命"的努力,转眼之间被纳入了轻人民和轻实践的流行思想框架,一切信口开河已不足为奇。连法国这个民主自由之乡都有大学者站出来说奥斯维辛涉嫌虚构,酷吧?绝吧?很法国吧?连美国这个经济超级大国都有大学者站出来说孔子压根就没有这个人,酷吧?绝吧?很美国吧?为什么中国人就不能后现代式的胡涂乱抹?

这些高才生对中国和外国还缺少亲历性的真情实感,即兴态度大多来自书本,不过是从书本到书本的知识旅行。那么,哪一天,他们突然有了新的旅行,进入了新的文字幻境,从一个极端跳到另一个极端恐怕也不是难事!

自　然

城市是人造品的巨量堆积，是一些钢铁、水泥和塑料的构造。标准的城市生活是一种昼夜被电灯操纵、季节被空调机控制、山水正在进入画框和阳台盆景的生活，也就是说，是一种越来越远离自然的生活。这大概是城市人越来越怀念自然的原因。

城市人对自然的怀念让人感动。他们中的一些人，不大能接受年迈的父母，却愿意以昂贵的代价和不胜其烦的劳累来饲养宠物。他们中的一些人，不可忍受外人的片刻打扰，却愿意花整天时间来侍候家里的一棵树或者一块小小草坪。他们遥望屋檐下的天空，用笔墨或电脑写出了赞颂田园的诗歌和哲学，如果还没有在郊区或乡间盖一间木头房子，至少也能穿上休闲服，带上食品和地图，隔那么一段时间（比方几个月或者几年），把亲爱的大自然定期地热爱一次。有成千上万的旅游公司正在激烈竞争，为这种定期热爱介绍着目标并提供周到的服务。

他们到大自然中去寻找什么呢？寻找氧气？负离子？叶绿素？紫外线？万变的色彩？无边的幽静？人体的运动和心态的闲适？……事实上，文明同样可以提供这一切，甚至可以提供得更多、更好、更及时。氧吧和医院里的输氧管可以随时送来森林里的清新。健身器可以随时制造登山时的大汗淋淋和浑身酸痛。而世界上任何山光水色的美景，都可以在电视屏幕上得到声色并茂的再现。但是，如果这一切还不足以取消人们对自然的投奔冲动，如果文明人的一个个假日仍然意味着自然的召唤和自然的预约，那么可以肯定，人造品完全替代自然的日子还远远没有到来——人们到大自然中去寻找的，是氧气这一类东西以外的什么。

也许,人们不过是在寻找个异。作为自然的造化,个异意味着世界上没有两片叶子完全相同,没有两个生命的个体完全相同。这种状况对于都市中的文明人来说,当然正在变得越来越稀罕。他们面对着千篇一律的公寓楼,还有千篇一律的汽车、车间、电视机、速食品以及作息时间表,不得不习惯着自己周围的个异的逐渐消失。连最应该各各相异的艺术品,在文化工业的复制浪潮之下,也正变得面目相似,无论是肥皂剧还是卡通画,彼此莫辨和新旧莫辨都为人们容忍。现代工业品一般来自批量生产的流水线,甚至不能接受手工匠人的偶发性随意。不管它们出于怎样巧妙的设计,它们之间的差别只是类型之间的差别,而不是个异之间的差别。它们品种数量总是有限,一个型号下的产品总是严格雷同和大量重复,而这正是生产者梦寐以求的目标:严格雷同就是技术高精度的标志,大量重复就是规模经济的最重要特征。第一千个甲型电话机必定还是甲型,第一万辆乙型汽车必定还是乙型,它们在本质上以个异为大忌,整齐划一地在你的眼下哗哗哗地流过,代表着相同功能和相同价格,不可能成为人们的什么惊讶发现。它们只有在成为稀有古董以后,以同类产品的大面积废弃为代价,才会成为某种怀旧符号,与人们的审美兴趣勉强相接。它们永远没法呈现出自然的神奇和丰富——毫无疑问,正是那种造化无穷的自然原态才是生命起点,才是人们一次次展开审美想象的人性标尺。

　　也许,人们还在寻找永恒。一般来说,人造品的存在期都太过短促,连最为坚固的钢铁,一旦生长出锈痕,简直也成了速朽之物,与泥土和河流的万古长存无法相比。它甚至没有遗传的机能,较之于动物的生死和植物的枯荣,缺乏生生不息的恒向和恒力。一棵路边的野草,可以展示来自数千年乃至数万年前的容貌,而可怜的电话机或者汽车,却身前身后两茫茫,哪怕是最新品牌,也只有近乎昙花一现的生命。时至今日,现代工业产品在更新换代的催逼之下,甚至习惯着一次性使用的转瞬即逝,纸杯、易拉罐,还有毛巾和袜子,人们用过即扔。这种消费方式既是商家的利润所在,于是也很快在宣传造势之余成为普遍的大众时尚。在这个意义上,现代工业正在加速一切人造品进入垃圾堆的进程,正在进一步削弱人们与人造品之间稳定的情感联系。人们的永恒感觉,或者说相对恒久的感觉,越来越难与人造品相随。激情满怀一诺千金之时,人们可以对天地盟誓,但怎么可以想象有人面对一条领带或者一只沙发盟誓?牵肠挂肚离乡背井之时,人们可以抓一把故乡的泥土入怀,但怎么可以想象有人取一只老家的电器零件入怀?在全人类各民族所共有的心理逻辑之下,除了不老的青山、不废的江河、不灭的太阳,还有什么东西更能构建一种与不朽精神相对应的物质形式?还有什么美学形象更能承担一种信念的永恒品格?

如果细心体会一下,自然使人们为之心动的,也许更在于它所寓含着的共和理想。在人们身陷其中的世俗社会,文明意味着财富的创造,也意味着财富分配的秩序和规则。人造品总是被权利关系分割和网捕。所有的人造品都是产品,既是产品就有产权,就与所有权和支配权结下了不解之缘。不论是个人占有还是集团占有,任何楼宇、机器、衣装、食品从一开始就物各有主,冷冷阻止权限之外的人僭用,还有精神上的亲近和进入。正因为如此,人们很难怀念外人的东西,比如怀念邻家的钟表或者大衣柜。人们对故国和家园的感怀,通常都只是指向权利关系之外的自然——太阳、星光、云彩、风雨、草原、河流、群山、森林以及海洋。那么多色彩和音响,尽管也会受到世俗权利的染指,比如局部地沦为庄园或者笼鸟,但这种染指毕竟极其有限。大自然无比高远和辽阔的主体,至少到目前为止还无法被任何人专享和收藏,只可能处于人类公有的状态。在大自然面前,私权只是某种文明炎症的一点点局部感染。世俗权利给任何人所带来的贫贱感或富贵感、卑贱感或优越感、虚弱感或强盛感,都可能在大山大水面前轻而易举地得到瓦解和消散——任何世俗的得失在自然面前都微不足道。古人已经体会到这一点,才有"山水无常属,闲者是主人"一说,才有"山可镇俗,水可涤妄"一说。这些朴素的心理经验,无非是指大自然对所有人一视同仁的慷慨接纳,几乎就是齐物论的哲学课,几乎就是共和制的政治伦理课,指示着人们对世俗的超越,最容易在人们心中轰然洞开一片万物与我一体的阔大生命境界。

当然,这一切并不是自然的全部。人们在自然中可以寻找到的,至少还有残酷。台风,洪水,沙暴,雷电,地震,无一不显露出凶暴可畏的面目——人们只有依靠文明才得以避其灾难。自然界的食物链方式则意味着，自然的本质不过是千万张欲望的嘴，无情相食，你死我活。敦厚如老牛也好，卑微如小草也好，每一种生物其实都没有含糊的时候，都以无情食杀其他生命作为自己存在的前提。即便在万籁俱寂的草地之下也永远进行着这种轰轰烈烈的战争。文明发生之前的原始初民，同样是食物链中完全被动的一环。山林部落之间血腥的屠杀，也许只是一种取法自然并且大体上合乎自然的方式，只能算作野生动物那里生存斗争的寻常事例。他们还缺乏文明人的同类相惜和同类相尊，还缺乏减少流血的理性手段——虽然这种理性的道德和法律也可以在世界大战一类事故中荡然无存，并不总是特别可靠。

由此看来，文明人所热爱的自然，其实只是文明人所选择、所感受、所构想的自然。与其说他们在热爱自然，毋宁说他们在热爱文明人对自然的一种理解；与其说他们在投奔自然，毋宁说他们在投奔自然所呈现的一种文明意义。他们为之激情满怀的大漠孤烟或者林中明月，不过是自然这面镜子里社会现实处境的倒影，是他们用来批判文明缺陷的替代品。他们的激情，不能证明别的什么，恰恰确证了自己文明化的高度。换一句话说，他们对待自然的态度，常常不过是对现存文明品质的某种测试：他们正是敏感到文明的隐疾，正是敏感到现实社会中的类型化正在危及个异，短效化正在危及永恒，私权化正在泯灭人类的共和理想，才把自然变成了一种越来越重要的文明符号，借以支撑自己对文明的自我反省、自我批判以及自我改进。他们对自然的某种绿色崇拜，不仅仅是补救自己的生存环境，更重要的，是补救自己的精神内伤。

感　觉

　　其实,九十年代很难说是一片感觉高产的沃土,如果我们稍稍放开一下眼界,倒会发现我们的一些重要感觉正悄悄消失。俄国人对草原与河流的感觉,印度人对幽林与飞鸟的感觉,日本人对冰雪和草叶的感觉,还有中国古人对松间明月、大漠孤烟、野渡横舟、小桥流水的感觉,在很多作家那里早已被星级宾馆所置换,被写字楼和夜总会所取代。如果说"自然"还在,那也只能到闹哄哄的旅游地去寻找,只能在透着香水味的太太散文里保存。即便一些乡土题材作品,也使读者多见怨恨和焦灼,多见焦灼者对都市的心理远眺,多见文化土产收购者们对土地的冷漠。感觉器官对大自然的信息大举,使人几乎成了都市生物,似乎有了标准化塑料人的意味,不再以阳光、空气以及水作为生存条件,也不再辐射特定生态与生活所产生的特定思想情感。

　　在很多作品里,对弱者的感觉似乎也越来越少。"成功者"的神话从小报上开始蔓延,席卷传记写作领域,最终进入电视剧与小说——包括各种有偿的捉刀。在电视台"老百姓的故事"等节目面前,文学不知何时开始比新闻还要势利,于是改革常常成了官员和富商的改革,幸福常常只剩下精英和美女的幸福。成功者如果不是满身优秀事迹,像革命样板戏里那种党委书记,就是频遭隐私窥探,在起哄声中大量收入着人们恋恋不舍的嫉恨。而曾经被两个多世纪以来作家们牵挂、敬重并从中发现生命之美的贫贱者,似乎已经淡出文学,即便出场也只能充当不光彩的降级生,需要向救世的某一投资商叩谢主恩。在这个时候,当有些作家在中国大地上坚持寻访最底层的人性和文明的时候,竟然有时髦的批评家们斥之为"民粹主义",斥之为"回避现实"、"拒绝世俗"。这里的逻辑显然是:人民既然不应该被神化那就应该删除。黑压压的底层生命已经被这些批评家理所当然排除在"现实"和"世俗"之外,只有那些朱门应酬、大腕谋略、名车迎送以及由这些图景暗示的社会等级体制,才是他们心目中一个民主和人道主义时代的堂皇全景。他们连好莱坞那种矫情平民主义也不擅摆设。他们不知道大多数成功者的不凡价值,恰好是因为他们有意或无意地造福于人类多数,而不是他们幸为社会"丛林规则"的竞胜者,可以独尊于历史聚光灯下,垄断文学对生命和情感的解释。

最后,关于个性的感觉也开始在好些作品中稀释。如果说,玩世不恭和愤世嫉俗在二十世纪八十年代曾是勇敢的个性,那么在今天已成为诸多娱乐化作品中"贫嘴雷锋"们的共同形象,已经朝野兼容蔚为时尚,就像摇滚、麻将、时装、美容、电子宠物等等,一转眼成为追随潮流而不是坚守个性的标志。卡拉 OK 取代了语录歌,国标舞取代了"忠字舞",弃学下海成了新一轮知青下乡,你不参与其中简直就是自绝于时代。市场体制确实提供了个性竞出的自由空间,但在另一方面,一切向钱看的利欲专制又切堵了个性生成的很多方向,全球经济一体化对地域、民族、宗教等诸多界限的迅速铲除,也毁灭了个性生成的某些传统资源, 与法西斯主义和革命造神运动的文化扫荡没有什么两样,只是更具有隐形特点和"自由"的合法性。于是,对于很多人来说,坚守个性倒是一件更难而不是更易的事情了,获得感觉也是一件更难而不是更易的事情了。昆德拉曾宣称,性爱是最能展现个性的禁域。但恰恰是性爱最早在文学作品里千篇一律起来:每三五行就来一句粗痞话,每三五页就上一次床,而且每次都是用"白白的"、"圆圆的"一类套话以表心曲——这就是有些人自作惊讶的"隐私"?《上海文学》最近一篇评论还发现:恰恰是有些"个人化写作"口号下的作品,不仅文风、情节、人物上彼此相似,连开头和结尾都惊人地雷同,这到底是更个人化还是更公共化?

我们可以抹甘油以冒充眼泪，可以闹点文字癫痫以冒充千愁百怨，但我们没法掩盖在很多方面的感觉歉收甚至绝收——除了颓废业务还算人气旺盛。

也许，时代已经大变，我们在足以敷用的宣传品和娱乐品之外已不再需要文学，至少不再需要旧式的经典标尺。比如说我们的视野里正在不断升起高墙和大厦，而"自然"不过是一种书本上的概念，不再是我们可以呼吸和朝夕与共的家园。我们无法感觉日常生活中似乎不再重要的东西，也不必对这些东西负有感觉的义务。更进一步说，在某种现代思潮的强词之下，我们"感觉残疾"的状态也许正是新人类的标准形象。人类中心的世界观，正鼓励人们弱化对自然的珍重和敬畏，充其量只把自然当做一种开发和征服的目标。功利至上的人生观，正鼓励人们削减对弱者的关注和亲近，充其量只把弱者当做一种教训和怜悯的对象。而直线进步和普遍主义的文明史观，正强制人们对一切社会新潮表示臣服膜拜，把"时尚"与"个性"两个概念悄悄嫁接和兑换，让人们在一个又一个潮流的裹挟之下，在程程追赶"进步"和"更进步"的忙碌不堪中，对生活中诸多异类和另类的个别反倒视而不见。这就是说，文学跟着感觉走，感觉却没有信马由缰畅行天下的独立和自由，在更常见的情况下，它只是在意识形态的隐形河床里定向流淌。大而言之，它被一种有关"现代化"的宏大叙事所引领，在自由化资本体制与集权型官僚体制的协同推动下，进入一种我们颇感陌生的感觉新区。

这里当然还会有感觉，还会有感觉的大量生产和消费，只是似乎很难再有感动。

感觉是一种可以熄灭的东西，可以封存和沉睡的东西。从严格的意义上说，感觉与理智时时刻刻相互缠绕，将其机械两分只意味着我们无法摆脱语言的粗糙。正因为如此，当感觉与理性的简单对立被虚构，当感觉崇拜成为一种潮流并且开始鼓励思想懒惰，感觉的蜕变就可能开始了。一个前门拒虎后门进狼的过程,即思想僵化被感觉残疾取代的过程,感觉与特定意识形态恶性互动的过程,就可能正在到来。在这种情况下,文学如果还是一种有意义的行为的话,面对这种恶性互动的危机,它是否需要再一次踏上起义之途?

理　想

　　理想从来没有高纯度的范本。它只是一种完美的假定——有点像数学中的虚数，比如 $\sqrt{-1}$ 。这个数没有实际的外物可以对应，而且完全违反常理，但它常常成为运算长链中不可或缺的重要支撑和重要引导。它的出现，是心智对物界和实证的超越，是数学之镜中一次美丽的日出。

　　严格地说，精神的 $\sqrt{-1}$ 还有"自由"、"虚无"、"人性"、"自我"、"真实"等。只要没有丧失经验的常识，谁会相信现实中的人可以拥有完全绝对的"自由"，可以修炼出完全绝对的"虚无"，可以找到完全抽象的"人性"，可以裸示完全独立的"真实自我"呢？……但是，如果因而取消这一类概念，取消这些有益的假定，我们很难想象人类迄今为止的历史是什么样子。

　　比较起来，在很多人那里，理解"理想"比理解其他假定要困难得多，总是让人大皱眉头，不管加上多少限定成分的作料，配上多少美言名言格言的开胃酒水，还是咽不下这一个词。这并不妨碍他们正在努力——也在要求人们努力——理解世俗，理解唯利是图，理解摧眉折腰和卖友告密，理解三陪小姐和红灯区，理解用红包买来的文学研讨会，理解十万元养一条狗，理解中国人对中国人偏偏不讲中国话。

　　理解是个意义含混的词。理解不等于赞同。理解加激赏算是理解，理解但有所保留算不算理解？理解但提出异议算不算理解？提出异议但并没有要求政府禁止没有设冤狱也没有搞打砸抢，为什么就要被指责为白痴或暴徒式的"不理解"？驳杂万端的世俗确实是不可能定于一格的，需要人们有更多的理解力，这个要求一点也不过分。问题的另一方面是：中产阶级是世俗，远没有中产起来的更多退休工和打工仔也是世俗；星级宾馆里的欲望是世俗，穷乡僻壤里的朴实、忠厚、贫困甚至永远搭不上现代化快车的可能也是世俗；商品经济使这里富民强国是世俗，从全球的范围来看，商品经济造成贫富差别、环境污染、文化危机等等弊端也是世俗，对后者保持距离给予批判的人，其优劣长短生老病死，本身同样是不折不扣的斯世斯俗，是不是也需要理解？"世俗"什么时候成了一部分人而且是一小部分人的会员制俱乐部？

滥用"理解"、"世俗"一类的词，是一些朋友的盲目和糊涂，在另一些人那里则是文字障眼术，是不便明言的背弃，周到设防的勾搭，早已踩进去了一脚，却继续保持局外者的公允和超然，操作能进能退的优越。这些人精神失节的过程，也是越来越怯于把话说个明白的过程。

其实，真正的理想者不需要理解，甚至压根儿不在乎理解。恰恰相反，如果他每天都要呮着理解的奶瓶，都要躺入理解的按摩床，千方百计索取理解的回报，如果他对误解的处境焦急和愤懑，对掉头而去的人渐生仇恨乃至报复之心，失去了笑容和平常心，那么他就早已离理想十万八千里，早已成为自己所反对的人。

理想的核心是利他，而利他须以他人的利己为条件，为着落——绝不是把利益视为一种邪恶然后强加于人。光明不是黑暗，但光明以黑暗为前提，理想者以自己并不一定赞同的众多异类作为永远忠诚奉献的对象。他们不会一般化地反对自利，只是反对那种靠权势榨取人们奴隶式利他行为的自利。而刻意倡导利他的人，有时候恰恰会是这些人——当他们手里拿着奴隶主的鞭子。理想者也不会一般化地反对庸俗，只是反对那种吸食了他人血肉以后立刻嘲笑崇高并且用"潇洒"、"率真"一类现代油彩打扮自己的庸俗。而刻意歌颂崇高的人，有时候恰恰会是这些人——此时的他们可能正在叩门求助，引诱他人再一次放血。

从这个意义上来说，理想最不能容忍的倒不是非理想，而是非理想的极端化、恶质化、强权化——其中包括随机实用以巧取豪夺他人利益的伪理想。

　　历史上,暴君肆虐、外敌入侵或者天灾降临之际,大多数人须依靠整体行动才能抵抗威胁,理想便成为了万众追随的旗帜,成为一幕幕历史壮剧的脚本。对于理想者来说,这是一个理解丰收的时代。但好心人不必因此自慰,不必在意哲学家关于"人性趋上"的种种喜报。事实上,特定条件下的利义统一,作为理想畅行一时的基础,不可能恒久不变。

　　理想者更多理解稀缺的时代。在人们的利益更多来自个人奋斗的时候,社会提供一种利益分割、贫富有别、鼓励竞争的格局。这时的理想无助于一己的增利,反而意味着利益他移,于是成为很多人的沉重负担,成为额外的无限捐税,无异于对欲望的压迫和侵夺。他们即便对崇高保持惯性的客套,内心的怀疑、抗拒、嘲弄以及为我所用的曲解冲动却一天天燃烧如炽。这没有什么。好心人不必因此悲哀,不必在意哲学家关于"人性趋下"的诊断。事实上,特定条件下的利义分离,作为理想一时冷落的主要原因,同样不会恒久不易。

　　舍利取义是群体自保的需要,却不是个体的必然。宗教有一种梦想:使大众统统成为义士和圣徒。每一种教义无不谴责和警戒利欲,无不指示逃离世俗的光明天国,而且奇迹般地获得过成千上万的信众,成了一支支现实的强大力量,成为历史暗夜里一代一代的精神传灯。不幸的是,宗教一旦体制化,一旦大规模地扩张并且掌握政权,不是毁灭于自己的内部,滋生数不胜数的伪行和腐败,就是毁灭于外部,用十字军东征一类的圣战,用宗教法庭对待科学的火刑,染上满身鲜血,浮现出狰狞面孔。

　　左派的"文革"是一种仿宗教运动,曾有改造大众的宏伟构思。他们用世界大同的美景,用大公无私的操行律令,用一个接一个交心自省活动,用清除一切资产阶级文化的大查禁大扫荡大批判,力图在无菌式环境里训练出一个没有任何低级趣味的民族。这场运动得助于它的道义光环,曾鼓动人们的激情,甚至使很多运动对象都放弃心理抵抗,由此多少掩盖了运动当局在政治、经济等方面的种种不智。但一场以精神净化为目标的运动,最终通向了世界上巨大的精神垃圾场。比较来说,当时的人们还能忍受贫穷——生活毕竟比战争年代要好很多，人们在那个时候没有失去对革命的信任。人们最无法容忍的是满世界的假话和空话，是遍布国家的残暴和人人自危的恐怖，是权贵奢华生活的真相大白。

并不是所有的人都经历了当年，都有铭心的记忆。时间流逝，常常使以往的日子变得熠熠闪光引人怀恋。某些左派寻求理想梦幻的时候，可能情不自禁地举起怀旧射镜，投向当年一张张单纯的面孔。是的，那个时候路不拾遗，夜不闭户，贫有所怜，弱有所助，那个时候很少妓女和吸毒和官倒，那个时候犯罪率很低很低，但这都说明不了什么问题。即便说明当时的人们较为淡泊钱财，问题还是没有解决。淡泊钱财没有什么了不起，钱财只是利益的形态之一。原始人也不在乎钱财，但可能毫不含糊地争夺赖以生存的神佑和人肉。下一个世纪的人也不一定在乎钱财，但可能毫不含糊地争夺信息、知识、清洁的空气或者季风。我们无须幼稚到这种地步，在这个园子里争夺萝卜的时候，就以为那些人对白菜的争夺，是四海之内皆兄弟的拥抱。

"文革"当中，利欲同样在翻腾着，同样推动无义的争夺——只是它更多以政治安全、政治权势、政治荣誉为战利品，隐蔽了对住房、职业、级别、女色的诸多机心。那时候的告密、揭发和效忠的劲头，一点也不比后来人们争夺原始股票的劲头小到哪里去。那时候很多人对抗恶义举的胆怯和躲避，也一点不逊于后来很多人对公益事业的旁观袖手。我清楚地记得，当时我参加过很多下厂下乡的义务劳动，向最穷的农民捐钱，培养自己的革命感情。但为了在谁最"革命"的问题上争个水落石出，同学中的两派可以互相抡大棒扔手榴弹，可以把住进了医院的伤员再拖出来痛打。我还记得，因为父母的政治问题，我被众多的亲人和熟人疏远。我后来也同样对很多有政治问题的人、或者父母有政治问题的人，小心地保持疏远，甚至积极参与对他们的监视和批斗——无论他们怎样帮助过我，善待过我。

正是那一段段经历，留下了我对人性最初的痛感。

那是一个理想被万众高歌的时代，是理想被体制化的强权推行天下武装亿万群众的时代。但那些光彩夺目的理想之果，无一不能被人们品尝出虚伪和专制的苦涩。

那是一次理想最大的胜利,也是理想的毁灭和冷却。

都林的一条大街上,一个马夫用鞭子猛抽一匹瘦马,哲学家尼采突然冲上去,忘情地抱住马头,抚着一条条鞭痕失声痛哭,让街上所有的人都不知所措。

从这一天起,他疯了。

格瓦拉会不会疯呢? ——如果他病得最重的时候,战友偷偷离他而去;如果他拼到最后一颗子弹的时候,他的赞美者早已撤到了射程之外;如果他走向刑场的时候,才知道根本没有人打算来营救,而且正是他曾省下口粮救活的饥民,充当了置他于死地的政府军的线人。

吉拉斯会不会疯呢? ——如果他发现自己倡导的改革,不过是把南斯拉夫引入了一场时旷日久的血腥内战;如果他记忆中当侍者的老人,后来不过是沦为老板一脚踢出门外的难民;如果他思念中的拉货或站岗的青年,后来成为了腰缠万贯的巨商,呵斥着一大群卖笑为生的妓女,而那些妓女,一边点着闪光的小费一边大骂吉拉斯"傻帽"。

理想者最可能疯狂。理想是激情,激情容易导致疯狂(比如诗痴);理想是美丽,美丽容易导致疯狂(比如爱痴);理想是自由,自由容易导致疯狂(疯者最大的特点是失去约束和规范)。理想者的疯狂通常以两种形态出现:一是"文革",二是尼采。"文革"是强者的疯狂,要把人民造就成神,最后导致了全民族的疯狂。尼采是弱者的疯狂,把人民视为魔,最后逼得自己疯狂。"他们想亲近你的皮和血","他们多于恒河沙数","你的命运不是蝇拍"……尼采用了最尖刻的语言来诅咒自己的同类。这种狂傲和阴冷,后来被欧洲法西斯主义引申为镇压人民的哲学,当然事出有因。

尼采毫不缺少泪水,毫不缺少温柔和仁厚,但他从不把泪水抛向人间,宁可让一匹陌生的马来倾听自己的号啕。我也许很难知道,他对人民的绝望,出自怎样的人生体验。以他高拔而陡峭的精神历险,他得到的理解断不会多,得到的冷落、叛卖、讥嘲、曲解、陷害,也许超出了我们的想象。他最后只能把全部泪水倾洒一匹街头瘦马,也许有我们难以了解的酸楚。马是他的一个假定,一个精神的 $\sqrt{-1}$,也是他全部理想的接纳和安息之地。他疯狂是因为他无法在现实中存在下去,无法再与人类友好地重逢。

他终究让我惋惜。孤独的愤怒者不再是孤独,博大的悲寂者不再是博大,崇高的绝望者不再是崇高。如果他真正看透了他面前的世界,就应该明白理想的位置:理想是不能社会化的;反过来说,社会化正是理想的劫数。理想是诗歌,不是法律;可作修身的定向,不可作治世的蓝图;是十分个人化的选择,是不应该也不可能强求于众强加于众的社会体制。理想无望成为社会体制的命运,总是处于相对边缘的命运,总是显得相对幼小的命运,不是它的悲哀,恰恰是它的社会价值所在,恰恰是它永远与现实相距离并且指示和牵引一个无限过程的可贵前提。

在历史的很多岁月里,尤其是危机尚未震现的时候,理想者总是一个稀有工种,是习惯独行的人。一个关怀天下的心胸,受到一部分人乃至多数人乃至绝大多数人的漠视或恶视,在他所关怀的天下里孤立无援,四野空阔,恰恰是理想的应有之义。一个充满着漠视和恶视的时代,正是生长理想最好的土壤,是燃烧理想最好的暗夜,是理想者的幸福之源——主说:你们有福了。

美好的日子。

文 明

　　我又来到了这里,在一条寂静无人的山谷里独坐,看一只鸟落在水牛背上举目四顾,看溪水在幽暗的斜树下潜涌而出,在一截残坝那里喧哗,又在一片广阔的卵石滩上四分五裂,抖落出闪闪光斑。

　　山里的色彩丰富而细腻,光是树绿,就有老树的黑绿和碧绿,有新枝的翠绿和粉绿,相间相叠,远非一个绿字了得。再细看的话,绿中其实有黄,有蓝,有灰,有红,有黑,有透明,比如樟树的嫩芽一开始是暗红色,或说是铁锈色,半透明的赭色,慢慢才透出绿意,融入一片绿的吵吵嚷嚷碰碰撞撞之中。

　　溪边有一条小道,证明这里仍在人间。沿着溪流的哗哗声往上走,走进潮湿的腐叶气味,从水中一块石头上跳到对岸,又缘一根独木桥回到此岸,反复与溪水纠缠一阵,好一阵才能潜出竹林。你可能觉得前面一亮:天地洞开,蓝天白云,有两户人家竟在那高坡上抛出炊烟。

　　你会听到狗的叫声,微弱而遥远。

　　你知道这里远不是人间的尽头。只要你有气力,扶着竹杖继续溯水而上,你还会发现小路,通向新的密林和新的山谷,也通向新的惊讶——在你觉得山岩和杂树将把小路完全吞没之时,已经准备完全放弃之时。随着一只野鸡在草丛中扑啦啦惊飞,一块更大的光亮扑面而来,出现在刚才贴身擦过的一块巨石那边。那里有竹林后的一角屋檐,地坪前有晾晒的衣服,有开犁的农田以及盛开的花丛。

　　你觉得这里任何一扇门都应该是你的家。朋友们也觉得这里令人惊羡——真美啊,只是交通太不方便,有人曾一边擦汗一边这样说。但“方便”这话该怎么说?细想之下,如果说这里太不方便,那么城市里的方便体现何处？市民们买零食很方便，但呼吸新鲜空气远不如在这里方便，常常需要驱车数公里或数十公里去郊外的山野；市民们进茶楼酒馆很方便，但饮用洁净水远不如在这里方便，即便有钱买得起桶装矿泉水，也经常埋怨送水不及时或者埋怨水质不可靠；市民们看电影和逛商店很方便，但与动物和植物打交道远不如在这里方便，养条狗还得躲躲藏藏还得挂牌交税还得防止邻居的厌恶；市民们去北京、上海、美国、欧洲很方便，但观飞瀑听松涛邀百鸟赏明月远不如在这里方便，常常要忍受窗外的废气、烟尘甚至沙尘暴，有时只能把自己锁在蜗居斗室里，拿电视里的观光节目来过过干瘾；市民们串门聚会有空间的方便，但人心和人情的交流远不如在这里有时间的方便，常常不知闲暇为何物，不知邻居是何方人氏，与亲友同城而居却不易相聚，家有藏书累累却难有机会开卷，最后还可能闹出个日本式的"过劳死（karoshi）"……这样一比，不知为什么没有人一边擦汗一边叹息城市的不方便。

在工业和市场化出现以前，这里靠近田土，靠近山林，靠近水源，其实是家居最方便的地方。燃料就在屋后的山坡上，饮水可以用竹筒直接引入房中，建筑材料就来自门前的泥土和窗外的柴窑，家具材料就是路边砍倒了多年的大树，脂肪和蛋白质就在伸手可及的层层梯田里生长着，在鸡埘里、猪栏里、羊圈里、套夹里、陷阱里、蜂箱里、闸网里以及四周山坡上储藏着，还能想象出比这里活得更方便的地方吗？直到人们的生活需要电器，需要煤气，需要玻璃、水泥、钢铁等新型材料，总之需要一切从工厂和市场里得到的东西，这里才突然变得不方便起来，才突然成了所谓偏僻之地，才产生了远离公路的叹息。一个崇尚公路的时代已经到来。这是一个以公路以及其他交通干线为纽带，从而彻底改变地图和地理意识的时代。公路是文明的末梢、触须以及救生缆绳，只有抓住它才能得到现代化的救赎，才能通向工业技术、信息技术的创造和享受。

这当然是事实。但公路的那一端的城市是自然日渐稀缺从而日渐珍贵的地方，是人们抛离了自然从而百倍渴念自然的地方，这也是事实。如果考虑到生命体最重要的物质条件是空气、阳光和水，同时也考虑到自己对技术进步的向往，比较而言，我该选择哪里停下来？

文明，刚好需要对文明的反省。我到过意大利的庞贝，在那一座古罗马文明的石头城里，惊叹文明的宏伟和深远，刹那间就成了一片废墟。早在几千年前，庞贝就有了宽阔广场和通衢大道，有了供水和排水的合理管网，有了精美的楼台、花园、浴场、凯旋门，不会比现在的很多都市更差。庞贝还有似乎过多的环形剧场和运动场，记录着文化体育活动的丰富，比现在的很多都市肯定更好。庞贝还有高耸的法院大楼和公民自由辩论的场地，表现出古欧洲文化的特有传统，不能不让人想象那时候这里人声鼎沸的盛况：温暖的阳光之下，人们裸露着骄人的肌肉，愿躺就躺，愿立就立，愿吃就吃，愿睡就睡，投入体育竞技之余从事工艺制作，享受情爱之余传唱歌谣，交易货品之余辩论哲学与政治……贺拉斯和维吉尔都不过是那些半裸者中普通的面孔，与身旁的铁匠或骑手共同探讨着真理。那里的人可以同时是商人、演员、学者以及政治家，一身数职，一生数业，也许是比当代很多人更完整的人。那里当然不会有汽车和飞机，不会有因特网、宇航卫星、激光唱盘、磁悬浮列车、无线电话以及机器人，但拨开这些机巧的器具，谁能说那种赤脚长袍的多方位个人生活不更符合人性，甚至不比当代人更——文明？

庞贝是一块沉埋在历史中的化石，证明人类的文明一直在演进，有获取也有失去，有蜕变也有返祖。也许，我们在视觉上比庞贝人更文明了，比方说已经取消了恐怖的角斗，销毁了残忍的刑具，甚至已经在很多国家取消了死刑；即便还有死刑，用药物注射代替砍头和枪毙，让死亡貌似睡眠，也在成为重要的刑法改进，成为很多人津津乐道的文明风范。问题是：注射只是免除了见血的恐怖，与砍头和枪毙没有实质意义的不同。取消死刑也只是免除了公开的杀人，至于用贫困、疾病、生产事故、环境破坏一类手段造成的无形杀人，甚至大规模的杀人，在当今世界并不曾得到过遏止。较之于平均每天有两万多儿童死于发展中国家，当年几个角斗场又算得了什么？

还可以说，我们在听觉上比庞贝人更文明了，绅士们不会咀嚼出声，淑女们不会当众放屁，革命好同志不会拍桌子，城市噪音也在一步步减少。除了这些象符的文明化，层出不穷的修辞方法，也正在把语符系统更变得温和可亲："黑人"变成了"有色人种"，"土人"变成了"原住民"，"失业者"变成了

"待业者"和"富余人员","酒鬼"变成了"有酒精问题者","傻瓜"变成了"慢速学习者","瘸子"变成了"有身体障碍者","贫民窟"变成了"城市腹地(innercity)","监狱"变成了"纠正机构(correctionalfacility)"……但一切刺耳的声波即便都能消除,卑贱者可曾因为言说的委婉而获得了高贵?人际之间的粗暴压迫是否因为声响的悦耳而比庞贝有所减少?世界大战就不用说了,一场由政治狂热或经济投机造成的百业凋敝,足以在一夜之间使千万人失业或失学、无衣或无食,比较而言,古罗马的奴隶制度还能再坏到哪里去?

作为一次全球性的化妆,文明有效地摘除着视、听、嗅、味、触等方面的恶象,进而消除着文字中的恶语,诚然减轻了人类的一些痛感,却并不能从根本上取消任何一道道德难题和政治难题。相反,文明使这些难题变得更为隐形化和无象化,逃离我们的日常感觉,从这一角度来说,倒是有可能使问题变得更难解决,甚至更难了解。

我知道这样一个发生在身边的例子:老木以港商身份并购了两家国营企业,玩的是空手道,一纸许诺注资的合同就取得了产权,然后在评估资产、抵押贷款、扩股融资、投资失误、申请破产等环节做了手脚,最终狠狠地刮走了一瓢。这是他最为得意的大手笔。两家企业都垮了,被他抽血了。失业工人愤怒地到处找他,在他的寓所里贴满大字报,盗走了他的德国奔驰汽车,最后还把他的保镖和他本人全打得头破血流。这个事情该怎么处理呢?文明社会的文明人,只能走正常的法律程序:老木的并购、经营、破产手续全都是合法的,经过了境内外多家审计所、公证处、律师事务所、政府有关机构的认可,法院挑不出任何毛病。而暴怒的失业工人确有违法之举:贴大字报不对(警察同情工人,称大字报既贴在屋内就不算贴在公共场所,未与追究);盗汽车不对(警察同情工人,称汽车既为熟人所开走并且公开化,就属内部纠纷而不算刑事犯罪,未予立案);打人致伤当然更不对(警察虽然同情工人,现在也无法可说了)。事情的结果,是吸血者坐飞机去了香港,而带头打人的三个工人受到刑事处分。

我知道老木是文明的受益者,把两千多工人文明地掠夺以后,用文明的泡沫洗净了手上的血迹。

倒是受害者手上留有刺目的血迹。

这就是文明的无血迹与不文明的血迹。

我当年是多么向往文明啊，是多么向往伟大的都市啊。在知青点的时候，扳着手指头数着日益临近的假日，找不到汽车就顶着风雪步行上路，从天明走到天黑，才赶到了县城的火车站。火车也过站了，我不耐等待，在站台上转悠了一阵，看上了一列运煤车。我在启动的煤车上被不断旋来的煤粉呛着，全身很快变黑，颈子里也结出一层煤垢，硬如铠甲使脑袋难以转动。咣的一声，我一个喷嚏把自己打入了黑暗。光明在我身后迅速微缩，再微缩，飘飘忽忽的一个白点，直到最后完全消失。我感觉列车不是在平行地移动，而是竖起来向地心深处坠落。我想挣扎，但黑暗中看不到自己挣扎的手脚，更谈不上挣扎的方向。出口在哪里？在左边在右边在上边在下边？咣当咣当的车轮声突然膨胀和爆炸，不是来自哪一个方向，而是来自各个方向的钢铁的恫吓，一团团猛击着我的脑袋。我咣当咣当的脑袋不管用了，不知道煤车为什么没有倾翻过来把我埋掉，不知道列车为什么没有倾翻过来把我压成肉酱而我居然还好端端地坐着。我好一阵才明白过来：眼下已进入了一个长长的隧道……

我就是那样一身黑煤急切地投入了文明，投入了都市，更大的都市，更更大的都市，更更更大的都市，直到几十年后的现在，重新独坐在山谷里，听青山深处一声声布谷鸟的叫唤。我并不后悔，而且感谢这些年匆忙的生活，使我最终明白了文明是什么：既不在古代也不在当代，既不在都市也不在乡村，只是在每一个人的心里。佛僧们说："立地成佛。"你可以在任何一个地方停下来，跺一脚，说这里就是地球的中心。你可以在眼前任何一片叶尖的露珠上，看到你灿烂的幸福。

劳动者，韩少功（代后记）

"大家文库"要编一本韩少功的书，我第一个想到的词是"劳动"。十多年来，我始终把"劳动"与韩少功的文学成就联系在一起，他是一位身心力行的劳动者。韩少功让"劳动"这个长期被人轻视的复杂的词重焕荣光。

久蛰于市，太多的知识分子受限于脑力劳动，体力劳动被我们的日常生活给忽视，甚至是遗忘了，我们在虚拟的数字、网络和声音中游窜，直到身心力竭，回归到现实生活，各种毛病已提前滋生在我们物质的身体里。

身体的劳动和思想的劳动是人正常生活所必需的，而，我们越来越单一。韩少功在文章中写道：

> 我看不起不劳动的人。
> 我对白领和金领不存偏见，对天才的大脑更是满心崇拜，但一个脱离了体力劳动的人，会不会有一种被连根拔起没着没落的心慌？会不会在物产供养链条的最末端一不小心就枯萎？会不会成为生命实践的局外人和游离者？

动起来的美妙文字源于行动起来的韩少功本人，生活与文字同在，思想与行动一致的人才是值得信任的人。这是一本体力劳动与脑力劳动同在的书，这是一本劳动者的知识之书，一本可以改变生活方式的书，两种劳动的结合才是智者的人生。

全书分为《农活》《乡亲》《家园》《思想》四辑，所有文字都围绕劳动这一主旨。第一辑写农活，包括了车水、犁田、挖土、治虫、守秋、种菜等农活；第二辑写的是剃匠、郎中、炮手、机手、蛇贩、闲人、巫师、瓜农、乞丐、盲女等乡亲；第三辑写了韩少功的家园里的花草、葡萄、枫树、鸡群、异犬、犟牛、飞鸟、远山、激流、盘歌等等；第四辑偏重于劳动的思考，所以命名为"思想"，对青春、劳动、墨学、故土、等级、教育、自然、理想和文明的诸多思考。我在韩少功虚实相融的文章奔走，感受着因为劳动而让汗水透湿全身的快感。

尾随韩少功先生那些散发着劳动气息的文字进入清香的农村大地，他的文字勾画着动作中最隐秘的轮廓。我联想到一张纯白的纸，一支劳动的铅笔，淡雅的线条从纸张的左上角出发、下滑，直抵纸张的最底部，在那里轻轻地停顿、转身，枝叶般回望一下，轻盈的铅色犹如花朵的清香消融在纸的色泽里，几秒钟的空白，线条继续出现在纸的底部，只是线条所有向上、向下、回迁的幅度较大，但是都没有离开土地和劳动的范畴。

韩少功行走在他劳动的大地之上。大地是纸，大地也是土。我看到了韩少功先生每一条思维之路的起始，明白所有道路的去向，我呼吸着他的灵性之思，感受他生活的每一细节。

一把锄头的"七"字形状，它弯下身体，啃食土地，劳动使人成为人，这一简单的道理已经被人遗忘。

韩少功居住的那个湖泊（或者叫水库）是他永远也写不完的素材之源。

湖边的一位老船夫死后，韩少功在湖里游泳，看见老船夫曾经的那条船，一次次"自动"漂移至以前的那个渡口。即使有了新船夫，船也经常不听使唤，有另一种看不见的力量在掌握着船的方向。这在我看来是对"野渡无人舟自横"的另一种解释。很多神秘的事情在今天的农村依旧显现。

韩少功就生活在这些清爽透明而又深隐的乡村。

在城市，身体的狂奔窒息着精神，就像我们会忘记自己的呼吸一样，忘记还有精神这个东西的存在。我们豢养着身体，而精神呢？大家有目共睹。

生活的另一种情趣和细节时时从韩少功身体与精神的接口处流出来，

一年总有那么三两个月属于他的体力劳动。

我悉心翻阅着韩少功先生白色的"马桥词典",暗红色的"暗示",浅白色的"山南水北"。《山南水北》是我来北京的第三年逐字读完的,他有如我的前行者,已经提前很多年在做着我想要做的事情,这又是一次心领神会的阅读。韩少功的文字让我不断地想到的一个词:舍得。

归隐,或者说生活于乡村田野,远离城市的各种程序,是大部分人一个永远遥远而近在咫尺的梦想。我们都心存此念,而身体义无反顾地投掷于城市咆哮的大军中,汹涌于地铁的人潮中,我想到的是农村牲口中的那一把把青草,我们被自己不断地咀嚼。

韩少功正行走在"在做"的过程的路上,一年中他会留出一些时间,在房前屋后侍弄那些散发着土地气息的植物和蔬菜,劳动的汗水启示着他的智慧。在城市里,他是主席和作家,在乡村深处,他是体力劳动者和作家。这就够了。

他在文章中和现实中做的事情,都是我想做的事情。

开荒种地,用"劳动"的动作来思考来阅读,来开掘引导智慧的水渠。

水在田地里流动,湖泊在房屋周围荡漾着深邃的波纹,性灵的水唤醒了种子里的果实。

山村里那一间间将塌的土屋旁边,树立起一栋栋楼房,几个村镇的新房,都从一个模型里走出来。他用文字丈量祖屋与新房的距离,距离和尺度产生的反应,悄无声息地沉淀于每个国人的脚步里。

韩少功的每一个动作都走在我的前面,每一个念想都于我之前,这就是先者。先者与年龄无关。

翻种菜地、深山探访、乡村夜读,韩少功尽享自然,他用自己的动作对词语一一进行归原。

韩少功在乡村建房之初,想盖成青砖青瓦加庭院的平房,简单的房屋构造和闲散的居住空间。因为现在烧砖烧瓦的技术远不如前,加上工业化程度的提高，他得到的是一车车作废的质量很差的"青"砖。他的怀旧在付出代价之后，只好认了红砖的现实。

对人和事的怀旧就显得不一样。"他们不知道我躲在人群的角落，仍然紧紧抓住自己的感动，对他们深深地感激。""他们"，是指与韩少功同时下放的一百多名知识青年。

我坚决地站在韩少功"劳力"的队伍里，痛打那些"劳心者"。

对神秘文化的夸大，是迷信，殊不知，对科学的夸大和误读也同样是迷信。韩少功在《劳动》这篇文章的最后痛打了那些神化和迷信"劳心者"的人。

韩少功写到的那棵"枫树"，村里人都不知道它到底活了多少年，这是一棵会吼叫会报复的疯狂之树。我老家与韩少功写的乡村同属湘楚之地，我也经常听到一些关于"疯树""疯墙""疯土"的传闻，谁动了它们，谁就会遭到报复。

从韩少功的文章中可以发现很多我似曾相识的事物。

就像他写的《采药》。我的爸爸现在还保持着经常到菜畦边、田埂上，在那些貌似杂草的植物里挖出各种野菜来，回家洗干净，在阳光下晒成枯枝枯叶之后，用开水冲着喝，不同的草治不同的病。

植物也只有在山野里才真正称得上植物，那股子活泼的生命劲头才显出来。人也一样。

与韩少功的作品一起回到从前，让从前活在当下，包括快乐的劳动。走在他的山川之地，平静的颜色里暗含着另一种血性的气味，不动声色地隐匿于轻轻摇曳的花朵中，周围的草和树木一字未吐，他叙说的语气中有一股残忍、忍隐、血性和反抽打的力量，安静地鞭打着深入的读者。

一切，以碎片的方式散落于山水的每一细节。韩少功的笔两端都在发芽，文字的空白处回荡着山里人的倔气，中国知识分子久违的气质在他命名为残碎的文字中隐显。我回味着千百年来的那些傲骨气节。

开阔和坦荡,心中的标尺才刚正不阿地立起,阳光的阴影才健康地显示出人生的刻度。

韩少功在大大小小的地图上都找不到自己的住处,但他在那片土地上找到了自己的一方水土,他听到了自己的呼吸。舒畅地阅读着《山川入梦》,遐想着有那么一天可以像韩少功先生一样在自己的土地上劳动,让汗水透湿全身。

唐朝晖

2008年11月北京酒仙桥

（京）新登字083号

图书在版编目（CIP）数据

山川入梦/韩少功著. —北京：中国青年出版社，2009.1
（大家文库）
ISBN 978-7-5006-8612-5

Ⅰ.山... Ⅱ.韩... Ⅲ.①散文-作品集-中国-当代 ②随笔-作品集-中国-当代 Ⅳ.I267
中国版本图书馆CIP数据核字（2008）第203955号

著作者　　韩少功
选编者　　唐朝晖

策划　　　李师东　黄宾堂
责任编辑　黄宾堂
封面设计　瞿中华
出版发行　中国青年出版社
社址　　　北京东四12条21号（邮编100708）
网址　　　www.cyp.com.cn
营销部　　010-84039659
编辑部　　010-64034340
印刷　　　聚鑫印刷有限责任公司印刷
经销　　　新华书店
规格　　　700×1000　1/16
印张　　　15.25
插页　　　2
字数　　　220千字
初版　　　2009年1月北京第1版
印次　　　2009年1月河北第1次印刷
印数　　　1-8000册
书号　　　ISBN 978-7-5006-8612-5
定价　　　25.00元

本图书如有印装质量问题,请凭购书发票与质检部联系调换　联系电话：(010)84047104